Scarlet
스칼렛

Scarlet

스캇렛

보여도
보이지
않아도

보여도 보이지 않아도

이은교 장편 소설

SCARLET ROMANCE STORY

contents

"임신이시네요."

입가에 미소를 머금고 부드럽게 말하는 의사를 바라보고 있
자니, 재인은 쿵 하고 심장이 가라앉는 괴기한 감각을 느꼈다.
눈앞이 캄캄해지고 머리가 핑 하고 도는 것이 앉아 있는 것만
으로도 곤욕스러웠다.

"축하드립니다. 임신 12주째이십니다. 남편분이랑 오세요."

눈치가 없는 건지, 아니면 알면서도 일부러 모른 척하는 건
지, 앳돼 보이는 외모의 재인에게 그렇게 말한 의사는 꿈쩍하
지 않는 재인을 보며 뒤에 서 있는 간호사에게 환자를 밖으로
안내해 주라는 무언의 눈짓을 하고 있었다.

그렇지. 원래 남의 일에는 별 관심을 두지 않는 게 인간들이
잖아. 결혼을 했다고 하기엔 어린 나이인 22살의 주민등록번호

가 버젓이 떴을 텐데도 방임하는 걸 보면. 저 의사는 지금 재인이 진료를 받으면서 내게 될 비용만 받는 장사꾼에 불구한 거겠지.

상황이 이렇다 보니, 이런 부정적인 생각이 난무하기만 했다. 재인이 속으로 그렇게 삼키며 자리에서 일어났다. 그때, 잠시 비틀거리는 바람에 반사적으로 책상 끝머리를 잡았다.

"환자분, 괜찮으세요?"

뒤에 서 있던 간호사가 얼른 와서 재인을 받쳐 주었지만 정작 입에서는 예의로라도 괜찮다는 말이 나오지 않았다. 절대로 괜찮다고 말할 수 있는 상황에 있질 못하니까.

재인은 간호사의 손길을 정중하게 뿌리치고 진료실을 나와 안내에 따라서 진료비를 지불했다.

"저 환자분, 이거요."

간호사가 건넨 건 태아 사진이었다. 재인이 사진을 건네받고 자꾸만 힘이 풀려 주저앉으려는 다리에 악착같이 힘을 주고 산부인과를 빠져나왔다. 숨통을 조일 것 같은 병원 내부의 답답함과는 달리 상쾌한 공기가 일렁이고 있었다.

숨을 들이마셨다. 그래도 꽉 막힌 숨통이 뚫릴 생각은 하지 않았다. 구역질이 올라올 거 같았고 목구멍 어딘가가 꿈틀거렸다.

재인이 주먹을 꽉 쥐고서는 가슴 언저리를 두들겼다. 아무리 두들겨도 꽉 막힌 무언가가 도통 가라앉을 기미를 보이지 않았다. 미칠 것 같았고 죽고 싶은 심정이었다.

원래부터 생리 주기가 불규칙한 편이었다. 2개월에 한 번씩 할 때도 있고 3개월에 한 번씩 할 때도 있었기에 별 의심이 없었다. 그러던 어느 날, 속이 너무 매슥거리고 버틸 수 없을 만큼 쏟아지는 잠 때문에 영양제라도 맞을 생각에 온 병원에서 뜻밖의 말을 듣게 된 것이다.

임신이라니. 임신……이라니. 믿을 수 없는 가혹한 현실 속에 처참하게 무너져 버린 재인이 그대로 길바닥에 주저앉아 버리고 말았다. 더 이상 견딜 수 없어져 버린 것이다.

"어떡하지. 앞으로…… 나…… 이제 어떡해야 하지."

사랑하는 사람과의 임신이라면 그나마 축복을 받을 수도 있었겠지만 재인은 그럴 만한 상황이 아니었다.

상대는 지난 학기 중간부터 아르바이트로 일했던 레스토랑의 셰프. 고작 5개월가량 같이 일하면서 인사 정도만 했던 사람이었다. 그 일이 일어난 것은, 그 사람이 더 좋은 조건으로 다른 레스토랑으로 간다고 해서 마련된 송별회 자리에서였다.

평소 주량보다 많이 마신 탓에 필름이 끊겨 버렸다. 다음 날, 해가 뜨기도 전에 눈을 뜨고 정신이 든 재인은 낯선 천장에 당황스러워하며 일어나며 인기척이 느껴져 흠칫 놀랐다. 그리고 자신의 옆자리에서 잠들어 있는 그를 발견하자마자 심장이 쿵 하고 내려앉았다.

자신이 왜 이곳에 있고, 자신의 옆자리에 왜 그가 있을까 하는 혼란스러움이 몰려왔다. 지난밤의 일들을 떠올리려 해 보았다. 중간중간 끊겨지는 기억 속의 필름은 직원들의 배웅을 받으며 택시에 올라타고, 옆에 있던 남자친구와 키스를 나누는 자신의 모습을 떠올리게 됐다.

아……

옅은 탄식이 터져 나왔다. 생각해 보니, 남자친구하고는 헤어진 지 며칠이 지난 터라, 그가 있었을 리 만무했다. 같은 방향이라 함께 택시에 올라탔을 여준을 남자친구라 착각하고 키스를 했던 모양이다. 그 이후의 일도 어렴풋이 기억이 나려고 해 얼른 생각을 멈추었다.

사랑하지도 않는 사람하고의 하룻밤을 보낸 실수는 후회와 질책만을 남겼다.

원했던 일이 아니었기에 그에게 미안했고 마주할 용기는 나지 않았다. 치명적인 실수를 저지른 후에 당당하게 누군가를 마주하는 일은 버겁고 힘든 일이었다. 씻을 정신도 없이 바닥에 흐트러져 있던 옷을 입고 나왔다.

단순히 동네 모텔이 아닌 화려함이 겸비되어 있는 큰 로비를 가진 호텔이었다. 나오는 동안 친절한 미소와 함께 인사를 하는 직원들의 상냥함이 민망하게 느껴졌다.

택시를 타고 돌아오는 내내, 몰려오는 후회로 한숨이 끊이지 않았다. 그날 저녁, 그에게 전화가 걸려 왔지만 받지 않았고 그 뒤로도 몇 번 걸려 온 그의 전화를 모조리 무시해 버렸다. 잊고 싶었고, 다시는 생각하고 싶지 않은 일이었다.

"하."

그때의 모든 것들이 생생히 기억이 나자, 자신이 원망스러울 정도로 후회가 됐다. 돌이킬 수 있는 일이라면 자신이 내어 줄 수 있는 모든 것을 내어 주고 돌아가고 싶은 심정이었다.

억장이 무너지고 세상이 꺼지는 것 같은 고통스러움을 느끼는 와중에도 재인은 무의식중에 제 배를 끌어안았다. 죽고 싶은 두려움이 온몸을 장악하고 있는 순간에도 배 속에 있는 아이를 버리고 싶다는 생각은 들지 않았다.

재인은 이러지도 저러지도 못하는 스스로를 비웃으면서 끊임없이 흘러나오는 눈물을 쏟고 또, 쏟았다.

"아가씨 괜찮아요?"

지나가는 사람들의 위로도, 호기심 가득한 눈길도 그 어떤 것도 눈에 들어오지도 않았고 귀에 들리지도 않았다.

"하아……. 나 정말 어떡해."

그렇게 홀로 덩그러니 남겨진 것 같은 두려움에 재인은 무너지고 있었다. 집까지 무슨 정신으로 걸어왔는지도 모르겠다.

일단, 이 버거운 현실을 이겨 내지 못하고 무겁게 내려앉은 몸에 휴식을 줘야겠다고 생각했다. 욕조에 따뜻한 물을 받고 들어가 추위를 녹였다. 아무 생각도 들지 않았다. 사실, 아무 생각을 할 수가 없었다.

한참을 그렇게 멍하니 앉아 있던 재인은 낯설게 느껴지는 자신의 배를 쓰다듬었다. 촉촉한 손에 닿는 살결의 보드라움이 좋았다. 이 안에선 지금 어느 무엇하고도 바꿀 수 없는 소중한 생명체가 자라나고 있다.

재인이 생각하는 이 소중한 생명체를 그도 소중하다고 생각해 줄까? 그날의 일을 후회하면서 절대로 낳을 수도 키울 수도 없다고 으름장을 놓고 지우라고 한다면 어떡하지? 재인은 온몸을 휘어 감는 불안감에 또다시 습관처럼 손톱을 톡톡 쳤다.

사랑하지 않는 남자의 아이는 재인에게도 감당할 수 없는 버거운 짐인 만큼 그에게도 사랑하지 않는 여자의 아이가 결코 달가울 리 없을 것이다. 서로를 사랑하는 사이가 아니었기에 책임을 회피하는 일은 더 쉬울 것이다.

"사랑하지 않는 사이……."

그렇다. 그것 또한 모른 척할 수가 없었다. 사랑하지 않는 사람과 하룻밤의 실수로 생긴 아이 때문에 결혼하면…… 평생을 함께 행복하게 지낼 수 있을까? 사랑하지 않는 남자와 아이를 책임져야 한다는 의무만으로 결혼을 하게 된다면 과연 행복할 수 있을까? 아이 때문에 그 사람과 함께하는 것에 대해 후회하지 않을 수 있을까? 라는 의문도 성큼 재인에게 다가왔다.

그럼, 사랑하지 않는 사람과 행복을 장담할 수 없는 결혼을 할 수 없다고 아이를 지워 버린다고 치자. 그렇게 되면 자신은 친구들을 만나 수다를 떨고 술을 먹고 밤새 놀면서 즐거워할 수 있을까? 하고 싶은 공부를 하고 원하는 직장을 들어가면 행복할까? 사고 싶은 옷과 가방과 구두를 사서 자신을 가꾸는 것에서 만족을 느끼고 살 수 있을까?

재인은 아랫입술을 억척스럽게 꽉 깨물었다.

"아니."

그리고 그 답은 1초도 되지 않아 나왔다. 평생 누군가를 죽였다는 죄책감에 시달리면서 매일을 고통 속에서 살게 될 거야.

책임이란 그런 것이었다. 책임이란, 자신이 저지른 일이 쓰든 달든 스스로가 삼켜야 하는 것이다. 비록 그것이 쓰게 느껴지는 고통이라 할지라도 재인은 그것을 삼키기로 결심했다.

배를 두 손으로 꽉 끌어안았다.

"무슨 일이 있어도. 널 버리지 않을게."

그 사람의 선택이 어떻게 되든, 재인의 선택은 아이에 대한 책임이었다. 메는 목과 뚫리지 않을 것처럼 막혀 버린 가슴으로 굳세게 각오했다.

씻고 나온 재인은 화장대 앞에 앉아 축축하게 젖어 있는 머리를 수건으로 꽉꽉 짜서 말렸다.

무엇부터 시작을 해야 할지 모르겠다. 엄마에게 말해야겠지? 뭐라고 말을 꺼내야 할까? 아니지. 엄마보다는 그에게 가서 먼저 말하는 것이 나을까? 그래. 그게 나을지도 모른다. 그가 어떻게 말하느냐에 따라 상황이 어떻게 변하게 될지도 모르니까.

그럼, 그에게는 가장 먼저 무슨 말을 꺼내야 할까? 그는 무슨 반응을 보일까? 아이와 나를 책임진다고 할까? 아니면, 자기하고는 무관한 일이라며 모든 것을 내팽개쳐 버릴까?

재인은 깊은 한숨을 내쉬며 복잡한 마음을 떨어트려 버리고자 잠자리에 누웠다. 눈을 깜빡였다. 갑갑한 마음에 한숨이 저절로 터져 나왔다.

"괜찮아. 괜찮아."

혼잣말로 스스로를 위안해 보지만 괜찮을 리는 없었다. 재인은 한 번도 불편하다고 느껴 본 적 없던 잠자리가 불편해서 몇 번이고 뒤척이다 간신히 잠이 들었다.

"어서 일어나! 최재인! 너 일어나라고!"

얼마나 잠이 들었을까, 다사로운 햇살이 눈을 괴롭히는 것보다 억척스러운 엄마의 손길과 찢어질 것 같은 고함 소리에 재인은 눈을 떴다.

떠지지 않는 눈을 힘들게 떠 보니, 거짓말처럼 숙자의 손에 태아 사진이 들려 있는 것이 제일 먼저 눈에 들어왔다. 재인이 휘둥그레진 눈으로 마른침을 삼켜 넘겼다.

"엄마……."

당황하지 않을 수 없었고 침착하려야 침착할 수가 없었다.

"이거 어디서 났어. 이 사진! 어디서 난 거야!"

숨길 수 없었고 회피할 수 없었다. 이미 모든 것이 들통 났고 거짓말을 한다고 해 봤자 소용없는 일이었다. 이미 말하기로 결심한 상태였지만 막상 말을 하려니 입이 떨어지지가 않았다.

"누구 애야, 누구 애냐고!"

"미안해. 미안해. 엄마……."

숙자는 부들부들 떨리는 손으로 사진을 간신히 잡고 있었다. 화를 내며 부릅뜨고 있는 눈에는 어느새 그렁그렁 눈물이 맺혀 있었다.

"이 애 아빠는 알고 있어? 너 임신한 거?"

재인이 고개를 힘없이 내저었다.

"네가 어떻게 엄마한테 이럴 수 있어! 어떻게! 아……!"

숙자가 울분을 토해 내며 쓰러지듯 바닥에 주저앉아 버렸다. 그리고 끓어오르는 화를 감당하지 못하고 가슴을 퍽퍽 내려쳤다.

"너 어떡하려고 그래, 너!"

"낳아서 키울 거야."

재인은 울먹이는 목소리지만 완강하게 말했다. 재인의 반응에 숙자는 또 한 번 깊은 울분을 토해 냈다.

"미쳤어? 애 낳아서 키우는 게 어디 쉬운 일인 줄 알아! 그러지 말고 이 애 지우자. 아직 너는 창창한 나인데 이 애 때문에 괜히 발목 잡힐 필요 없어. 엄마랑 오늘 같이 병원 가자! 병원!"

재인을 억척스럽게 침대에서 끌어 내렸지만 그녀는 눈물을 쏟아 내며 완고하게 버텼다.

"엄마. 나 이 애 낳을 거야. 낳아서 내가 잘 기를 거야. 나, 이 애 절대 안 지울 거라고!"

"이 애 낳아서 키울 거면 엄마랑 인연 끊는다고 생각해. 엄마 말 안 듣고 애 낳을 거면, 엄마 집에서 당장 나가! 엄마 말 안 듣는 너 같은 딸 필요 없으니까!"

숙자가 악을 지르며 장롱에 있는 캐리어를 꺼내 거칠게 집어 던지고 서랍을 열어 재인의 속옷과 옷을 죄다 끄집어냈다.

재인은 있는 힘을 다해 귀를 틀어막고선 속으로 중얼거렸다.

'괜찮아. 괜찮아질 거야, 아가야.'

"너 같은 딸! 필요 없어. 그러니까. 당장 나가!"

재인이 귀를 틀어막고 있던 손을 내리고 조심스럽게 캐리어 쪽으로 다가갔다. 주섬주섬 흩어진 옷을 들어 캐리어에 구겨 넣고 저를 원망스럽게 쏘아보는 숙자를 지나쳐 방을 빠져나왔다. 뒤에서 울부짖으며 몸부림치는 숙자를 외면하고 나온 집 밖은 지독히도 쌀쌀했다.

01.

자칫하면 살을 데기에도 적당해 보일 정도의 위험한 불길이 치솟는 가운데 매끈한 프라이팬에 올리브 오일을 들이붓고 여러 종류의 해산물까지 듬뿍 넣었다. 프라이팬을 좌우로 흔드는 핏줄이 선명하고 상처투성이인 남자의 손은 능하고 익숙하게 움직였다.

반듯하게 접혀 있는 여준의 스카프와 구김 하나 없는 조리복은 그가 얼마나 깔끔하고도 청결한 성격인지를 대신 말해 주고 있었다.

소란스러운 분위기 속에서도 서로 맡은 파트에 최선을 다하는 조리사들은 하나같이 긴장의 끈을 놓지 않고 있었다. 그들은 까다로운 손님들의 입맛에 만족을 선사할 요리를 만들기 위해 심혈을 기울였다.

"강 셰프님."

아까부터 여준의 파스타가 완성되기만을 초조하게 기다리던 홀 캡틴은 여준이 그릇에 파스타를 옮겨 놓고 행주로 마무리를 짓는 것을 확인한 후, 조심스럽게 다가왔다. 평소에 목소리가 워낙에 크고 하이톤이었던 홀 캡틴이 어울리지 않게 조바심 어린 목소리를 내는 것이 좋지 않은 말을 할 거라는 걸 느끼게 했다.

"무슨 일이죠?"

"어떤 여자분께서 찾아오셨는데……."

그런데요? 라는 질문으로 홀 캡틴에게 횡설수설한 대답을 듣는 것보다 자신을 찾아왔다는 여자를 직접 대면하는 것이 낫다고 여준은 판단했다. 부주방장에게 자신의 파스타를 대신 내보내라고 눈짓을 하고선 주방을 빠져나왔다.

각종 오븐과 조리기들의 불길로 인해 찜통이나 다름없던 주방에서, 히터를 틀었지만 확 트인 공간인 홀로 나오니 온몸에서 흐르던 땀이 식혀지는 시원함을 느꼈다.

하지만 그 시원함도 잠시, 자신을 찾아올 만한 여자라고는 미국에 계신 어머니가 전부였던 여준이 의아한 눈빛으로 홀을 살폈다. 아는 사람은 보이지 않았고 자신이 나왔음에도 식사를 하느라 바빠 보이는 손님들이 전부였다.

"대체 누구지?"

워낙에 넓은 홀이다 보니 한눈에 모든 것이 들어오지 않아 몇 발자국 걸어 통로를 지나 홀의 구석 쪽을 살피는 순간, 여준의 입에서는 옅은 탄식이 터져 나왔다.

축 처진 어깨에 넋이 빠진 듯 놓여 있는 컵만 뚫어져라 바라보며 자리에 앉아 있는 낯익은 여자의 뒷모습이 눈에 들어왔기 때문이다. 살며시 시선을 돌리자 귀퉁이에 놓여 있는 짐 가방도 보였다.

여준은 그 모든 것을 눈에 담아 넣는 순간 왜 그런지는 모르겠지만 무의식중에 몸을 돌려 창문에 비친 제 옷매무새를 가다듬었다. 그리고 발걸음을 떼어 여자에게로 향했다.

"오랜만이네."

여준이 망설이지 않고 그를 기다리고 있던 여자, 재인의 앞자리에 앉으며 넌지시 말했다.

"네."

재인이 굳은 표정으로 짤막하게 대답했다.

"잠깐만."

여준은 홀 직원을 불러 따뜻한 차 한 잔을 부탁하고 꽤 오래 앉아 있었는지 식어 버린 재인의 차를 바꿔 달라고 부탁했다.

홀 직원이 차를 가져다주는 시간 동안 둘 사이에는 아무 말도 오고 가지 않았다. 다만, 무엇이 불안한지 재인이 손톱을 만지면서 나는 톡톡 소리만 날 뿐이었다.

금세 홀 직원이 차를 새롭게 타 와 놓아 주었다. 한 모금 마신 여준이 가만두질 못하는 재인의 손톱에서 천천히 시선을 올려 그녀의 팔과 목선을 지나 버석하게 말랐지만 분홍빛이 감도는 입술, 자그마한 코, 콧날을 훑고 마침내 눈을 바라보았다.

불안감이 역력하고 무엇에 쫓기는 것처럼 보이는 그녀의 눈동자를. 헤어진 이후로 보지 못했던, 3개월 전과 다를 바 없이 여전히 살가워 보이지 않는 그녀를. 그때나 지금이나 변함없이 무표정으로 저를 올려다보는 그녀를 바라보며 입술을 떼어 냈다.

"전화 안 받기에, 다시는 못 볼 줄 알았는데."

"그만두신 후에 저도 바로 그만뒀어요. 이번 학기에는 일을 할 수 없을 것 같아서."

"알고 있었어."

재인은 알고 있었다는 여준의 말에 의아하게 바라보았다.

"찾아갔었거든."

여준이 저를 뚫어져라 바라보는 재인의 시선을 살짝 피해 찻잔을 어루만졌다.

"한 번쯤은 봐야겠다고 생각해서."

재인은 아랫입술을 지그시 깨물었다. 전화를 받지 않고 피하는 자신을 찾아왔을 거라고는 생각하지 못했다.

그는 무슨 말을 하고 싶었던 거고, 왜 봐야겠다고 생각했을까? 재인은 궁금해하면서도 그의 대답이 어떤 것일지 몰라 쉽게 질문을 내뱉지 못했다.

그렇게 망설이고 있는 재인을 보며 여준이 식기 전에 마시라는 뜻으로 재인의 앞에 놓여 있는 차를 슬쩍 밀어 주었다. 재인은 그런 여준의 손길을 멍하니 바라보았다.

주머니 속에 넣어 둔 태아 사진을 보여 주면 그의 반응은 어떨까? 매몰차게 당장 나가라고 고함칠까, 아니면 당황하고 횡설수설할까. 자신의 책임이 아니라고 회피할까? 아니면 자기의 애가 아닐지도 모른다고 으름장을 놓을까?

재인은 요 며칠 동안 끊임없이 머릿속에 맴돌면서 자신을 괴롭히던 질문들을 되새겨 보았다. 그리고 그가 보여 줄 행동을 예상할 수가 없어 불안감이 치솟아 오르며 손톱을 더욱 세게 만지작거렸다.

미칠 것만 같았다. 말은 쉽게 나오지 않았고 또다시 일렁이는 어지러움을 버티고 있기가 힘들었다.

엄마에게 임신을 했다고 말했고 지우라는 말을 들었다. 그러나 자신은 지울 수 없다고 말했고 나가라는 소리를 들었다. 그래서 나왔다. 무작정, 아무런 계획 없이. 그렇게 뛰쳐나와서는 며칠을 고민하다가 전에 일하던 레스토랑 매니저님을 찾아가 가까스로 그가 일하는 이곳을 알아냈다.

이곳에 오면 모든 것이 해결될 거라고 생각했지만 막상 그의 얼굴을 대면하고 나니 그 확신이 희미해져 버렸다. 그녀가 짧은 5개월이라는 시간 동안 알고 지냈던 그가, 그가 아닐 것만 같아서 두려웠다. 정말 그에게 환영받지 못하고 버려질지도 모른다는 생각에 무서웠다.

"네."

오랜 침묵 끝에 겨우 대답한 재인을 여준은 지그시 바라보았다. 분명 할 말이 있을 텐데 입을 굳게 다물고 손톱만 만지작거리는 재인의 모습을 소리 없이 지켜보았다.

친한 사람하고는 어땠는지 알 수 없지만 함께 일하는 동안 지켜본 재인은 낯가림을 타는 듯 보였고 말수가 적고 불필요한 행동을 하지 않는 사람이었다. 그런 그녀가 자신을 찾아온 것에는 분명한 이유가 있을 거라 생각했다.

그래서 기다렸다. 그녀가 자신을 찾아온 이유가 무엇인지. 지난 3개월을 그랬듯이 그렇게 그녀를 기다리고 또 기다렸다. 하지만 여준의 기다림이 헛된 것이라고 알려 주는 것처럼 그녀는 어떤 말도 입 밖으로 꺼내 놓지 않고 자리에서 일어났다.

"죄송해요. 잘못 찾아온 거 같아요."

재인이 옆에 놓아 둔 짐 가방을 들어 올리고 나가려는 순간, 여준이 그녀의 팔목을 잡아 세웠다. 얼마나 보고 싶었는데, 이렇게 보낼 수는 없는 일이었다. 밥 한 끼라도 함께 먹자고, 그게 싫으면 연락이라도 아주 가끔만 주고받자고 말하고 부탁하고 싶어 얼른 그녀를 불렀다.

"재인아."

그 반동 때문이었는지 만지작거리느라 주머니에 깊숙하게 들어가 있지 않았던 사진이 툭 하고 여준의 발등 위로 떨어졌다. 커지는 재인의 눈동자 속에서 그 사진을 줍는 여준의 모습이 비쳤다. 그리고 마침내, 태아 사진이 여준의 시야에 완전히 담겨졌을 때, 재인은 입이 바싹바싹 마르는 긴장감에 휩싸였다.

여준은 아무 말 없이 한참을 사진을 들여다보았다. 주위가 까맣고 가운데만 하얀 초음파 사진. 그것을 보자마자 여준은 알아차렸다. 이것이 그녀가 자신을 찾아온 진짜 이유였다.

여준이 초음파 사진에 두었던 시선을 거두고 재인을 바라보았다. 금방이라도 울 것처럼 붉어진 눈망울을 한 재인이 서둘러 여준의 손에서 사진을 홱 뺏어 들었다.

"아무것도 아니에요. 죄송해요."

다급하게 돌아서려는 재인을 여준이 다시 잡아 세웠다. 손에 잡힌 가녀린 손목이 부서질 것처럼 앙상했다. 혼자서 얼마나 무섭고 두려웠을까? 아무에게도 말하지 못하고 혼자 가슴이 아릴 정도로 힘겨웠을 그녀를 위해 여준은 망설이지 않았다. 다른 방법 따위는 없다. 오로지 하나.

"네가 죄송하다고 할 이유 없고 잘못 찾아온 것도 아니야. 그러니까, 나한테서 도망치지도 말고 사라지지도 마."

여준이 잡고 있던 재인의 손목에 아프지 않을 정도로 힘을 주어 제 품으로 당겨 끌어안았다. 함께 뜨거운 밤을 보냈던 그 날 이후로 그토록 애타게 그리워했던 재인이었기에 여준은 더욱더 세게 그녀를 끌어안았다. 이런 일이 있을 줄은 몰랐기 때문에, 진작 그녀를 적극적으로 찾아 나서지 못한 것에 미안한 마음까지 들었다.

"내 옆에 있어. 내가 지켜 줄게, 재인아."

타개되지 않을 것만 같이 막막하고 암흑 같았던 현실이 으깨어지고 조금씩 스며든 햇살이 찬바람에 휘청거리던 재인의 식어 버린 몸을 따스하게 끌어안아 녹여 주었다.

"조금만 기다려. 우리 집으로 가자. 나랑 같이."

짐 가방을 보았을 때, 그녀는 분명 집을 나왔다. 그녀가 그 어디에서도 편하게 쉬지 못했을 거라 생각한 여준은 그녀를 쉬게 해 주고 싶었다.

여준이 품에 안고 있던 재인을 조심스럽게 다시 의자에 앉힌 후, 다급하게 3층으로 올라갔다. 조퇴를 하기 위해서 사무실로 들어갔지만 사장인 성호는 보이지 않았다.

예의가 아니라는 건 알지만 어렵게 찾아온 그녀를 근무가 끝날 때까지 혼자 두고 싶지 않았던 여준이 조퇴를 하겠다는 쪽지를 남겨 놓고 탈의실로 향했다.

사복으로 갈아입고 내려와 주방에 들러 부주방장과 직원들에게 양해와 사과를 하고 나왔다. 그리고 빠른 걸음으로 주차장으로 가서 차를 미리 가게 앞으로 빼 온 후, 다시 재인에게로 향했다.

"가자."

재인의 짐을 들어 앞장서 나갔다. 자신을 천천히 따라오는 재인을 확인하며 짐을 트렁크에 실었다.

"타."

재인은 조수석을 내버려 두고 굳이 뒷좌석에 올라탔다. 그런 그녀를 보며 여준은 여전히 재인이 이 상황에 두렵고 얼떨떨해하고 있으며, 자신을 불편해하고 있다는 것을 느꼈다.

그렇다고 해서 미주알고주알 따질 생각도 없고 앞으로 너는 나를 편하게 여겨야 돼, 라고 강요할 생각도 없다.

그녀를 끌어안은 순간부터 지금까지 속으로 수도 없이 되새겼던 진심 어린 다짐을 여과 없이 보여 주고 해 주는 것만이 꽁꽁 얼어붙은 그녀의 마음을 녹이고 떨고 있는 불안감을 떨어뜨려 낼 수 있을 거라 생각했다. 그녀를 향한 진실은 지금도 물론이고 후에도 어긋나는 일은 없을 테니 말이다.

재인이 타느라 열린 뒷좌석 차 문을 잡고 여준은 그녀를 살펴보았다.

긴장을 하고 있는지 허리를 뻣뻣하게 세우고 앉아 있는 재인에게 혹시 모를 일이니 안전벨트를 매 주려 여준이 몸을 기울였다. 순간, 재인이 큰 반응을 보이며 두 눈을 꽉 감고 몸을 움칠했다. 자신의 동작에 놀라 하며 몸을 굳히고 있는 재인을 여준은 빤히 바라보았다.

앙증맞게 다문 입과 무릎 위에 꽉 주먹을 쥐고 미미하게 떨고 있는 손이 꽤 귀엽다고 느낀 여준이 입가에 미세한 웃음을 지었다.

"누가 보면 잡아먹는 줄 알겠다."

웃음기가 살짝 스며든 여준의 어투에 재인이 당황해하며 살포시 눈을 떴다. 앞에 서서 장난기가 다분한 얼굴을 하고 있는 여준이 보였다. 재인은 자신이 취했던 행동에 대한 후회감이 몰려오면서 순식간에 얼굴이 달아올라 버렸다.

"그런 생각 한 거 아니에요……."

왜 저런 말이 튀어나왔는지는 알 수 없었다. 아무 생각 없이 내뱉은 말에 대해 속으로 저를 질책했지만 이미 뱉어 버린 말은 여준의 귀에 박힌 후였다.

"그런 생각이 뭔데?"

농담하는 그를 재인이 원망스럽게 올려다보았다. 한 마디만 더 하면 가만 안 둔다는 눈빛으로 쏘아붙이는 재인을 보자, 여준이 머쓱해져서 웃었다.

"미안. 안전벨트 매 줄게."

"제가 할 수 있어요."

그때 함께 일을 할 적에도 그랬다. 무거운 짐을 들고 혼자 낑낑거리기에 도와준다고 했더니 제가 할 수 있어요, 라고 말하고서는 끝까지 도움을 받지 않았던 그녀였다.

이번에도 역시나 보물단지처럼 끌어안고 있던 제 몸뚱이만한 짐 가방을 옆에 두고 허둥지둥 안전벨트를 맸다. 재인이 안전하게 벨트를 맨 것을 확실히 확인한 여준이 그제야 뒷좌석 문을 닫고 운전석으로 향했다.

재인은 창밖으로 힐끔 여준의 동선을 살폈다. 아무것도 덧바르지 않은 수수한 그의 머릿결이 차가운 바람에 살랑이고 있었다. 느껴지지 않았지만 분명히 바람을 통해 살랑대는 그의 머릿결에선 좋은 향이 날 것이다. 예전과 다르지 않게 말이다.

"아, 맞다."

운전석에 막 올라탄 그가 다시 껑충 내려서는 다급하게 뒤로 향했다. 그리고 트렁크를 열어 무언가를 열심히 부스럭대며 꺼내더니 뒷좌석 문을 다시 열었다. 추운 바람이 혹 하고 들어왔다.

"이거 덮어. 히터를 지금 막 틀어서 조금 추울 거야."

비닐에 싸여 있는 담요를 꺼내서는 펼쳐 들어 재인의 무릎 위에 덮어 주는 그의 손길은 꽤 바빠 보였다.

뒷문이 다시 닫히고 그가 운전석에 올라탔다. 평소 같았으면 거칠게 시동을 걸고 주차장을 빠져나갔을 텐데. 혼자도 아니고 그녀가 있으니 여준은 모든 행동이 다 조심스러워졌다. 심지어는 미동조차 만들지 못하는 차 키를 꽂는 행동조차도 말이다.

그의 차는 을씨년스러운 주차장을 벗어나 시내로 진입했다. 침묵이 둘 사이를 괴로울 정도로 비집고 들어왔다.

원래 이렇게 여자 앞에서 긴장을 잘 하던 타입이었나? 그러지 않았다. 여자하고 아무렇지 않게 농담을 주고받는 성격도 아니었지만 이 정도로 모든 신경을 바짝 세울 만큼 긴장을 하는 성격도 아니었다.

그런데 그녀에게만은 달랐다. 자꾸만 백미러로 힐끔거리며 뒤에 앉아 있는 그녀를 살펴보게 되고 행여나 그녀가 불편해할까 싶어서 초조하기만 한 여준이다.

아무런 대화도 오고 가지 않는 고요함 속에 큼, 하고 여준의 헛기침 소리가 들려왔다. 그제야 창밖에만 시선을 두고 있던 재인이 여준에게로 시선을 돌렸다.

"뭐 먹고 싶은 건 없어?"

"네. 없어요."

먹고 싶은 게 없다는 건 거짓말은 아니다. 속이 매슥거리고 먹는 것마다 다 토악질로 뱉어 버리니 차라리 아무것도 안 먹는 것이 나았다.

"어디 불편한 데는 없어?"

"네."

다만, 집에서 나와 찜질방을 전전하면서 잠을 제대로 자지 못해 피곤하기는 했다. 재인은 속에서 올라오는 하품을 입을 꾹 다물고 삼켰다.

"먹고 싶은 거 있으면 다 말해도 돼. 알지? 나 못 하는 요리 없는 거."

"네……."

최대한 무거운 분위기를 풀고 싶고 긴장하는 그녀를 달래 주고 싶은 마음에 들뜬 목소리로 말했지만 재인의 축 처진 음성을 듣자니, 혼자서 너무 성급하게 서두른 것 같은 마음에 여준은 미안해지기만 했다.

"집은 그냥 무작정 나온 거야?"

"네."

부모님께서는 모두 알고 계시는지, 아니면 모르고 계시는지 물어보고 싶었으나, 백미러에 비치는 그녀의 입이 굳게 닫혀 있는 것을 발견한 여준은 더 이상 그녀에게 피로함과 불편함을 느끼게 해 주고 싶진 않았다. 적어도 그녀가 자신과 있을 때만큼은 편안하고 온전하게 쉬길 바랄 뿐이었다.

결국엔 다시 침묵이 흘렀다. 그리고 온 신경을 운전하는 데만 기울였다. 시간이 얼마나 흘렀을까? 30분가량 달린 차가 집 근처에 도달했을 때, 조심스럽게 차를 멈췄다.

"재인아. 다 왔……."

시동을 끄고 막 돌아본 여준이 내뱉으려던 말을 잘랐다. 긴 속눈썹을 늘어트린 재인이 연분홍빛이 감도는 입술을 살짝 벌리고 세상모르고 잠들어 있었기 때문이다. 많이 고단했던 모양이다.

여준이 재인을 깨우기 위해 손을 뻗어 어깨 언저리 쪽으로 향하다가 거두어 갔다. 굳이 그녀를 깨울 필요가 없다는 생각도 들었고 곤히 잠든 얼굴을 보자 깨우기가 싫어진 것이다.

여준은 차에서 나와 뒷좌석 문을 열고 그녀가 깨지 않도록 신중하게 벨트를 풀어 주고 안아 올렸다. 잠에 취해서인지, 자신의 품 안으로 파고드는 그녀를 여준은 그윽하게 내려다보았다. 그러다가 자신도 모르게 그녀가 숨을 쉬고 있는 입가 근처로 귀를 가져다 댔다.

"잘 자네."

새근새근 일정하게 소리를 내며 자는 그녀로 인해, 여준은 또다시 웃음을 터뜨려 버렸다.

"귀엽다."

그녀와 헤어지고 나서는 맘 편하게 웃어 본 적 없던 여준이었기에 지금 이 순간이 싫지 않았다. 아니, 매우 뿌듯한 느낌을 받았다.

지난 3개월, 후회라는 감정을 씻어 내지 못하고 살아왔다.

송별회를 한 날, 마음에 두었던 그녀에게 고백을 할까 말까 망설이다가 회식이 끝나 버렸다. 아쉬움에 떨어지지 않는 발걸음을 어렵사리 돌려 택시를 잡아타려던 그때, 한참 취기가 오른 그녀와 집 방향이 같다는 것을 알고 함께 몸을 실었다.

고즈넉한 새벽.

한적한 도로를 쉴 틈 없이 내달리는 택시 안에서 느닷없이 쿵 하고 무언가가 부딪히는 소리가 났다. 반사적으로 재인을 보니, 졸면서 창문에 머리를 박고 있었다. 여준이 조심히 재인의 머리를 자신의 어깨 쪽으로 끌어당길 때였다.

술이라는 나락에 빠져 버린 그녀와 눈이 마주치는 순간, 느닷없이 키스를 해 왔다. 여준 역시 취기가 있었던 터라 밀어내지 못하고 그녀를 품에 끌어안아 버렸다.

다음 날 호텔 안에서 눈을 떴을 때, 재인이 아무런 예고 없이 사라진 걸 알고 얼마나 많은 후회를 했는지, 이루 다 말할 수가 없었다. 바로 연락을 취했지만 재인은 연락을 받지 않았고 그녀를 직접 봐야겠다고 생각을 해서 가게를 찾아갔지만 그녀는 이미 일을 관둔 후였다.

그렇게 3개월을 허망하게 보내고, 그는 그제야 자신이 그녀를 품고 있던 마음이 결코 작지 않았음을 깨달았다. 나날이 애틋하고 허망한 마음이 커져 더는 참을 수 없을 지경에 이르렀을 때, 이렇게 다시 그녀를 품에 안았다.

집으로 들어온 여준은 잘 벗겨지지 않는 거추장스러운 신발을 발로 흔들어 벗다가 문에 튕긴 반동으로 다시 재인 쪽으로 돌아오는 신발에 화들짝 놀라서 얼른 재인을 품에 가까이 껴안 았다.

"하."

놀란 표정으로 재인을 살폈다. 다행히도 잠에서 깨어나지 않은 그녀를 보며 안도의 한숨을 내쉬었다.

거실을 지나 침실로 들어가 재인을 침대에 조심스럽게 눕혔다. 그리고 여준은 이불을 덮어 준 후, 아래로 내려가 재인의 신발을 벗겨 주었다. 자신의 손바닥보다 아주 조금 큰 작은 발에 신기해하면서도 혼자 집에서 나와 어디에도 정착하지 못한 그 발을 안쓰럽게 바라보았다. 그리고 조심스럽게 발을 주물러 주었다.

이제 앞으로 갈 곳 없어 헤매게 하지 않겠다고, 절대로 정처 없이 떠돌아다니지 않게 하겠다고, 절대로 혼자 두지 않게 하겠다고 속으로 되새기면서 말이다.

"음……."

재인의 옅은 신음이 들려왔다. 여준이 얼른 재인의 발에서 손을 떼어 냈다. 그리고 동그랗게 눈을 뜨고 다시 그녀를 바라보았다. 몸을 뒤척이다가 다시 깊은 잠에 빠져드는 듯했다.

그녀를 더 바라보고 싶고 그녀의 곁에 더 머물고 싶지만 그랬다가는 그녀의 잠을 깨울까 싶어서 여준이 발꿈치까지 들고 소리 없이 방을 빠져나왔다. 문을 닫아 주며 미세하게 남은 그 틈새로 끝까지 그녀를 눈 속에 담아 둔 여준의 눈빛은 하염없이 따뜻하기만 했다.

❖　　　　　❖　　　　　❖

　　슬금슬금 몰려드는 맛있는 냄새에 재인이 살며시 눈을 떴다. 주위가 어두컴컴한 것이 벌써 밤이 찾아왔는가 보다. 티끌 하나 묻어 있지 않은 깨끗한 화이트 계열의 벽지가 눈에 띄었다.

　　언제나 눈을 뜨면 야광별 스티커가 박혀 있는 자신의 방 천장이 보였다. 요 며칠 사이에는 눈을 뜨면 시멘트색의 찜질방 천장이었다. 몇 십 년을 봐 오던 집 천장에 비하면 낯설긴 하지만 찜질방 천장처럼 막막하진 않았다. 눈을 옆으로 돌렸다. 썰렁하다고 느낄 정도로 깔끔한 방이었다.

　　이곳인가? 그의 공간. 재인은 주위를 살폈다. 화이트 계열의 벽지, 브라운 액자에 들어가 있는 흑백 풍경 사진, 널찍한 창문, 깔끔한 서랍장 위, 그리고 그 위를 채우고 있는 귀여운 피규어 인형들. 모든 것이 그의 손길이 닿지 않은 것이 없어 보였고 모든 것이 깔끔하고 완벽한 그에게 잘 어울린다고 생각했다.

　　오랜만에 푹 자서 개운함을 느끼며 재인이 자리에서 일어났다. 얼마나 따뜻하게 푹 잤는지, 온몸이 땀으로 젖어 축축했다.

　　"이불을 빨아다 줘야 하나."

　　그에게 축축하게 젖은 이불을 들키는 것이 쑥스러웠고 부끄러웠다. 이불을 걷고 일어난 재인이 어색한 걸음으로 걸어가 문을 살짝 열었다.

아담한 2인용 식탁에 음식을 꽉꽉 채운 그가 한 의자에 방석을 깔고 있었다. 굳이 따지고 묻지 않아도 그 자리가 재인, 자신의 자리가 될 거라는 걸 알 수 있었다.

"저……."

재인의 아주 자그마한 목소리에도 여준이 반사적으로 행동했다.

"일어났어? 배고프지."

여준이 돌돌 만 이불을 꽉 안고 있는 재인을 발견했다.

"추워?"

"아, 아니, 추운 건 아닌데. 그냥 좀 젖어서. 제가 빨게요."

"아니야. 그러지 마."

여준이 재인에게로 다가와 이불을 가져갔다.

"푹 잘 잤어?"

"네. 잘 잤어요."

"그래. 푹 자고 일어나면 난 배고프던데. 너도 배고……."

"좀 씻고 싶은데……."

밥과 국이 식기 전에 먹었으면 좋겠지만 땀에 흠뻑 젖어 있는 그녀가 씻는 것을 먼저 하고 싶어 한다면 그렇게 해 주는 것이 마땅했다. 식은 밥과 국이야 다시 한 번 데우면 그만인 것이니까. 여준은 식탁 앞에 서 있다가 화장실 방향으로 몸을 돌렸다.

"그럴래? 좀만 기다려. 물 받아 줄게."

"아니에요. 제가 할게요."

"이 정도는 내가 해 주고 싶은데. 너한테도."

여준의 애틋한 시선이 재인의 배 쪽으로 향했다.

"내 아이에게도."

재인이 몰려드는 쑥스러움에 배를 감쌌다. 그리고 아랫입술을 지그시 깨물었다.

"갈아입을 옷 챙겨 와. 물 받아 놓을게."

마지막 말과 함께 여준이 화장실 안으로 들어갔다. 재인은 소파 위에 있는 제 가방으로 향했다. 억지로 꾸역꾸역 넣은 옷들을 꺼내니 구깃구깃한 것이 아주 꼴 보기가 싫을 정도였다.

깔끔한 그의 성격에 이런 구질구질한 옷을 보면 얼마나 한심스러울까? 재인은 최대한 구김살이 없는 옷을 찾아보려고 했지만 며칠 동안 찜질방에서 머물었기에 마땅한 옷이 없었다.

찜찜하지만 그렇다고 옷을 안 입고 있을 수도 없고 그에게 옷을 달라고도 할 수 없는 노릇이니. 나지막이 한숨을 쉬고선 일어나 화장실로 향했다.

욕조에 물을 받아 놓고 라벤더 향의 입욕제를 녹이고 있는 여준의 모습이 보였다. 신중하게 입욕제를 붓던 그가 쓰읍 하고 숨을 들이마신다.

"다 부어야 하나?"

생각보다 나지 않는 향이 마음에 들지 않는지 들고 있는 통을 냅다 들어 부으려던 찰나였다.

"어!"

여준의 돌발적인 행동에 재인이 화들짝 놀라자, 여준 역시 화들짝 놀라며 돌아보았다.

"왜! 배 아파?"

"아, 아니요, 그게 아니고. 그거 다 부으면 향이 너무 진해질 텐데……. 그 정도면 될 거 같아요."

"그런가. 이런 걸 써 본 적이 없어서."

여준이 살짝 실없이 웃으며 자리에서 일어나 거울에 매달려 있는 칫솔을 가리켰다.

"분홍색이 네 거야. 천천히 씻고 나와."

여준은 고개를 살짝 끄덕이는 재인을 지나쳐 나갔다. 재인의 시선이 거울에 매달려 있는 자신의 분홍색 칫솔로 향했다. 그리고 그 옆에 붙어 있는 파란색 칫솔을 빤히 바라보다가 가지런히 접혀 있는 수건과 새것으로 보이는 여자용 스킨과 로션도 발견했다. 자신이 잠든 사이에 사 온 모양이다.

재인이 스킨로션을 만지작거렸다. 자신이 쓰던 건 아니지만 분명한 건 자신이 쓰던 것보다 훨씬 더 비싼 화장품이라는 것이다.

화장품에서 손을 떼어 낸 재인은 은은한 라벤더 향이 나는 욕조에 몸을 담갔다. 입욕제를 써 본 적 없다고 했으니 이 향기로운 입욕제도 그녀를 위한 선물일 것이다.

따뜻한 물에 기분이 나른해졌다. 지금 이 순간만큼은 아무 생각도 하고 싶지 않았다. 재인은 자신의 몸을 물 속 깊이 더 담갔다.

"먹자."

실로 이것이 얼마 만인가? 제대로 된 집에서 제대로 된 밥을 먹는 것이 말이다. 찜질방에서 매일 구운 계란 아니면 조미료가 잔뜩 들어간 육개장 같은 것만 먹어 신물이 난 참이었다.

재인은 낯가림 따위도 잊고 당장이라도 숟가락을 들어 밥 한 그릇을 뚝딱 비울 수 있을 것 같았다. 그럼에도 이렇게 망설여지는 것은 무엇 때문일까?

"먹고 싶은 게 없어?"

걱정스럽게 묻는 그의 질문에 재인이 수그리고 있던 얼굴을 힘겹게 들어 올렸다.

"제가 여기 온 거 많이 당황스러우시죠?"

샤워를 하는 내내, 생각해 보았다. 사랑하는 사람도 아니었고 단 하루의 실수로 임신을 해서 책임지라고 짐까지 싸 들고 쳐들어온 자신을 그는 귀찮아할지도 모른다. 그에게 자신과 아이를 억지로 떠맡기고 있는 것일지도 몰랐다.

그리고 지금은 이렇게 받아 주고 있지만 그 마음이 변하여 언젠가는 자신을 버리고 훌쩍 사라져 버릴지도 몰랐다. 그래서일까. 그에게 또 한 번 듣고 싶었다. 이번이 마지막이 아니라 또 듣고, 듣고 싶을 때마다 또 듣고 싶었다. 지켜 주겠다는 그 말을.

"아니. 당황스럽지 않아."

"그럴 리가 없잖아요."

"왜 그럴 리가 없다고 생각하는 거야?"

"반가울 리도 없잖아요. 무언가를 책임져야 한다는 건, 두려운 거니까……."

재인이 차마 크게 말하지 못하고 옹알이처럼 중얼거렸다.

"네가 나를 찾아와야 하는 건 당연한 거였어."

재인이 푹 수그린 자신의 머리 위에서 들려오는 여준의 목소리에 무릎 위에 두었던 손을 꽉 쥐었다. 당연하다고 말해 주는 그에게 끝도 없이 고맙지만 왜 그런지, 그 고맙다는 말이 입 밖으로 나오지 않았다.

"재인아."

재인이 꽉 쥐고 있던 제 주먹에서 시선을 거두어 자신을 부르는 그를 바라보았다. 그의 눈빛은 오묘하다. 레스토랑에서 일할 때에도 잠시 스쳤던 그 눈빛처럼. 회식 자리에서도 자신을 뚫어져라 쳐다봤던 그 눈빛처럼. 키스를 하던 자신을 뿌리치지 않고 힘껏 안아 주며 바라보던 그 눈빛처럼. 그의 눈빛은 여전히 묘했다.

"그래서 나는 너한테 고마워."

그의 입술이 살포시 떨어짐과 동시에 거짓말처럼 재인의 눈에서 또다시 눈물이 터져 나왔다.

"나를 잊지 않고 나를 버리지 않고 찾아와 준 너한테."

뜨겁지만 차가운 눈물들이 막 샤워를 하고 나와 뽀얀 그녀의 볼을 타고 내려왔다. 아무 색도 첨가되지 않은 무표정이었던 여준의 입가에 따뜻한 온기가 느껴질 것 같은 미소가 스며들었다.

"고마워. 나는."

재인은 멈추어지지 않는 눈물을 부드럽게 닦아 주는 여준의 손을 꽉 잡았다. 여태 온몸을 장악하고 있던 불안감의 일부분이 녹아 안도되었다. 목이 꽉 메어 간신히 입술을 떼어 냈다.

"저도. 저도 고마워요."

그의 손을 매만지고 또 매만졌다. 거칠하고 투박하지만 자신의 얼굴을 쓰다듬어 주는 손길만은 따뜻하고 부드러운 여준의 손을 그렇게 한참 동안 어루만졌다.

진한 갈색의 틀로 나누어진 영롱한 달빛이 방을 환하게 비추었다. 방 안의 고요함과는 다르게 그 갈색 창문을 두들기는 바람 소리가 상당했다.

밖은 추울 것이다. 자신이 짐을 싸 들고 무작정 집을 뛰쳐나와 어디로 가야 할지 몰라 막연하게 헤매던 날도 그랬으니 말이다. 하지만 그녀는 이제 더 이상 그 싸늘함에 방치되어 있지 않다.

온몸으로 느끼고 있는 이곳은 따뜻하다. 자신이 누워 있고 여준의 향기와 온기가 묻어 있는 이곳은, 그리고 앞으로 그와 함께 있게 될 이곳은. 꿈이라면 영원히 깨어나지 않기를 바라고, 누군가가 억지로 끌어낸다면 악착같이 버티면서 나가고 싶지 않을 정도로 온화하고 안락했다.

재인이 눈을 깜빡였다. 그러고도 한참 동안을 몸을 뒤척였다. 그러자 으깨고 싶을 만큼 복잡한 생각과 심경들이 재인을 억눌렀다. 무작정 집을 뛰쳐나왔다만, 도망만이 모든 것을 해결할 수 있는 방법은 아닐 것이다.

기왕 아이를 낳는다면 모두에게 축복을 받으면서 아이를 낳고 싶었고 모두가 사랑하는 아이로 키우고 싶었다.

그에게 말해 볼까? 반대가 극심한 우리 엄마를 어떻게든 설득시켜 달라고. 그러는 과정에서 그가 쉽게 포기해 버리면? 목에 핏대를 세우고 반대를 하며 그에게 달려드는 엄마에게 지치고 지겨워져서 두 손 두 발 다 들어 버리면? 자존심을 내세우며 미안하다는 말과 함께 홀연히 사라져 버린다면?

도통 쉽게 떨어지지 않는 심란함에 재인이 뜨거운 숨을 후, 하고 내 쉬었다.

"그만, 그만."

나쁜 생각은 태아에게도 좋지 않은 영향을 미친다는 의사에 말마따나 나쁜 생각은 일단 거두기로 했다.

혼자 끙끙거린다고 될 일도 아니니, 내일은 하나밖에 없는 남매인 남동생에게 전화를 해서 버거 세트를 미끼 삼아 집안 분위기가 좀 어떤지 탐색을 해야겠다는 결심을 했다.

"낮잠을 너무 많이 잤나."

나른한 몸이 포근한 이불에 감기는 느낌이 좋았지만 어딘가 모르게 온 신경이 거실로 쏠렸다.

"잠이 안 와."

혼잣말을 내뱉으며 멀뚱멀뚱 천장을 바라보던 재인이 저를 덮고 있던 이불을 거두어 내고 침대에서 막 내려오려던 참이었다.

"잘 자고 있나……."

방 쪽으로 다가오는 여준의 미세한 중얼거림과 발걸음 소리가 들려왔다. 일어난 김에 들어오면 담담하게 맞이하면 될 것을 재인은 저도 모르게 침대에 얼른 돌아가서 누워 잠을 자는 척을 했다. 문이 슬그머니 열렸다. 그리고 그가 들어왔다.

"감기 걸리면 어쩌려고."

여준은 아까 재인이 나가려고 걷어차 바닥에 나뒹굴고 있는 이불을 집어 들어 다시 꼼꼼히 덮어 주었다. 그리고 침대 귀퉁이에 살짝 걸터앉아서 아무렇게나 흐트러져 얼굴을 가리고 있는 재인의 머리카락을 부드럽게 쓸어 넘겨 주었다. 재인은 눈을 감고 있었지만 도통 표정 관리가 되지 않아 미칠 것만 같았다.

왜, 괜히 쓸데없이 자는 척을 해 가지고……. 뺨에 살짝 스친 그의 손끝이 오랜 주방 생활로 인해 까칠했지만 결코 거북스럽지 않았다.

"잠이 안 와. 네가 자꾸만 보고 싶어서."

피곤함이 역력한 그의 목소리가 고요한 방 안에 메아리처럼 울려 퍼졌다.

"내일은 나랑 같이 애기 보러 산부인과도 가고, 맛있는 것도 먹으러 가고, 그리고……."

그는 잠시 말을 끊었다. 무슨 표정을 지으면서 자신을 바라보고 있을지, 재인은 실눈을 뜨고 몰래 쳐다보고 싶은 것을 가까스로 참아 냈다.

"어머님이랑 아버님 뵈러 가자."

녹녹한 그의 음성이 여태 혼자 끙끙 앓고 있는 재인을 위로하고 다독여 주기라도 하듯 보드랍게 들려왔다. 그는 다시 한 번 재인을 덮고 있는 이불을 다듬어 주고 자리에서 일어났다.

"잘 자, 재인아."

여준이 소란스럽지 않은 발걸음으로 방을 빠져나갔다. 문이 닫히고 멀찌감치 사라지는 그의 미세한 발걸음 소리가 완전히 사라지고 나서야 재인이 눈을 떴다. 그의 손이 잠시 머물었던 머리를 매만졌다.

"우리 부모님을 뵙고 나서도 이렇게 내 머리를 매만져 줄 수 있으면 좋을 텐데……. 그치? 아가야."

재인은 살짝 불룩한 자신의 배를 부드럽게 쓰다듬으며 간절하게 바랐다.

아가, 제발 엄마와 아빠가 너와 함께 있을 수 있도록 도와주렴! 하고 말이다.

02.

　감은 눈 위로 찾아온 다사로운 햇살을 더 이상 버틸 수 없었는지 재인이 잠에서 깨어났다. 찌뿌드드한 몸을 공중으로 쭉 폈다. 그러고선 조심스럽게 배에 손을 가져다 댔다.

　"잘 잤어? 엄마는 잘 잤어. 엄마가 원래 엄마 집 말고는 잠을 잘 못 자는데, 여긴 많이 편한가 보다. 푹 잘 잔 것 같아."

　어색했지만 싫지 않은 혼잣말이었다.

　"고장 났나……. 아! 아, 뜨거워."

　방문을 사이에 두고 어수선한 여준의 기척이 들려왔다. 몽롱하게 자리 잡고 있던 잠이 여준의 옅은 고함 소리에 순식간에 확 달아나 버렸다. 재인이 방에서 나오자 거실에서 담요를 깔아 놓고 엉성하게 다리미로 정장 바지를 펴고 있는 여준이 보였다.

"큼."

재인이 괜한 헛기침을 했다. 그러자 심혈을 기울여 정장 바지 펴는 것에 집중하고 있던 여준이 고개를 돌렸다.

"잘 잤어?"

그가 무엇을 하고 있고 그것을 왜 하고 있는지 굳이 묻지 않아도 알았기에 재인은 고개를 끄덕이며 여준의 곁에 와 앉았다.

"제가 해 드릴게요. 이리 주세요."

"뜨거워서 위험해."

"제가 보기엔 셰프님이 하는 게 더 위험해 보이는데……."

"나 뜨거운 거에 강해. 맷집도 좋고."

"안 그래도 오늘 가서 엄청 두들겨 맞을지도 모르니까 지금은 몸 조금 사리고 계세요."

살벌한 말들을 아무 표정 없이 하는 재인에 여준이 놀라 몸이 얼음처럼 굳어져 버렸다. 여준이 자신보다 나이가 훨씬 많은데도 그 모습이 살짝 귀엽다는 생각이 들었다. 재인은 여준의 손에 잡혀 있는 다리미를 뺏었다.

"오늘, 너희 집에 갈 거야."

"알아요."

"어떻게?"

"잠결에 얼핏 들었어요."

"그럼, 내가 들어가서 말한 걸 다 들었다는 소리가 되나?"

"네. 얼핏."

당황했는지, 여준은 벙찐 표정을 감추지 못했다. 재인은 다리미질을 멈추지 않고 조바심을 감추며 애써 담담하게 말했다.

"저희 엄마 화 많이 나셨어요. 각오 단단히 하셔야 해요."

능숙하게 옷을 펴는 재인의 손길을 놓치지 않고 바라보는 여준의 얼굴엔 긴장감이 역력했다.

"응."

하지만 그것도 잠시, 크게 결심한 모양인지 야무진 표정을 짓고 꼭 쥔 주먹으로 여준이 제 어깨를 툭툭 쳤다.

"저희 엄마 진짜 때리실지도 몰라요."

"가짜로 때리시면 좋겠지만 진짜 때리시면 진짜 맞지 뭐."

"안 무서워요?"

"응."

담담하게 대답하는 여준이 재인은 도통 이해가 되지 않았다.

"어떻게 안 무서워요? 난 맞기 싫어서 도망 나왔는데……."

"사실, 하나도 안 무섭다는 건 거짓말인데. 근데……."

근데요? 하고 재인은 말 대신 눈빛으로 묻고 있었다.

"지금 나한테는 너랑 떨어진다는 게 더 무서워. 그래서 그 정도쯤은 아무것도 아니야. 참아 낼 수 있어."

솔직한 심정으로는 왜 그렇게까지 자신에게 잘해 주는지 묻고 싶었으나, 은연중에 원하고 있는 대답을 듣지 못할까 봐 겁이 났고 옹졸한 의심으로 그를 실망시킬까 봐 걱정되었다.

나중에, 조금만 더 이따가 물어봐도 늦지 않을 거라는 생각을 했다. 사실 지금, 그가 해 주는 이 배려가 싫지 않고 지금으로써는 가장 큰 위로가 되니까.

재인이 바지 펴는 것에 집중을 했다. 그러자 어느샌가 찾아온 이 무거운 침묵이 여준은 싫었다. 그녀를 보면 자꾸만 말을 걸고 싶고, 자꾸만 그녀의 눈을 마주하고 싶고, 자꾸만 그녀의 목소리가 듣고 싶고 자꾸만 그녀가 자신의 곁에 있다는 것을 확인하고 싶었다.

"재인아."

"네."

"근데 셰프님 말고 다른 걸로 불러 주면 안 돼?"

"어떤 걸로요?"

"음……."

그가 살짝 고민하는 척하다가 망설임 없이 입을 떼어 냈다.

"오빠?"

활짝 웃으면서 말했는데, 재인이 별로 달갑지 않은 표정으로 바라보자 여준이 당황하지 않을 수가 없었다. 하지만 자꾸만 속으로 드는 욕심을 쉽게 버릴 수가 없었기에 여준은 고개를 살짝 기울여 용기를 냈다.

"아니면……."

여준이 잠시 숨을 고르다가 최대한 가볍게 들릴 만한 톤으로 입을 열었다.

"자기?"

이번 역시 반응이 좋지 않다. 혼자서 너무 앞서 간 것이 분명하다고 느끼는 순간, 여준은 더 이상 자리를 잡고 있을 수가 없어서 허겁지겁 일어났다.

"미안. 밥 준비할게. 다치지 않게 조심히 해야 돼!"

주방으로 꽁무니 빠지게 도망가는 여준을 눈에 가득 담아 넣던 재인의 수평이었던 입술이 살포시 웃음을 지었다.

기분이 묘했다. 완전히 친한 사람을 제외하고는 낯을 가리고 내성적인 성격이라 말을 잘 안 하게 되는데, 그가 편안하게 해 줘서 그런 걸까? 방금 전 여준과 앉아 있을 때 자신은 편안하게 그와 대화할 수가 있었다.

그런 자신의 모습이 낯설지만 싫지는 않은 기분이었다.

❖   ❖   ❖

"여기 보이시죠? 이쪽이 이마, 이쪽이 배, 이쪽이 발. 어? 손들고 있네요. 손가락 보여 드릴게요."

의사가 초음파 사진을 확대하여 태아의 아직 뚜렷하지 않은 손가락을 보여 주었다. 손가락이 꼼지락거렸다. 모니터를 뚫어 져라 바라보고 있던 여준이 옅은 탄식을 내뱉었다.

"와……"

그 작고 연약한 공간에서 숨을 쉬고 존재하고 있는 아이가 신기했고 힘들고 고달팠을 텐데도 잘 버텨 준 것이 고맙고 가 슴이 벅차올랐다.

"아가도 엄마, 아빠 얼굴이 보고 싶은가 봐요. 얼굴을 이쪽으로 돌리고 있네요."

"콧날이 정말 날카로운 것 같아요. 그렇죠?"

신이 나서 재잘거리는 여준을 재인은 침대에 누워서 웃음을 참지 못하고 바라보았다. 같이 일하던 시절엔 늘 침착하고 차가워 보여서 주방의 몇몇 사람들은 무서워하기까지 한 사람이 저렇게 말을 많이 하고 호들갑도 떨 줄 알다니…….

"눈도 크고 다리도 길쭉길쭉하고, 심지어는 발가락마저 예쁘네. 태아가 원래 이렇게까지 예쁜가요?"

"그러게요. 너무 예쁘네요."

"엄마가 이렇게 예쁜데 애가 예쁜 건 당연한 거죠? 선생님."

"호호. 그러네요."

여준의 돌발적인 발언에 재인의 얼굴이 금세 붉어져 버렸다.

"아버님도 너무 잘생기셨어요. 처음 들어올 때 영화배우가 들어오는 줄 알았어요."

의사의 칭찬에 머쓱하게 웃으며 여준이 모니터로 얼굴을 더 바짝 가져다 댔다. 그 상태에서 여준은 꿈틀대며 움직이는 아기를 한참 동안 눈을 떼지 않고 바라보았다.

초음파 영상검사를 끝내고 나오자 간호사가 캡처한 초음파 사진을 건넸다. 그 사진이 좋았던 모양인지, 여준은 그 사진을 한참 동안 들여다보고 또 들여다보며 애틋하게 손으로 어루만졌다.

그가 차에 먼저 도착했고 화장실을 들르느라 재인이 조금 늦게 나왔다. 그리고 오늘도 어제와 다를 바 없이 뒷좌석에 올라타는 재인의 벨트를 매 주고 담요를 덮어 주고 나서야 여준은 운전석에 올라탔다.

"널 닮았다면 정말 예쁠 거야. 자꾸만 보고 싶어서 아무것도 못 하게 돼 버리면 어쩌지?"

주체할 수 없는 기쁨이 얼굴 가득 스며든 여준이 물었다. 하지만 재인은 아가가 자신보다는 여준을 닮기를 은근히 바라고 있었다. 코도 더 높고 얼굴도 더 작고 팔다리도 쭉쭉 뻗은 여준을 말이다.

"출발할게."

보고 싶고 또 보고 싶은 태아 사진과 재인의 얼굴에서 시선을 간신히 떼어 낸 여준이 모는 차는 여전히 조심스러웠다.

여준의 배려를 한없이 느끼며 상가들이 즐비하게 늘어진 밖을 쳐다보던 재인의 핸드폰이 요란스럽게 울렸다. 며칠 동안 꺼 놨다가 진료실로 들어가기 몇 분 전 동생에게 여준과 함께 집으로 가고 있다는 문자를 보내면서 켜 뒀던 것이다.

– 누나!

전화를 받자마자 고막을 터트릴 것 같은 남자의 고함 소리에 여준이 의문을 가지며 백미러로 이쪽을 돌아보았다. 재인이야 워낙에 익숙했지만 여준에겐 생소한 일이니 보이는 반응이 당연하다고 생각했다.

"어디야, 너?"

– 누나 문자 보자마자 화끈하게 조퇴 내고 집으로 가는 중.

"뭐!? 미쳤어? 학교 조퇴는 왜 해?"

– 내가 미리 집에 가서 아빠한테 누나 온다고 귀띔도 좀 해주고, 그리고 엄마 화나면 유일하게 말릴 사람이 누가 있어? 5대 독자인 나밖에 더 있어?

"그래도 그렇지."

– 그분하고 오는 거 맞지?

"어? 어."

– 그럼 그분이 이제 내 매형이 되는 건가? 맞지, 호칭? 매형?

밀폐된 차 안에 워낙 큰 재현의 목소리가 쩌렁쩌렁 울려 퍼졌다. 예기치 못하게 재현의 입에서 나온 '매형'이라는 말에 재인은 어찌할 바를 몰라 볼륨을 낮추려 했지만 어느새 갓길에 차를 세운 여준이 뒤를 돌아 재인과 눈을 마주친 후였다.

매형이라는 말이 틀린 말은 아니겠지만 낯선 명칭과 아직 명확하게 정리되지 못한 관계에 어딘가 모르게 부끄럽기만 한 재인이었다.

"쓸데없는 소리 하지 말고. 집에 엄마랑 아버지 다 계셔?"

– 다 계셔. 누나 그렇게 뛰쳐나가고 엄마 앓아누우셨거든. 그런 엄마 걱정돼서 아버지는 며칠 동안 가게 문 닫고.

마음이 무거워졌다. 꾹 다문 입술을 비집고 저절로 한숨이 터져 나왔다. 엄마의 가슴에 대못을 박은 못된 계집애라는 것을 알면서도 재인은 여전히 배 속에 아이를 지울 생각이 없었다.

– 어쨌든 매형 될 그분한테 우리 집 올 때 사 들고 올 것들

은 맞아도 좀 덜 아픈 걸로 사 오라고 해 줘. 특히 엄마가 좋아하는 사과나 배, 이런 거 사 오면 자기가 고생할 거라고 말해 주고. 웬만하면 작은 과일들 있잖아. 포도나 딸기 이런 거. 이런 걸 사 와.

재현의 농담 같은 걱정을 들으며 전화를 끊은 재인이 앞에 앉아 있는 여준을 바라보았다.

그녀의 눈빛에 금세 불안감이 스며든 것을 여준은 눈치챌 수 있었다. 하지 못한 말들을 가슴 깊숙한 곳에 응어리로 남겨 스스로를 자책할 모습을 생각하니, 여준은 마음이 미어지게 아팠다. 그래서 더 웃어 주고 싶었다. 나는 괜찮다고. 나는 상관없다고.

"어머니가 포도나 딸기 좋아하셔?"

"아니요."

"그럼?"

"사과랑 배를 많이 좋아하시긴 하는데……."

"그럼, 그걸로 사 가자."

왜 솔직하게 말했을까? 그냥 포도나 딸기 좋아한다고 할걸. 후회하는 재인의 시야로 여준의 차가 천천히 다시 도로로 들어서는 것이 들어왔다. 그리고 그의 차는 언제나 따뜻했던 공간에서 무서운 곳으로 바뀌어 버린 자신의 집으로 향했다.

중간에 내려 시장을 들러 품질이 좋고 가장 비싼 사과와 배를 골라서 샀다. 그것도 매우 많이 샀다. 재인은 여준이 들고 있는 상당한 양의 배와 사과가 엄마의 손에 의해서 그의 고운 얼굴로 날아올 것을 예감하며 노심초사한 눈길로 보느라 정신 없었다. 하지만 여준은 덤덤하게 과일들을 차에 싣고 재인의 집 앞까지 왔다.

하지만, 막상 집 앞에 와서 느껴지는 살벌한 한기에 여준이 마른침을 몰래 삼켰다. 추운 날씨로 인해 더욱 차가워 보이는 회색빛이 감도는 현관문을 사이에 두고 안에서는 욕을 퍼부으며 무언가를 때려 부수는 듯한 소리가 여과 없이 들려왔다. 아무래도 재현이 도착해 말을 전해 놓은 모양이었다.

"오기만 해 봐. 내가 그놈! 사지를 다 찢어 놔 버릴 거야! 여기가 어디라고! 뭘 잘했다고 찾아온대! 뭘 잘했다고! 그 어린애를 가지고! 내가 생각만 하면 열불이 다 나서! 못된 놈!"

여준이 겸연쩍게 웃었다. 멀쩡한 사지가 찢어질 생각을 하니, 벌써부터 아픔이 몰려오는 것 같기도 하고 배를 너무 큰 걸 골랐나 걱정이 들기도 했다.

그렇다고 물러설 의향은 없었고 부딪히지 말아야지 하는 생각도 들지 않았다. 그녀와 함께한 그날 밤에 대한 후회는 없으니 지금 이곳에 온 것 또한 후회는 없다.

"여보! 그건 안 돼! 그거 비싼 거잖아! 그냥 내려놔요. 응?"

"내가 못 살아! 내가! 대체 전생에 무슨 죄를 지어서!"

"여보……."

절규하는 숙자를 만류하는 아버지, 동봉의 소심한 목소리가 한데 엉켜 들려왔다. 재인은 겁이 나 죽을 것 같았다. 저게 싫어서 도망친 건데. 또다시 부딪힐 생각을 하니 자신이 없었다.

재인이 뻣뻣하게 굳은 몸으로 현관문만 멀거니 바라보고 있자, 여준이 어깨를 꽉 감싸 안았다.

"괜찮아. 내가 있잖아. 들어가자."

"저……."

지레 겁을 먹은 재인이 여준의 옷자락을 살짝 부여잡고 끌어당겼다.

"그냥 가지 말까요? 그래요. 가지 말아요, 우리. 그냥 집으로 가요."

급기야 재인이 여준의 품에서 벗어나 뒤로 한 발자국 물러섰다.

"재인아."

"저 걱정돼요. 그래서 여기 온 거 지금 후회하고 있어요. 어쩌면 시간이 좀 지나면 괜찮아질지도 몰라요. 그때 다시 와요, 우리."

여준은 적어도 그녀가 자신과 함께하겠다고 온 순간부터는 더 이상 그녀를 위태로운 경계선에 방치해 두지 않겠다고 결심했었다.

"아니. 들어가야 돼."

그랬기에 언젠가가 아닌, 지금 당장 꼭 부딪혀야 할 일이었다. 재인이 좀 더 편안하고 안전한 곳에서 몸을 살피기를 간절히 바라는 여준은 배를 들고 있지 않은 다른 손을 뻗어 재인의 붉은 뺨을 어루만졌다. 부드러운 감촉이었다. 떨어지는 것이 아쉬울 정도로.

"난 지금까지의 일들 중 단 하나도 후회하는 것이 없어. 그러니까, 여기 온 것도 후회 안 해."

"……."

"어머니께서 그러시는 거 당연한 거야. 그러니까 절대로 어머니한테 말대꾸해서는 안 돼. 알았지? 그리고 어머니가 뭘 던지셔도 가만히 있어야 돼. 알지? 나 맷집 좋은 거."

재인의 손목을 들어서는 자신의 어깨 언저리를 툭툭 치며 꿈쩍 안 한다는 것을 보여 준 여준이 씩 하고 웃었다. 자꾸만 줏대 없이 코끝이 시큰해진다. 벌써부터 약해지면 안 되는데, 무너져 버리면 안 되는데, 더 강해져야 하고 더 단단해져야 하는데.

"춥다. 들어가자."

재인의 뺨에서 거두어진 여준의 손이 그대로 재인의 손을 꽉 잡았다. 절대로 놓치지 않을 거라는 듯, 빠져나갈 틈도 없이 꽉 잡았다.

"일단 들어오게."

길길이 날뛰는 숙자를 말리느라 기력을 다 쏟아부은 동봉의 피곤한 목소리가 들려왔다. 여준은 공손하게 두 손을 앞으로 모아 정중히 인사를 했다.

"이렇게 찾아 뵙게 되어 정말 죄송합니다. 실례 좀 하겠습니다."

여준의 말이 끝나기가 무섭게 얼마나 울었는지 눈이 퉁퉁

부어오른 숙자가 벌떡 일어나 득달같이 소리쳤다. 여준은 신발을 막 벗으려다 말고 멈췄다.

"여기가 어디라고 들어와요! 이딴 거 사 오면, 내가 아이고 좋네! 우리 딸 데려다가 잘 사세요, 할 줄 알았어요?"

숙자가 보란 듯이 여준의 코앞에서 과일 바구니를 탈탈 털었다. 큼직하고 둥근 배와 사과들이 거침없이 대굴대굴 굴러 여준의 발치 쪽으로 나동그라졌다.

"엄마!"

미처 말리지 못한 숙자의 갑작스런 행동에 놀란 재인이 반사적으로 발을 떼어 냈지만 곧 여준에게 제지당했다.

"재인아."

여준은 한쪽 팔로 재인의 앞을 막고서는 그러지 말라고 고개를 내젓고 있었다. 재인은 버석하게 마른 입술을 꽉 깨물고 주먹을 꽉 쥐며 한 발자국 뒤로 물러섰다.

"아, 엄마는. 대체 먹을 거 가지고 왜 그러시는 거예요……."

재현이 눈치를 살피며 엉금엉금 기어가 텅 비어 있는 바구니에 배를 주워 담으며 눈치를 살폈다.

"매형이 엄마 생각해서 아주 싱싱하고 비싼 걸로만 골라서 사 온 거 같은데……."

재현의 말이 들리지 않는 듯 숙자는 답답한 가슴을 주먹으로 쾅쾅 내려치며 한숨을 내쉬었다.

"와, 크다! 이건 무슨 메론 같네! 엄마, 이거 봐. 깎아 먹으면 시원하고 맛있겠다. 그치? 매형이 엄마 기분 좋으라고 사

온 거야. 그러니까 너무 그렇게……."

재현이 큼직한 배를 들자마자 숙자가 거칠게 뺏어서는 여준에게 냅다 집어 던져 버렸다. 큼직하고 단단한 배는 숙자가 분개한 무게만큼이나 육중하고 거칠게 날아와 여준의 어깨를 치고 바닥으로 툭 떨어져 박살이 나 버렸다.

여준은 피하려고만 했다면 충분히 피할 수 있었음에도 불구하고 결코 피하지 않고 거세게 날아온 배를 일부러 맞았다.

이렇게 해서라도 장모님의 노여움이 풀릴 수 있다면 지금 바닥에 뒹굴고 있는 배와 사과를 다 맞는 것은 물론이고, 던질 것을 더 사다 드릴 수도 있었다.

"아, 엄마!"

재현이 기겁하며 여준의 곁으로 다가가 안절부절못하고 어찌할 바를 몰라 했다.

그러든지 말든지, 딸아이 곱게 키워 놨더니, 형식적인 의례도 없이 애를 가지고 들어오지를 않나, 나가라고 했더니 기다렸다는 듯이 진짜 나가 버리지를 않나! 재인의 부모에 대한 배신으로 억장이 무너져 내린 숙자는 더 이상 그 감정을 버티지 못하고 주저앉고 말았다.

"내가 지 해 달라는 거 다 해 주지는 못했어도 지 사 달라는 거 다 사 주지는 못했어도! 불면 꺼질까, 쥐면 사라질까 금이야 옥이야 키웠다고! 그런데, 그런 엄마한테 네가 어떻게 그럴 수가 있어? 네가!"

가슴이 미어지는지, 주먹으로 가슴 쪽을 퍽퍽 치며 울부짖는 숙자를 보며 재인 역시 꾸역꾸역 참고 있던 눈물을 터트리고 말았다.

그때, 여준이 무릎을 꿇고 앉았다. 환영받지 못해서 차마 거실 안으로 들어가지도 못한 채로 냉랭하며 딱딱한 현관 바닥에 무릎을 꿇고 앉은 것이다. 그리고 그대로 고개를 조아렸다. 지저분한 현관의 신발들 사이에 머리가 닳도록 조아리고 또 조아렸다.

"죄송합니다, 어머니. 죄송합니다, 아버님. 죄송합니다."

숙자가 앉은 자리에서 발버둥 치며 통곡했다.

"내 명에 못 살아. 내가! 내가!"

"당신이 왜 못 살아……. 손주도 보고 저렇게 훤칠한 사위도 얻었는데. 기왕 이렇게 된 거. 좋게 좋게 생각합시다, 우리."

목소리가 확 쉬어 버린 동봉의 달램에도 숙자의 울음은 끊길 기미를 보이지 않았다. 그 순간에도 재현은 또다시 숙자가 자리를 박차고 일어나 있는 대로 과일을 집어 던질세라 그녀의 어깨를 살짝 누르며 달랬다.

"그러니까 엄마가 왜 못 살아. 저렇게 반듯한 사위 얻고 귀여운 손주 재롱떠는 것도 봐야 되는데. 저러다가 매형 이마 닳겠어. 엄마……."

재인이 그만하라고 애원하고 싶을 정도로 바닥에 머리를 조아리던 여준을 안타깝게 바라보던 동봉이 이제 그만하라고 막 말리려던 참이었다.

"죄송하다는 말은 딱, 이번 일 하나로만 하겠습니다."

여준이 반쯤 고개를 들고 차분하게 말했다.

"앞으로는 어떤 일이 있어도 죄송할 일이 없도록 재인이에 게도……."

살짝 고개를 더 들어 불안하면 나오는 증세로 손톱을 탁, 탁, 소리 내 만지고 있는 재인을 눈에 담아 넣었다.

"어머님, 아버님에게도 처남에게도 잘하겠습니다. 제가 잘하 겠습니다."

여준은 재인의 아버지, 어머니, 동생을 차례대로 바라보며 조금의 흐트러짐도 없이 진지하게 말했다.

재인은 자꾸만 터져 나오려는 눈물을 바득바득 참고 있었다. 그리고 배를 부여잡고 머리로 억지로 좋은 생각만 했다. 아가 가 스트레스를 받으면 안 되니까 아가가 울면 안 되니까.

숙자는 목에 핏줄을 세우고 집이 떠내려가라 우짖듯이 울던 것을 은근슬쩍 그치고선 원망스러운 눈으로 있는 힘껏 여준을 노려보았다.

틈조차 보이지 않는 여준의 강한 결단이 딸로 인해 갈기갈 기 찢기고 문드러져 있는 상처를 오히려 위로하는 느낌이 들었 기 때문이다. 숙자는 눈물을 참으려고 턱을 실룩거렸다.

"절 믿어 주시고 재인이와의 결혼, 허락해 주세요."

간절한 자신의 심정이 닿길 바라며. 여준이 또다시 바닥에 머리를 조아렸다.

　플라스틱으로 된 원형 탁자가 일정한 간격 없이 아무렇게나 비치되어 있는 동네 포장마차에 자리를 잡고 앉은 동봉은 여전히 긴장감을 풀지 못한 표정이 역력한 여준의 앞에 놓인 잔에 술병을 기울였다.

　"그러고 보니까 내가 나이도 모르고 있네. 올해 나이가 어떻게 되나?"

　"32살입니다."

　"적당한 나이구만, 자네는."

　두 손으로 공순하게 술잔을 받고 동봉의 잔을 채워 준 여준이 건배를 하고 몸을 옆으로 틀어 술을 단박에 쭉 들이켰다. 술이 쓸 만도 한데, 미간 한 번 찌푸리지 않고 앉아 있는 여준을 동봉은 구석구석 살펴보았다.

　짙고 위로 뻗은 눈썹하며 쌍꺼풀 없는 야무진 눈매와 반듯하게 뻗은 오똑한 코, 무표정임에도 불구하고 웃고 있는 것처럼 살짝 치켜 올라간 입술. 누가 보아도 부정하지 못할 잘생긴 외모였다.

　10개월 전쯤인가, 재인이 남자친구라고 데리고 왔던 놈은 괴상스런 샛노란 머리카락에 귀를 뚫은 모양새를 하고는 밥 먹는 내내 다리를 떨어 댔다. 심지어 담배 찌든 냄새까지 났던 그놈과는 비교도 되지 않을 정도로 훌륭했다.

"요리를 한다고 들었는데, 어디서 일하고 있는 건가?"

"이태리 레스토랑입니다."

"이태리 레스토랑……. 기업에서 하는 곳인가?"

"아닙니다. 개인 사업입니다. 아는 형이 사장으로 있는 곳입니다."

"그렇군. 개인 사업이라면 안정적인 직장은 아니겠어. 요즘에 하도 불황이라고 해서 문을 닫는 가게가 하루에도 몇 백 개가 된다고 하더라고. 장사는 잘 되나?"

"네. 불황이라는 말이 무색할 정도입니다. 제가 오고 나서부터 줄곧 매출이 올라가고 있습니다. 그래서 이번 년도에 3호점을 오픈할 예정입니다."

동봉은 자신의 말이 기분 나쁠 법한데도 웃음을 잃지 않고 대답하고 남자로서 가져야 할 자신감까지 겸비한 여준이 오늘 처음 봤는데도 참 마음에 들었다. 동봉은 술병을 들어 여준의 빈 잔에 다시 술을 채우며 넌지시 물었다.

"그래. 우리 재인은 어떻게 만났었나?"

"그전에 일하던 레스토랑에서 만났습니다."

"전에 일하던 레스토랑이라면, 우리 재인이 남자친구가 있었을 때였는데."

"네. 그래서 뒤에서 혼자 아무것도 못하고 끙끙거렸습니다."

동봉이 고개를 나지막이 끄덕였다. 그런데 어떻게 아기까지 가지게 된 거냐고 묻고 싶은 것을 애써 침묵했다. 아무리 자기

자식이고, 원하지 않게 사고를 친 예비 사위지만 그들에게도 지켜야 할 프라이버시가 있다는 생각이 들어서였다.

"죄송합니다, 아버님."

"자네, 아까 죄송하다는 말은 딱 이번까지만 하겠다는 그 말 지킬 수 있는 거지?"

"네. 두 번 다시는 죄송하다는 말로 어머님과 아버님 실망시켜 드리는 일은 없을 겁니다."

동봉은 처음 집에 들어오는 순간 보았던 여준의 눈빛이 마음에 들었다. 탁하지 않고 반짝반짝 빛나며 거북하지 않고 깊게 빠져드는 그 맑은 눈빛이. 그래서 그가 고개를 들고 있을 때면 계속 그 눈빛을 들여다보고 있었다.

"그래. 그 약속 꼭 좀 지켜 주게."

"네. 걱정 마세요, 아버님."

"아버님은 무슨 일 하시나?"

이제 곧 딸과 결혼할 사위이니 기본적인 것들은 알아야 된다고 생각한 동봉은 망설이지 않고 물어보았다.

"저 10살 때쯤, 차 사고로 돌아가셨습니다."

"아……."

하지만, 곧 그것이 실수라는 것을 깨달았다. 동봉이 머쓱해하며 미안하게 바라보자 그게 더 마음에 걸리는 여준이 입가에 웃음을 크게 걸쳤다.

"그래서 늘 아버지가 그리웠는데, 아버님을 아버지처럼 따르고 싶습니다."

"허허. 좋네, 나는! 그럼 나는 사위도 얻고 아들 하나 더 얻는 건가?"

"그렇게 생각해 주시면 저야 너무 감사드리죠."

어머님은 살아 계시나? 묻고 싶었으나, 더 뭔가를 물었다가 또 같은 일이 벌어질지도 모른다는 생각에 입을 다물었다.

다른 것들은 차차 물어보기로 하고 동봉은 자신의 이야기를 하기로 했다. 부인에게도 잘하지 못하고 딸인 재인에게도 하지 못했던, 오래도록 가슴 깊이 묻어 두었던 이야기를 말이다.

"내가 우리 재인이 어렸을 때는 사업이 꽤 잘돼서 부족한 거 없이 키워 보려고 했는데, 친구 보증을 잘못 서 주는 바람에 살던 집도 뺏기고 갖고 있던 상가도 뺏기면서 쫓겨나 길거리에 나앉게 되었지. 그때 우리 재인이 나이가 고작 5살이었어."

여준은 먹먹하게 동봉의 말을 들었다.

"찜질방 전전하면서 곰팡이 잔뜩 껴 있는 여관에서도 묵다가 하는 생활이 이어졌지. 우리 재인이 5살엔 1년 내내 감기가 떨어지질 않았어. 미안했지, 참."

동봉은 그때의 떠올리고 싶지 않은 악몽 같은 나날이 떠올랐는지, 씁쓸한 표정으로 빈 술잔을 만지작거렸다. 그러다가 확 치솟아 오른 서글픔이 예비 사위 앞에서 절제되지 못하고 터져 버렸다.

"바쁘면 바쁘다고, 쉬면 피곤하다고 핑계 대면서 아빠 노릇

한 번 제대로 못 해 줬어, 내가."

울컥함이 목을 타고 넘어와 끝내 눈물을 머금기 시작했다. 그런 동봉을 여준은 말없이 안타까움이 서린 눈으로 바라보기만 했다.

"피아노를 배우고 싶다고 울고불고 떼쓰는 애를 내가 때렸어. 참 모자라고 못난 애비지, 내가. 그때 일을 생각하면 아직도 여기가 싸한 게. 여태 그게 마음에 걸리고 또 걸리네."

동봉은 제 가슴 언저리 쪽을 어루만졌다. 자신의 한순간의 잘못된 선택으로 부인과 자식을 고생시킨 것이 한이 되었는지, 동봉은 한참 동안이나 말을 잇지 못했다. 그러다가 볼을 타고 내려오는 눈물에 화들짝 놀라, 고생해서 나이에 비해 주름이 많이 진 손등으로 눈물을 허겁지겁 닦아 냈다.

"내가 주책이야. 창피하게 예비 사위 앞에서 눈물이나 흘리고."

"주책도 아니시고 모자라고 못난 분도 아니십니다. 재인이가 저렇게 예쁘고 예의 바르고 곱게 자라난 것에는 다 훌륭한 아버님과 어머님의 공이 크시다고 믿습니다. 그러니 옛날 일을 더 이상 마음에 담아 두지 마세요. 제가 재인이 행복하게 해 주겠습니다."

듣기 좋은 말만 하는 여준을 보며 동봉은 기분이 좋아져 큰 목소리로 농담을 던졌다.

"꼭 젊었을 때 나를 보는 거 같네."

"제가 그 정도로 잘생겼습니까? 아버님."

웃자고 던진 말을 여준이 넉살 좋게 받아치자 동봉은 기분이 더 좋아져 술을 채우고 단숨에 마셔 버렸다.

"어! 딱 잘생긴 게 날 보는 거 같아, 날. 거울인가? 하하하!"

동봉이 여준의 볼을 양손으로 꽉 감싸고 호탕하게 웃으며 좌우로 살짝 흔들었다.

"아버님 젊었을 때 같다고 해 주시니 영광입니다."

"영광까지야. 하하."

여준은 그대로 동봉에게 얼굴을 내어 주며 크게 웃어 보였다.

"그러고 보면 재인이 그 녀석이 남자 보는 눈은 좀 있어. 그치? 기분 좋으니, 술 한번 쭉 따라 봐."

여준의 볼에서 손을 떼어 낸 동봉이 빈 잔을 높게 치켜 올렸다. 쌀쌀하다 못해 옷을 목 끝까지 여며야만 하는 추운 겨울밤이 동봉과 여준, 오로지 두 사람에게는 따뜻한 밤이 될 것만 같았다.

"들어가 봐."

지친 기색이 역력한 재현이 안방 문을 살짝 열어 놓고 앞에 서 있는 재인에게 눈짓했다. 재인은 쉽게 떨어지지 않는 발걸음을 간신히 떼어 내며 막 안방 문고리를 잡았다.

"엄마랑 절대 싸우지 말고."

재현이 걱정되는지 신신당부를 했다. 싸울 생각도 말대꾸할 생각도 없다. 이미 그러지 않겠다고 여준과 약속을 했으니 말이다.

재인이 고개를 끄덕이고서는 저의 팔을 잡고 있는 재현의 손을 한 번 꾹 잡아 준 뒤 안방으로 들어갔다.

침대에 앉아 혼이 빠진 것처럼 앉아 있는 엄마를 보고 있자니, 닫지 않은 문으로 다시 도망가 버리고 싶은 충동이 들었다.

하지만 도망가지 말라고 했다. 여준이 그랬고 배 속의 아이가 그렇게 말하고 있었다. 재인은 걸음을 천천히 떼어 내 숙자의 곁으로 향했다.

"엄마……."

텁텁한 입 밖으로 간신히 비집고 나온 부름에도 숙자는 재인에게 눈길조차 주지 않았다. 숙자가 갑자기 벌떡 일어나 때릴까 봐 무서웠고, 비록 집을 나와 도망을 갔지만 다시는 안 본다고 할까 봐서 겁이 났다.

"엄마……."

재인이 울먹이는 목소리로 다시 한 번 숙자를 불렀다. 하지만 숙자는 듣기도 싫다는 듯 그나마 앞을 보고 있던 얼굴을 뒤로 확 돌려 버렸다.

"엄마……."

재인이 숙자의 옷자락을 잡았지만 거칠게 홱 내쳐 버렸다. 하지만 재인은 놓치지 않고 숙자의 옷자락을 다시 쥐었다. 이번엔 어떤 미동도 보이지 않았다.

"내가 잘못했어 엄마. 그래도…… 애 지울 수가 없어…….

애가 무슨 죄야. 애는 아무 죄 없잖아. 엄마…… 내가 이 애 지우면 평생 죄책감에 살 텐데. 자식 보는 맛에, 자식 지키는 의무감에 사는 게 엄마라며……. 엄마가 그랬잖아……. 살인자라는 죄책감을 지고 사는 삶보다 엄마가 되는 삶이 더 좋은 거잖아. 그렇잖아, 엄마."

자꾸만 기어 올라오는 눈물을 끝끝내 참지 못하고 퐁퐁 쏟아 내는 재인에게로 시선을 돌린 숙자 또한 두 눈 가득 눈물을 머금고 있었다. 원망보다는 애처로움에 더 가까운 숙자의 눈길이 재인을 또 한 번 울려 버리고 말았다.

"미안해. 엄마. 정말 미안해."

하도 닦아서 눈 주위가 따가웠지만 눈물은 멈추지 않았다. 손등으로 아무리 훔쳐 내도 사라지지 않는 눈물로 인해 눈앞이 희부옇게 변할 때쯤, 엄마가 팔을 뻗어 재인을 끌어안았다. 안온하고 따뜻하며 익숙하고 편한 품이었다.

"엄마가 나가라고 했다고 진짜 나가? 그 몸으로 나가서 얼마나 고생하려고! 애 낳고 키우겠다고 마음먹었으면 어떻게든 집에서 버티고 있어야지. 이 못난 계집애야."

슬픔과 눈물에 잠긴 목소리와 어쩌면 영원히 느끼지 못할 줄 알았던 숙자의 손길에 재인은 엄마의 품에 안겨 어린아이처럼 소리 내어 울었다.

"엄마 다시는 안 보려고 했니? 엄마한테는 너랑 재현이밖에 없는데. 엄마 되겠다는 애가 왜 엄마 마음은 그렇게도 몰라주고……. 너 정말 못된 딸이야, 정말."

아프지 않게 재인의 등을 콩콩 때리는 숙자의 손길마저 그리웠던 터라, 재인은 숙자를 꽉 끌어안았다. 미안하다고, 그리고 이해해 줘서 고맙다고. 눈물이 가로막아 차마 입 밖으로는 나오지 못한 말을 하염없이 속으로 되새기면서.

03.

남자들끼리 할 이야기가 있다며 나갔던 동봉과 여준은 새벽 2시를 조금 넘긴 시간에 들어왔다. 재인을 비롯한 세 식구는 믿을 수 없는 광경에 당황해하며 눈만 껌뻑일 뿐이었다.

친척들이나 친구들 모임에서 단 한 번도 취한 모습을 보이지 않았을 정도로 주당인 동봉이 여준의 등에 보란 듯이 업혀서 들어온 것이다.

동봉과 같이 속도를 맞추면서 마신 술 때문에 붉어진 건지, 아니면 해롱거리며 발버둥을 치는 동봉을 업고 와서인지 알 수 없었지만 어쨌든 여준의 얼굴에는 송골송골 땀이 맺히고 붉게 달아올라 있었다.

"아이고…… . 미쳤어! 미쳤어!"

숙자는 여전히 여준에게 눈길 한 번 주지 않고 동봉을 부축했다. 그런 아내의 손길에 몸이 편안해졌는지, 동봉이 배시시 웃으며 뒤에 서 있는 여준에게 엄지손가락을 치켜들었다.

"우리 사위 최고!"

"우리 아버님도 최고!"

"최고! 최고!"

여준과 동봉이 주고받고 하는 것을 숙자는 마음에 들지 않다는 듯 엄지를 푹 잡아 내렸다.

"조용히 해요! 동네 사람들 다 깨우려고 그래요?"

"사위! 오늘 꼭 우리 집에서 자고 가! 그냥 가면! 나 엄청 섭섭해할 거야! 당신도, 우리 사위 자고 가는 거 뭐라고 하지 마. 알았지?"

동봉이 숙자와 여준에게 단단히 주입시켰다.

"알았어? 몰랐어? 어?"

대답을 할 때까지 시끄럽게 굴 것 같은 동봉에 숙자가 마지 못해 대답했다.

"알았어요! 그러니까 이제 좀 조용해요. 재현아, 네 아버지 좀 같이 부축하자."

"예! 마미!"

비틀거리며 노래라도 걸쭉하게 한 곡 뽑아내려는 동봉을 재현과 엄마가 부축하며 안방으로 향했다. 수고했다는 말 한 마디도 없이 여전히 냉랭한 엄마의 반응에 재인은 여준에게 그저 미안한 마음뿐이었다.

"아빠 업고 오느라 힘드셨죠? 그냥 연락하시지. 그럼 재현이가 데리러 나갔을 텐데요."

"하나도 안 힘들어서 연락할 생각도 못 했어."

여준이 입가에 미소를 걸치고서는 신발을 벗고 거실로 들어왔다. 피로함이 잔뜩 스며든 여준의 눈은 얼굴만큼이나 붉게 충혈되어 있었다. 왠지 자신 때문에 그가 힘든 것도 억지로 참고 있는 것만 같아서 재인은 미안하기만 했다.

"아버님하고 너무 즐거웠어. 일주일에 한 번은 꼭 놀러 오라고 말씀하셨는데, 그래도 되나?"

나쁠 것은 없다. 배가 점점 불러 올수록 그에게 의지를 하고 싶어질지도 모르니 말이다. 하지만 재인은 그다지 솔깃한 제안은 아니었다. 여전히 그에게 냉정하기만 한 엄마의 모습을 보고 싶지 않기 때문이었다.

"그래요. 뭐, 시간 날 때."

우물쭈물거리는 재인이 무슨 생각을 하는지, 여준은 굳이 물어보지 않아도 쉽게 알 수 있었다. 몸도 불편한데 자기 눈치까지 보는 그녀가 안쓰럽기만 했다.

"재인아."

"네?"

"아까 들었지? 아버님이 이렇게 하시면서 우리 사위 최고! 라고 하신 거."

여준이 자신의 엄지손가락을 공중에 높이 치켜들고서는 자랑스럽게 말했다.

"최고! 최고! 최고 의미가 뭔지 알지? 최고!"

그의 웃음이 바이러스처럼 퍼져서는 재인에게도 스며들고 말았다. 재인은 자신도 모르게 여준이 올린 엄지손가락 옆에 자신의 엄지를 가져다 댔다.

　"네. 알아요."

　"어머니께도 꼭 최고의 사위가 될게. 어머니가 엄지손가락 이렇게 드시고 우리 사위 최고! 라고 말씀하실 때까지 내가 잘 할게."

　여준이 자신의 엄지를 재인의 엄지에 꾹 찍었다.

　"그러니까 일주일에 한 번은 꼭 찾아뵐 거야. 맛있는 것도 사드리고 좋은 곳도 모시고 가려면 사실 일주일에 한 번도 부족해. 어머니 뵈러 오는 거 나 때문에 절대로 눈치 볼 필요 없어. 내가 꼭 와야 하는 곳이고, 내가 꼭 오고 싶은 곳이니까."

　재인은 여준의 모든 것이 고마웠다. 말 한 마디 한 마디, 행동 하나하나 모든 것이 고맙고 모든 것이 따뜻했다. 단단하게 얼어붙었던 자신의 마음이 그로 인해서 빠르게 녹아내리는 것 같았다.

　자신에게 여준은 부족함 없는 남자이듯, 자신 또한 여준에게 그런 여자가 되고 싶었다. 힘들 때 기댈 수 있고 버거운 일에 유일한 희망이 되고 위로가 되는 그런 여자이고 싶었다. 그래서 차갑게 식어 버린 그의 손을 따뜻하게 녹여 주고 싶다고 생각했다. 조심스레 손을 뻗어 여준의 손을 막 잡으려던 찰나였다.

　"와. 아빠 장난 아니야! 지금 엄마랑 아빠 뽀뽀한다?"

눈치 없이 이 타이밍에 안방에서 튀어나온 재현이 여전히 신발장 앞쪽에 서 있는 여준에게 득달같이 달려왔다.

"매형!"

넉살도 좋게 웃으며 재인이 잡으려던 여준의 손을 낚아채더니 무작정 거실로 끌고 들어와 소파에 앉혔다.

"우리 아버지랑 나가고 나서 엄마랑 누나 대화하는 거 듣다가 매형이 셰프라는 거 들었어요. 맞아요?"

"응. 맞아."

"와, 이것이 바로 셰프의 손이구나!"

재현은 재인과는 달리 낯가림이 전혀 없이 누구와도 금방 친해지는 친화력을 가진 듯 보였다. 칼에 베이고 오븐에 덴 흔적이 가득한 상처투성이인 여준의 손을 공중에 치켜들고 호들갑을 떨었다.

"매형, 셰프가 되려면 어떡해야 돼요?"

"왜 셰프가 되고 싶은데?"

"폼 나잖아요. 여자들도 좋아하고."

우쭐한 표정으로 대답하는 재현이 귀여웠는지, 여준이 인자한 눈길로 그를 바라보았다.

"간단해. 나 같은 경우에는 18살 때, 유학 간 미국에 있는 작은 레스토랑에서 바닥 일부터 시작했어. 말이 잘 안 통했던 터라 몸으로 모든 것을 배웠지. 손등에서부터 팔꿈치까지 한 80개 정도의 상처가 날 즈음에 막내 생활이 끝나."

"와, 대박. 파…… 팔십 개요?"

"그때 그 레스토랑의 셰프가 말해 줬어. 그래도 나는 요리에 타고난 재주가 있어서 좀 덜 다치고 막내 생활에서 조금 더 빨리 탈출하는 거라고."

"아, 매형. 그러면……."

"최재현!"

여준의 말이 끝나기가 무섭게 또 궁금한 것을 물어보려 하는 재현의 입을 재인이 이름을 부름으로써 틀어막았다.

물어보면 성심성의껏 자상하게 대답을 해 주려고 했던 여준 또한 재인의 단호한 부름에 그녀를 의아하게 바라보았다. 재인이 성큼성큼 걸어와 억척스럽게 재현의 팔을 끌어 올렸다.

"얼른 들어가서 자."

"잠깐만, 누나. 나는 지금 내 멘토를 만난……."

"지금 셰프님 피곤한 거 안 보여? 오늘 하루 종일 돌아다니고, 아빠랑 술 드시고 또 취한 아빠 업고 오기까지 하느라 기운 다 빠졌는데, 넌 눈치가 없어도 그렇게 없니?"

재인의 핀잔이 민망했는지 재현이 쩝, 소리를 냈다. 그러고 보니 붉게 충혈된 눈이 피곤해 보이기도 했다. 재현이 시무룩한 표정으로 꾸벅 고개를 조아려 인사를 했다.

"그럼 매형, 안녕히 주무세요."

마음 같아서는 괜찮다고, 옆에 앉아서 밤새도록 물어보고 싶은 거 다 물어보라고 말하고 싶었으나, 그럼 재인이 민망해질까 싶어서 여준은 말을 아꼈다.

"이름이 재현이라고 했나?"

"네? 네! 최재현이요!"

"이번 주 주말에 우리 레스토랑 놀러 와. 구경시켜 줄게."

"아, 진짜 그래도 돼요?"

단순하게 몇 초 전까지만 해도 세상이 다 꺼져라 한숨을 쉬던 재현의 표정이 금세 밝아졌다.

"당연하지. 와서 맛있는 거도 먹고, 꼭 놀러 와."

"우후! 신난다! 아, 그리고 누나는 남편 될 사람한테 셰프님이 뭐냐 셰프님이. 호칭을 바꿔야지. 아무튼 우리 매형은 최고!"

재현이 엄지손가락을 뻗고 엉덩이까지 흔들며 오두방정을 떨었다. 재인이 쯧쯧 혀를 차며 한심스럽게 노려보다가 시선을 여준에게로 돌렸다.

"얼른 가서 주무세요. 피곤하실 텐데."

재인을 따라 여준이 주방을 지나 안쪽에 위치한 방으로 들어왔다. 분홍색 벽지만 보아도 이 방이 재인의 방이라는 것을 쉽게 알 수 있었다.

깔끔하게 정리되어 있는 책상 위에 놓여 있는 액자 속의 재인은 앳된 모습으로 활짝 웃으며 크게 V를 그리고 있었다. 초등학교 때의 모습. 아들이건 딸이건, 배 속에 있는 아이가 예쁜 그녀를 닮았으면 좋겠다고 여준은 생각했다.

"여기 제 방이에요."

재인이 수줍게 말했다. 공부를 하고 잠을 자고, 웃고 울고 생각을 하고, 책을 보고 화장을 했을 그녀만의 공간이다. 이곳에 자신이 함께 있다는 것이 여준은 더없이 행복했다.

"근데 내가 네 방에서 자면 너는 어디서 자?"

"저는 재현이 방에서 엄마랑 같이 자기로 했어요."

"그럼 재현이는?"

"거실에서요."

"나 때문에 괜히 거실에서 자는 거 아니야? 불편할 텐데."

"아니에요. 걔는 길바닥에서 자라고 해도 잘 자는 애니까 신경 안 쓰셔도 돼요."

영문을 알 수 없지만 잠시 어색하고 버름한 기운이 맴돌았다. 여전히 서로의 사이에 자리하고 있는 침묵이 싫었던 터라 재인이 다급하게 돌아서 막 방을 빠져나오려 한순간이었다.

"재인아."

뒤에서 여준이 불렀고 재인이 빠르게 돌아섰다.

"네?"

"앞으로 부족함 없도록, 그리고 네가 날 좋아할 수 있도록, 내가 정말 잘할게."

그의 따뜻한 눈빛과 말에 재인의 마음이 뭉클해졌다.

"앞으로 우리한테는 좋은 일들만 일어날 거야. 그러니까 맘 편하게 잘 자."

"고마워요. 정말 고마워요, 셰……."

고맙다는 말끝에 잘 자라고 했으니, 잘 주무시라고 대답을 해 줘야 하는데, '셰프님' 하고 부르려던 목소리가 쏙 들어갔다. 여준도 싫어했고 재현도 지적한 부분이라 멈칫했던 것이

다. 그렇다. 분명히 다른 호칭이 필요하다. 어색하다고 무작정 피할 수는 없었다.

"저도, 잘할게요. 그리고 여준 씨도 잘 자요. 맘 편하게."

말을 끝으로 재인이 방을 빠져나갔다.

"여준 씨……."

재인이 나가고 나서 여준이 저도 모르게 말을 흘렸다. 셰프 님이 아니라, 호칭이 여준 씨로 바뀌었다. 별말도 아닌데 셰프 보다는 더 가까워진 것 같은 기분에 슬금슬금 웃음이 났다. 그 웃음은 여준을 점령하여 온몸에 퍼져 버렸고 기쁨에 겨운 몸이 중심을 잃어버리고 그대로 침대 위로 털썩 넘어졌다.

"여준 씨……. 여준 씨, 좋다. 여준 씨."

하얀 천장에 재인의 얼굴이 그려졌다. 2년 전, 그녀를 처음 만났을 때부터 시작해서 일을 하는 동안 손님을 보며 친절하게 웃던 모습까지, 전부 다. 놓치고도 잊고 싶지도 않은 모습들이 었다.

"재인아……."

그가 나지막하게 대답 없을 재인의 이름을 불렀다. 입가엔 자꾸만 미소가 떠올랐다. 빨리 내일이 왔으면 좋겠다. 벌써부 터 보고 싶어져 버린 그녀를 실컷 볼 수 있게.

따뜻한 집에 와서인지, 아니면 이 방 곳곳에 묻어 있는 재인 의 흔적과 향기가 포근해서인지 여준은 눈을 감자마자 스르르 잠이 들어 버렸다.

　　여전히 마음에 들지 않는다 하더라도 그렇지 엄연히 자기 집에 찾아온 손님인데, 식탁 위에는 그 흔한 생선 요리나 고기 반찬 하나 없었다. 달랑 계란 프라이에 어제 먹다 남은 듯 보이는 김치찌개, 마른 밑반찬이 전부인 식탁에 재인은 숙자를 원망스럽게 쏘아보았다. 자신의 시선이 느껴지고 있을 텐데도 꿋꿋하게 밥을 먹는 숙자가 재인은 야속하기만 했다.

　　"어머니. 저 밥 한 그릇 더 먹어도 될까요?"

　　하지만 숙자에게 뭐라고 한마디 할 수가 없는 건 이 초라한 밥상에도 맛있다며 밥 한 그릇을 뚝딱해 버린 여준 때문이었다. 숙자가 자리에서 일어나 여준의 빈 밥그릇을 가져가 밥을 퍼 와 다시 앞에 놓아 주었다.

　　"반찬이 너무 맛있어요. 잘 먹겠습니다, 어머니."

　　여준이 밥을 크게 한 입 떠서 먹자 속상해하는 재인과는 달리 동봉이 흐뭇하게 웃었다.

　　"복스럽게 잘도 먹네! 우리 사위!"

　　떠들썩한 목소리로 그렇게 말하고선 힐끔 자신의 아내 눈치를 살폈다. 툭, 숙자가 어서 말하라는 무언의 눈짓과 함께 동봉의 팔꿈치를 쳤다.

　　"큼."

　　동봉의 기침 소리에 여준이 고개를 들어 올렸다. 곤란해하는 동봉을 보자, 여준은 꽤나 심각한 말을 하려는가 싶어서 빳빳

이 긴장했다.

"지금 재인이 너, 사위네 집에 머문다면서? 결혼도 안 했는데 그러면 안 되지. 재인이는 당장 집으로 들어와라."

아직 결혼을 하지 않았고 원래 동거를 하던 관계도 아니니, 결혼식이 준비되는 동안에는 각자의 집에서 있는 것이 당연한 것이었다. 그럼에도 불구하고 여준은 이제 겨우 만난 재인과 또다시 떨어져 지낼 것을 생각하니, 몰려드는 서운함에 재인에게서 눈을 떼지 못하고 대답했다.

"네. 그렇게 하도록 하겠습니다."

"아, 그리고 자네 부모님껜 말씀드렸나?"

"네. 실은 그저께 저녁에 어머니께 전화드렸습니다. 어머니께선 제가 좋아하는 여자라는 것을 듣고 흔쾌히 결혼을 허락하셨습니다."

재인은 여준의 어머니가 흔쾌히 허락했다는 것에 놀라고 안심해하는 반면, 자신을 허락했다고 하더라도 마음에 들어 해주실지 걱정되고 불안했다.

하지만 그 불안감은 곧 다짐으로 바뀌었다. 자신의 부모님께 진심으로 대하는 여준만큼 자신도 모든 것을 진심으로 쏟아붓겠다고, 정성을 다하겠다고.

"그럼 상견례 날짜를 잡도록 하자고. 사돈께서 언제쯤이 괜찮다고 하시나?"

"다음 주에 귀국하신다고 하셨습니다."

"귀국?"

동봉이 의아해하자 여준이 옅게 고개를 끄덕였다.

"네. 미국에 계십니다."

익숙하지만 쉽게 범접할 수 없는 미국이라는 말에 동봉과 숙자의 눈길이 교차했다. 재인 또한 예기치 못한 말이었기에 다소 놀란 표정을 감출 수가 없었다.

"그럼 상견례는 다음 주로 잡는 것이 좋을 것 같군."

"네. 그게 좋을 것 같습니다."

"그래. 다음 주로 하도록 하지."

흔쾌히 승낙하는 동봉과는 달리, 여전히 숙자는 떨떠름한 표정으로 잠시 끊겼던 식사를 마저 했다.

"내일 또 오겠습니다, 어머니!"

숙자는 끝끝내 여준을 배웅하지 않았다. 그래도 여준은 숙자가 있는 안방 문 앞에서 씩씩하게 인사를 하고서는 신발장으로 향했다.

"이번 달 말쯤에 새벽 낚시 한번 가자고. 어때?"

동봉이 기다렸다는 듯이 흥분한 얼굴로 여준에게 말했다.

"저 새벽 낚시 정말 좋아합니다, 아버님."

말을 끝으로 여준이 재인의 눈치를 힐끔 살피더니 손으로 입을 가리고 동봉의 귀에다 대고 무어라 귓속말을 속삭였다. 동봉이 호기심 강한 표정으로 여준의 말에 고개를 끄덕이다가 양손 엄지를 올려 마구 흔들었다.

"역시! 내 사위는 남달라. 하하하하!"

"어? 나도! 나도 껴 줘."

옆에서 팔을 뻗으며 방방 뛰는 재현을 보면서 여준이 알았다는 듯 고개를 끄덕이고서는 동봉에겐 정중하게 인사를 하고 나왔다. 살이 에일 것 같은 찬 바람에 재인이 행여나 감기라도 걸릴까 봐 여준은 걱정되었다.

"들어가. 추운데."

"괜찮아요."

재인은 끝내 배웅을 해 주지 않는 야속한 엄마 때문에 여준에게 미안한 마음이 들었다. 차에 올라탄 여준이 창문을 내렸다.

"밥 잘 먹고, 잠 잘 자고. 무리하지 말고 잘 쉬고 있어."

"네."

"이불 꼭 덮고 자. 감기 걸리면 안 되니까. 전화할게."

재인이 고개를 끄덕였다.

"얼른 들어가."

"네……. 조심히 가세요."

막 걸리는 시동에 재인이 여준에게 인사를 하고서는 별생각 없이 집을 바라보는 순간, 입 밖으로 옅은 탄식이 터져 나왔다.

"엄마?"

안방 창문에 서서는 운전석에 있는 여준을 보려고 몸을 이리저리 빼고 있는 숙자의 모습을 발견한 것이다. 재인은 저도 모르게 뭉클해져 버렸다.

"어머니?"

여준은 재인의 입에서 무의식중에 나온 엄마라는 단어에 집

쪽을 바라보았다. 환한 불이 켜져 있던 창문에 커튼이 홱 쳐졌다. 숙자를 보고 나오지 못해 마음이 굉장히 무거웠는데, 한결 편해진 기분이었다. 그리고 속으로 몇 번이고 되새겼다.

'감사합니다. 장모님.'

❖　　　❖　　　❖

"이 나쁜 계집애야!"

한적하고 고요한 카페에 울려 퍼진 우렁찬 목소리는 모두의 이목을 주목시키기에 충분했다. 카페 문을 통해 사람보다 목소리가 먼저 들어오는 것 같았다.

재인은 낯익은 목소리로 말하는 '나쁜 계집애'가 자신을 부르는 것임을 알고 창피해서 얼른 고개를 수그리고 손으로 얼굴을 가렸다. 주섬주섬 가방을 챙겨 들고 몰래 빠져나갈 궁리까지 하던 재인의 손이 누군가의 손에 의해 거두어졌다.

"알지? 나는 네 머리카락만 봐도 네가 너인 거 아는 거."

"그, 그래."

재인이 주위를 살폈다. 비웃음이 잔뜩 어려 있는 얼굴을 하고서는 이쪽을 보며 속닥거리는 사람들이 보였다. 재인은 발끝부터 머리끝까지 민망함에 달아오르는 것을 느꼈다.

그런 재인의 상태는 개의치 않고 맞은편에 앉은 혜은이 미지근하게 식은 재인의 커피를 시원한 맥주처럼 벌컥벌컥 들이마셨다. 탁! 빈 컵을 요란스럽게 테이블 위에 올려놓은 혜은이 눈을 얇게 뜨고 재인을 뚫어져라 노려보았다.

"자, 대체 어떻게 된 일인지 토씨 하나도 빠트리지 말고 말해 줄래?"

"말 그대로야. 임신 13주째."

"그러니까! 누구 애를 임신했냐고, 이 계집애야! 설마 그때 그 양아치는 아니……!"

재인이 흥분을 이기지 못한 혜은의 입을 간신히 틀어막았다.

"김혜은 미쳤어? 조용히 안 해?"

"알았어. 알았다고."

혜은이 재인을 간단하게 뿌리쳤다. 그리고 별안간 뭉클 무언가가 사무쳤는지, 금세 입술을 실룩거리고 눈이 붉어져서는 테이블 위에 올라와 있는 재인의 손을 꽉 잡았다.

"너 못됐어. 알고는 있어?"

혜은이 무슨 말을 하려는지도 알고 왜 꾸역꾸역 눈물을 짜내고 있는지도 지독히도 잘 알고 있다.

초등학교 때부터 고등학교 졸업을 할 때까지 단 한 번도 떨어진 적 없는 절친이었다. 원하는 것이 달라서 따로 다녀야 했던 대학교 때는 아쉬워서 매일 밤 서로의 집에 놀러가 밤새도록 수다를 떨어도 다음 날 전화로 또 1시간 넘게 수다를 떨 만큼 재인과 혜은은 둘도 없는 친구 사이였다.

서로 친구라는 이름으로 지내 온 시간이 10년이었다. 10년. 그렇게나 가깝게 지내고 오랜 시간 동안 함께 지낸 가장 친한 친구였다. 그런데 정작 괴로움에 몸부림칠 때는 아무런 도움도 주지 못하고 혼자서 모든 것을 감당하게 만들었던 것에 대한 미안함이 앞섰다. 거기에 서운함까지 더해지니 눈물도 나고 재인을 다그치게 되는 것이었다.

"울지 마. 다 좋게 해결됐어."

"내가 얼마나 놀란 줄 알아? 물론 네가 더 놀랐겠지만."

혜은이 휴지를 한 움큼 집어 들어서는 팽 하고 코를 풀었다. 재인이 못 말린다는 표정으로 고개를 내저었다.

"휴, 그래. 그만 울어야지. 나쁜 일인 것만은 아니니까 그만 울어야지. 그래도 다행이야. 다 좋게 해결돼서."

"그러니까. 참 다행이지."

"요즘 남자들 여자 임신시켜 놓고 나 몰라라 하는 경우가 많대. 그래도 네 남편 될 사람은 어느 정도의 책임감은 있나 보다."

재인이 잠시 머릿속에서 접어 두었던 여준의 얼굴을 떠올렸다. 받아들여야 할 현실의 무게가 너무나 무겁고 가혹해서 도망치고 놔 버리려고 했던 자신을 있는 힘껏 끌어안아 준 사람. 그 따뜻했던 품이 떠오르자, 재인은 자신도 모르게 입가에 미소를 머금었다.

"네 남편 어떤 사람이야?"

"음……."

잠시 행복한 고민에 빠졌다. 그 어떤 단어로도 표현하지 못할 그의 완벽한 자상함을 어떻게 말해야 할지 몰랐다. 자신이 처음 찾아갔을 때, 망설임 없이 자신을 끌어안아 주었던 사람.

강한 책임감으로 자신의 아빠와 엄마, 그리고 동생에게까지 싹싹하게 대해 줬던 사람.

"따뜻한 사람? 그것도 부족해. 다정한 사람? ……그것도 부족해."

재인이 혼잣말을 내뱉고 혼자 고개를 내젓는 것을 몇 번이고 반복했다.

"그렇게도 좋냐?"

"어?"

혜은이 얄밉지 않을 정도로 퉁명스럽게 물었다.

"얼굴에 딱 쓰여 있어. 너무 좋아 미치겠다, 정말. 이렇게."

"그 정도는 아니다."

재인이 얼굴을 감싸 쥐며 부정했지만 이미 머릿속을 떠돌아다니는 여준이 지워지지 않고 더욱 선명해지고 있다는 것은 부정할 수가 없었다.

"단지, 그냥. 마음이 편해져서 그런 거뿐이야. 어쨌든 결론을 내리자면, 너무 좋은 사람이야."

"웃기네. 아이고, 좋아 죽네. 지금 네 모습이 그 정도거든. 아이고. 부러운 계집애."

혜은이 재인의 볼을 꽉 잡고 요리조리 꼬집다가 놓아주었다.

"아무튼 그때 그 양아치는 아니라서 천만다행이다. 그래서, 결혼은 언제 해?"

"다음 주에 상견례 하고 천천히 예식장 알아보기로 했어."

"와, 속도위반으로 결혼하는 건 남 얘기인 줄 알았는데, 내가장 친한 친구가 속도위반으로 결혼을 하다니. 세상이 참 요 지경이야."

뭐든 직설적으로 말하는 혜은에게 나쁜 뜻이 없다는 걸 잘 알고 있는 재인이 그녀의 말에 고개를 끄덕였다.

"그러게. 나도 속도위반 결혼은 드라마나 영화에서나 있을 만한 얘긴 줄 알았는데, 내가 그렇게 결혼할 줄이야."

이렇게 웃을 수 있는 날이 올 줄 또한 몰랐다. 며칠 사이 빈 틈 하나 없이 무너져 버린 자신의 세상은 한 줄기 빛도 없는 암흑으로 덮였다. 그 속에서 여러 가지 압박들이 재인을 누르고 또 눌렀다. 어디로 가야 할지 몰라 막막했던 자신을 웃게 만들어 준 여준에게 고마웠다.

"빨리 결혼식 날 왔으면 좋겠다. 너 웨딩드레스 입으면 진짜 예쁠 거 같아."

두 손을 꽉 잡고서는 몸을 배배 꼬며 기대감에 찬 목소리로 말하는 혜은을 보고 있자니, 재인도 은근히 그날이 기다려졌다. 하얀 웨딩드레스를 곱게 차려입고 예쁜 모습으로 여준의 앞에 설 그날이.

※　　　※　　　※

"안녕하세요. 셰프님!"

홀 직원들의 인사를 받으며 여준은 곧장 사장실로 올라갔다. 재인의 집에서 레스토랑까지 오는 내내, 전화를 어찌나 하든지 성질머리 급한 건 아무튼 알아줘야 했다. 사장실 앞에 선 여준이 예의상 똑똑 노크를 하고서는 문고리를 잡았다.

"나 들어가……. 윽."

문을 열자마자 뒤에 몰래 숨어 있었던 모양인지, 성호가 튀어나와서는 여준의 머리를 팔로 우악스럽게 감고는 다른 손 주먹으로 마구 문질렀다. 그 마찰력으로 인해 금방이라도 머리에 불이 날 것만 같았다.

"아!"

여준이 아프다고 버둥거릴수록 성호의 손에는 더 힘이 가해졌다.

"이 요물 같은 놈. 부주방장이 한 말이 사실이야?"

"일단 이것 좀 놔 봐."

자신의 팔에 붙잡힌 여준이 버둥거리던 팔을 늘어뜨리며 사정했지만 성호는 냉담한 표정으로 고개를 내저어 거절했다. 여준이 낑낑대며 성호의 팔을 위로 잡아당겼지만 빠질 리 만무했다.

"휴."

체념의 한숨이 여준의 입술 사이를 비집고 튀어나왔다. 어린 시절부터 배운 태권도로 어디에 가서도 힘이라면 뒤처지지 않은 여준이지만 고등학교 때 유도 선수로 활동했고 현재는 여준의 두 배나 되는 남다른 덩치를 가지고 있는 성호를 이기기엔 터무니없이 부족했다.

"이 요망한 것아. 당장 말해. 그저께 널 찾아온 여자는 누군지! 그 여자가 찾아오고 나서 왜 조퇴를 했고 심지어는 어제 휴무까지 냈는지!"

성호가 한 번 더 팍 힘을 주자 안 되겠다 싶었는지, 여준이 최후의 수단을 써야겠다 다짐했다.

"아…… 아아악!"

여준이 성호의 옆구리를 마구 간질여 간신히 팔에서 빠져나올 수가 있었다. 견딜 수 없는 간지러움에 소파에 드러누워 자지러지는 성호를 바라보며 참 덩칫값 못 하는 귀여운 형이라고 생각했다. 옷매무새를 가다듬은 여준이 성호의 맞은편에 자리를 잡고 앉았다.

"빨리 말해. 그 여자 누구야."

"호칭이 틀렸어."

"호칭이 틀려?"

"그 여자 아니고 제수씨. 해 봐. 제수씨."

"제수씨?"

장난기 가득한 여준의 돌발적인 발언에 단춧구멍만 한 성호의 눈이 단추만 해졌다.

"그래. 제수씨."

"뭐야. 너 여자 없었잖아!"

"사귀는 여자는 없었지. 나 혼자 좋아하는 여자는 있었어도."

"좋아하는 여자? 너 좋아하는 여자 있었어? 네가?"

성호는 정말 놀라워서 연거푸 침을 튀겨 가며 물었다.

여준을 처음 본 것은 7년 전 레스토랑에서였는데, 그때까지만 해도 홀이며 주방이며 손님들까지 너 나 할 거 없이 여준에게 고백을 했었다. 하지만 누가 봐도 예쁘다고 칭할 수 있는 여자들의 고백에도 매번 거절을 하던 여준이었다.

그 거절이 나중에는 지긋지긋했는지, 아예 여자들한테는 눈길조차 주지 않았고 차갑게 대했었다. 그래 봤자 소용없었지만.

여자를 위해 뭐든 사다 바치고 넘치도록 사랑을 표현해야만 마음을 얻을 수 있었던 성호와는 다른 그의 모습에 시기하고 질투했던 적도 있었다.

"다시 한 번 묻겠는데. 내가 잘못 들은 거 아니지? 네가 좋아하는 여자가 있었다고? 네가!"

"어. 그렇다니까."

"정말이야? 네가 좋아하는 여자가 있었다는 게?"

"진짜, 이 형이. 그렇다고. 보는 낙에 매일을 즐겁게 해 주다가도……."

여준이 잠시 말을 끊고서는 눈을 느슨하게 감았다가 떴다. 좋아하는 그녀를 바라보기만 하던 그 순간들을 떠올렸다.

처음, 서울과는 전혀 상관없는 곳에서 만났던 재인을 자신의 일상으로 돌아와 다시 만났다는 것은 기적과도 같은 일이었다. 그녀는 그 만남을 전혀 모르고 있겠지만, 여준은 생각했다. 그때부터 이 마음이 시작되었을 거라고.

레스토랑에서 스케줄 표를 바라보고 있던 재인, 편의점 앞에서 마주쳐서 뻘쭘하게 인사를 하던 재인, 아무도 없는 줄 알고 벌컥 문을 열었다가 옷을 벗는 중이었던 자신으로 인해서 얼굴이 붉혀지며 허둥지둥 나가던 재인의 모습들이 차례대로 떠올랐다.

레스토랑 앞으로 마중 나온 남자친구와 함께 가던 재인의 모습과 핸드폰 액정의 남자친구 사진을 빤히 쳐다보고 있던 재인의 모습까지도 떠올라 버렸다. 여준이 눈을 살며시 떴다.

"가질 수 없다는 것에 매일을 서글프게 만들었던⋯⋯. 그런 사람이었어. 그리고 이제 내가 평생 책임지고 대놓고 사랑할 수 있는 단 하나밖에 없는⋯⋯."

"하나밖에 없는?"

여준이 시선을 살며시 돌려 따뜻한 미소를 지었다.

"내 여자이자 아내야."

"아내⋯⋯. 아내? 아내라고? 그냥 제수씨가 아니가 진짜 결혼할 여자야?"

별생각 없이 여준의 말을 따라 하던 성호가 화들짝 놀라 되물었다. 여준이 고개를 끄덕이며 자리에서 벌떡 일어났다. 그런 여준을 성호가 또 억지로 끌어 앉혔다.

"응. 배가 더 불러 오기 전에 결혼 서둘러서 해야 돼. 그래서 좀 바빠."

"너 그게 무슨 말이야? 배가 더 불러 오기 전? 그 말은 즉⋯⋯."

성호가 배 쪽에 불룩한 모양을 그리며 임신을 표현했다. 여준이 담담하고 그윽한 표정으로 고개를 끄덕였다.

"헉."

성호가 덩치에 맞지 않게 두 손으로 입을 턱 막았다.

"어깨는 무거워졌지만 발걸음이 가벼워졌어. 그럼 나 일해요."

너무 놀라워서 눈도 깜빡하지 못하고 저를 바라보는 성호의 맞은편에서 일어난 여준이 사무실을 빠져나왔다.

04.

[나 집 도착! 아이스크림 먹고 싶다고 하니까 이 비싼 걸 바로 사 주는 너란 여자! 의리 있는 친구 맞네, 맞아♥ 비싸서 부담스러웠을 텐데 맛있게 잘 먹을게!]

아무 상관없는 혜은을 끌고 휴학계를 내고 오는 길에 아이스크림 케이크가 어찌나 먹고 싶던지, 먹고 싶은 거 없냐고 묻는 혜은에게 이때가 기회다 싶어서 냉큼 말했더니, 며칠 먹고도 남을 양의 큰 사이즈를 사 주었다.

대학생이라 돈도 얼마 없을 텐데. 고마운 마음을 담아서 평소 잘 쓰지도 않던 하트 기호와 함께 인증샷을 찍어서 보내 주었는데, 답장 대신 전화가 왔다. 그런데 전화는 혜은이 아닌 여준에게서 온 것이었다.

"여보세요?"

전화 통화는 처음이었기에 어색함이 묻어 있는 목소리로 조심스럽게 받았다.

─ 아이스크림이 먹고 싶었어?

"네?"

─ 그럼 나한테 말하지. 나도 사 줄 수 있는데.

재인이 소리 나지 않게 헉, 소리를 내며 메시지를 살폈다. 케이크와 함께 V를 크게 그리며 찍은 사진은 보란 듯이 혜은이 아닌 여준에게 전송되어 있었다.

─ 그럼 나한테도 하트 붙여 주나?

재인은 지금 여준이 옆에 없는 것을 다행으로 여겼다. 감당되지 않게 달아올라 버린 얼굴의 열을 식히려면 시간이 한참 걸릴 것 같으니 말이다.

─ 만날 사 줘야겠다. 맛있는 거.

"잘못 보낸 거 아시죠?"

─ 어. 알아. 그래도 기분은 좋아. 친구 만난 거야?

"네."

─ 따뜻하게 입고 나갔다 왔어?

"네."

덜렁 대답만 하려던 재인이 다시 입을 떼어 냈다. 이상하게도 이 순간 여준과의 대화를 허무하게 끝내고 싶지 않았기 때문이다.

"점심 드셨어요?"

─ 응. 먹었어. 넌 밥 안 먹고 아이스크림만 먹고 있는 건 아

니지?

뜨끔하여 들고 있던 스푼을 슬쩍 내려놓았다.

"밥 먹고 후식으로 먹고 있는 거예요."

물론 밥 안 먹고 아이스크림 먹고 있다고 하면 걱정할 게 뻔한 여준이라서 꺼낸 변명이었다. 없는 말을 아무렇지도 않게 지어서 하는 자신의 모습이 뻔뻔해서 헛웃음이 다 나왔다.

─ 이제 뭐 할 거야?

그의 목소리가 부드럽다. 오늘 아침부터 일찍 일어나 오랜만에 친구를 만난다고 한껏 멋 부리느라 분주하게 움직였던 몸이 나른해질 만큼.

"음. 태아한테 좋은 노래도 좀 듣고, 태아한테 좋은 책도 좀 보려구요."

─ 나는 아빠인 게 참 다행인 거 같아.

"왜요?"

─ 책 안 읽어도 되니까.

"에이. 안 돼요. 아빠가 직접 태아한테 읽어 주는 책이 그렇게 좋대요. 그러니까 앞으로 책 읽으셔야 돼요. 그것도 큰 소리로."

─ 그래? 그럼 읽어야지. 뭐.

그의 목소리가 살짝 시무룩해지는 게 귀여웠다.

─ 근데. 나 책 읽으면 자는데.

재인은 순간, 티끌 하나 없는 하얀 이불이 깔려 있는 침대 위에서 책을 읽어 주다 말고 잠드는 여준을 상상했다. 그의 곤히 잠드는 모습이 보고 싶고 머리를 쓰다듬어 주고 싶었다.

– 재인아.

"네?"

그를 몰래 상상하고 있던 재인이 느닷없이 저를 부르는 여준으로 인하여 화들짝 놀라 얼른 대답을 했다. 핸드폰 너머로는 여준의 옅은 숨소리가 들려왔다. 그가 어떤 표정을 지으며 고르고 일정하게 숨을 쉬고 있는지 재인은 내심 궁금했다.

– 우리 내일 데이트할까?

"데이트요?"

– 응. 영화도 보고 밥도 먹고.

"네."

– 또 뭐 하고 싶은 거 없어?

"음……."

재인이 잠시 고민을 하다가 문득, 집을 뛰쳐나가고 혼자 지낼 무렵 길을 걸어가다가 우연히 본 아쿠아리움 전단지가 떠올랐다. 어렸을 때에도 학창 시절에도 그곳을 가 본 기억이 없다. 그래서 더욱 가 보고 싶었다.

"아쿠아리움. 가고 싶어요."

한 번도 가 보지 못한 그곳을, 새로운 모든 것을 함께 시작하게 될 그와 말이다.

일을 마치고 집으로 돌아 온 여준은 문을 열자마자 느껴지는 극심한 한기에 깊은 숨을 내쉬었다.

그녀가 자신의 공간에서 머문 시간은 고작 하루, 그 이상도 그 이하도 아니었다. 그럼에도 불구하고 집에 들어섰을 때 느껴지는 이 지독한 외로움은 무엇 때문일까? 집에 불빛이 하나도 없는 탓일까 싶어서 불을 켜 보았다.

거실엔 어둠이 사라지고 환해졌다. 하지만 사라지지 않은 것이 하나 있었다. 어둠이 사라지면 함께 사라질 줄 알았던 고독함이 무서울 정도로 여준을 휘어 감았다.

온 집 안 가득 어제 머문 그녀의 향기가 가득했다. 문을 열면 침대 위에서 그녀가 잠들어 있을 것만 같았고, 화장실에서 젖은 머리카락을 수건으로 감싸고 수줍은 표정으로 나와서는 후다닥 침실로 들어갈 것만 같았다.

여기 어딘가에 재인이 있을 것만 같았다. 정말 있어 주면 참 좋을 것 같은데.

"재인아."

대답이 없을 거라는 것을 알면서 혹시나 싶어 재인의 이름을 불러 본 자신이 우습기만 했다. 여준은 지친 몸을 이끌고 들어와 소파에 앉았다.

눈을 감아도 보고 싶고 눈을 뜨고 있어도 보고 싶다. 겨우 오늘 아침에 헤어졌건만 또 보고 싶은 마음에 전화를 해 볼까 핸드폰을 들었지만 너무 늦은 시간이었다. 여준은 마른 얼굴을 손으로 쓱쓱 문질렀다.

"보고 싶다."

첫 데이트를 하기로 약속한 내일이 어서 왔으면 좋겠다. 빠른 속도로 씻고 잠자리에 들었다. 그러나 잠은 쉽게 오질 않고 시간 또한 빨리 흘러가질 않는다.

오늘 밤은 너무나 더디게 지나갈 것만 같았다.

❖   ❖   ❖

"예뻐, 예뻐."

평소 괜찮다고 생각했던 옷들도 죄다 마음에 들지 않고, 화장이 너무 과한 것 같은 마음에 몇 번이고 거울을 들여다보기를 반복하던 재인의 뒤에서 동봉이 흐뭇한 표정을 지으며 말했다.

"아빠."

"누구 딸인지는 몰라도. 참 예쁘네, 예뻐."

동봉이 재인에게 다가와 까칠한 손으로 뺨을 문질렀다. 그런 아빠의 손길이 싫지 않은 재인이 소리 나게 배시시 웃었다.

"아빠 딸이라 예쁘지."

"그래. 네가 날 닮아 예쁜 거야. 그걸 늘 명심해야 돼. 알지?"

재인이 입술 끝을 쭉 들어 올리고 세차게 고개를 끄덕였다. 동봉이 재인의 뺨에서 손을 떼어 내고 주머니에서 무언가를 꺼냈다. 만 원짜리 지폐 몇 장이었다.

"이거. 강 서방이랑 점심이라도 사 먹어."

본격적으로 결혼 준비를 시작하면 여기저기 드는 돈도 많을 텐데, 소소한 데이트 비용에까지 손을 뻗을 생각은 없었다. 재인은 고개를 내저으며 아빠의 손을 살짝 밀어냈다.

"나도 이 정도 돈은 있어요."

"이건 딸이랑 딸 남자친구 밥값 내 주는 거 아니고 딸이랑 사위, 그리고 손주 점심값이야."

동봉이 재인의 가방에 돈을 넣어 주었다.

"아빠……."

"얼른 준비하고 나가. 사실 아까부터 강 서방 밖에서 기다리고 있었어."

"정말요?"

두 눈이 휘둥그레져서는 쏜살같이 창문으로 붙어 밖을 쳐다보니 아니나 다를까, 차에 기대서는 하염없이 대문 쪽만 바라보고 있는 여준이 보였다.

"아빠! 나 다녀올게요!"

재인이 창문에서 허겁지겁 떨어져 나와서는 가방을 낚아채 방문을 벌컥 열었다. 뒤에서는 노파심 가득한 얼굴로 동봉이 얼른 재인을 따라나섰다. 신발장에서 운동화를 구겨 신고 있는 재인이 보였다.

"재인아. 조심, 조심!"

"어! 아, 조심, 조심."

재인이 동봉의 말을 따라 하며 배를 쓰다듬으면서 집을 빠져나왔다. 문이 열리자마자 차에 기대고 있던 몸을 반사적으로 일으키는 여준이 보였다.

"많이 기다리…… 엄맛!"

너무 반갑고, 기다리게 한 것이 미안해서 빨리 내려오려던 재인이 구겨 신은 운동화 때문에 계단에서 균형을 잃고 휘청거렸다.

"재인아!"

뒤로 막 넘어지려는 재인을 여준이 달려와 가볍게 품에 안았다. 그때 잠시 일렁이던 재인의 머릿결에서는 어제 여준이 그토록 그리워했던 향기가 느껴졌다. 여준이 보고 싶어서 밤새 뒤척이며 잠 한숨도 못 이루게 했던 재인의 얼굴을 눈에 가득 담아 넣었다.

짙은 쌍꺼풀과 풍성한 속눈썹, 높지 않고 자그마한 코, 도톰하고 자연스러운 색을 띠는 붉은 입술, 그리고 저의 어깨를 꽉 잡고 있는 작은 손까지. 재인의 모든 것을 한참 동안 눈에 담아 넣고 새기던 여준이 천천히 몸을 일으켜 주었다.

"자꾸 눈을 뗄 수 없게 만들지."

"죄송해요."

"죄송할 건 없어. 사실, 그 이유 말고도 눈을 뗄 수 없는 이유는 많으니까."

"네?"

여준의 말이 무슨 뜻인지 알 수 없이 고개를 살짝 갸웃했다. 그런 재인의 흐트러진 목도리를 여준이 똑바로 매만져 주었다.

"오늘 너 때문에 간 떨어질 뻔했다."

"앞으로 정말 조심할게요."

"응. 그래. 고마워."

목도리를 다 매 준 여준이 재인의 앞에 천천히 앉았다. 그리고 구깃구깃하게 신은 운동화를 똑바로 신겨 주려고 손을 뻗었다.

"제가 할 수 있……."

재인이 발을 뒤로 살짝 뺐지만 이미 여준의 부드러운 손길로 인해 발목이 잡히고 말았다. 그는 군더더기 없는 움직임으로 운동화를 제대로 신겨 주었다. 재인이 살며시 여준을 바라보자, 쪼그려 앉아 있는 채로 여준이 재인을 올려다보고 있었다.

"밑에서 보면 재인이 이렇게 생겼구나……."

밑에서 보는 방향은 누구라도 못난이로 만드는 걸 알고 있기에 재인이 놀라 얼른 얼굴을 가렸다.

"예쁜 얼굴 가리지 마."

여준이 자리에서 일어나 재인의 어깨를 부드럽게 감쌌다. 살짝 여준의 품에 안긴 모양새가 되어 재인의 심장이 위태롭게 뛰었다.

"가자. 데이트하러."

여준의 손에 이끌려 차 뒷좌석으로 온 재인이 잠시 망설였다. 뒷좌석에는 이미 재인을 위한 담요가 곱게 접혀 있었다. 이곳에 올라타면 어제 내내 그랬던 것처럼 여준이 안전벨트를 매 주고 운전석으로 가서 뒷모습을 보이며 앉을 것이다. 그리고 운전하는 내내 그의 뒷모습만을……

"저……."

"응?"

"조수석에 탈게요. 오늘은 데이트하는 날이니까."

재인이 이제 갓 피어난 붉은 장미처럼 수줍게 붉어진 얼굴로 입술을 떼어 대답하고 조수석에 올라탔다. 그 바람에 여준이 얼마나 환하게 웃었는지, 재인은 보지 못했다.

차는 재인의 집을 벗어나 시내로 향하는 도로 위를 달렸다. 재인이 힐끗 옆에 앉은 여준을 바라보았다.

"왜?"

그 눈짓을 금방 알아차린 여준이 가만히 물었다.

"아니에요."

눈이 마주치자 재인은 확 달아오르는 얼굴에 당황하며 창밖으로 시선을 던졌다. 그러나 얼마 가지 못해, 재인은 창문에 비치는 여준을 빤히 바라보고 있는 자신을 발견했다. 그때 신호가 바뀌면서 차가 멈추고 여준이 재인에게 시선을 돌렸다.

"재인아."

그가 재인의 볼에 검지를 내밀고서 불렀다. 창문에 비쳐서 다 보였지만 재인은 눈감아 주기로 하고 고개를 돌렸다. 콕. 여준의 손가락이 재인의 볼을 푹 찔렀다. 그가 몸을 뒤로 넘기면서 웃는다. 볼에 닿은 자신의 손길 때문에 심장이 심하게 요동치고 있는 재인의 심정은 조금도 몰라주고 말이다.

도착한 영화관은 한산했다. 마치, 여준과 재인이 통째로 빌렸다고 해도 과언이 아닐 정도였다.

고등학교 이후로는 영화관에 와 본 적이 없던 여준은 모든 것이 어색하기만 했지만 싫지 않았다. 사랑하는 여자와의 데이트고, 그의 옆에 있는 여자가 재인이라는 것이 여준이 느끼고 있는 모든 어색함을 지워 주었다.

혹여 재인이 불편할까 싶어서 편하게 보라고 일반석이 아닌 널찍한 커플석으로 예매를 했는데, 그 배려가 아무래도 오해를 낳은 듯싶었다. 재인의 표정이 심상치가 않았다.

"너 편하게 보라고 예매한 건데. 왜? 불편해?"

재인은 불편하기보다는 은근한 걱정이 앞섰다. 뛰는 심장 소리, 조금 거칠어지려는 숨소리, 배에서 나는 꾸르륵 소리, 코를 훌쩍이는 소리까지 너무 가깝게 앉은 그에게 적나라하게 들려 버릴 것 같아서였다. 그녀에게서 대답이 없자 그가 망설임 없이 몸을 돌렸다.

"그럼, 지금이라도 다른 자리 예매해 올……."

"아니에요. 그냥 여기 앉을게요."

재인이 냉큼 자리를 잡고 앉았다. 재인의 모습이 귀여웠는지, 여준이 입가에 미소를 매단 채로 따라 앉았다.

좁은 공간이다 보니, 살짝 닿은 그의 단단한 허벅지가 느껴졌다. 재인이 몸을 여준 쪽이 아닌 반대쪽으로 살짝 기울였을 때였다. 여준이 불쑥 팝콘을 내미는 바람에 화들짝 놀라 버렸다.

"놀랐어? 미안. 놀래키려고 그런 건 아닌데."

왜 별것도 아닌 것에 놀라서는 여준을 당황하게 만들었는지, 재인은 스스로가 답답하기만 했다.

"아니에요."

어색해진 분위기를 피하고 싶어서 평소에는 거들떠도 보지 않던 팝콘을 집어 먹었다.

"어?"

"왜?"

갑자기 작은 탄성을 내는 재인에게로 또 즉각적인 그의 반응이 돌아왔다.

"네? 아니……. 생각보다 훨씬 더 맛있어서."

"그래? 그럼 많이 먹어. 모자라면 더 사다 줄게."

오늘따라 맛있다. 그 거들떠도 안 보던 팝콘이 말이다. 시간이 얼마나 흘렀을까? 몇 개의 CF가 끝나고 영화를 시작하려는지, 불이 하나둘씩 꺼지기 시작했다.

여준의 얼굴이 조명이 꺼짐으로써 점점 희미해지더니 완전히 암흑 속으로 빨려 들어가 버리고 말았다. 두 눈을 감은 것처럼, 물속에 검은 물감을 부은 것처럼, 여준의의 얼굴이 재인의 시야에서 완전히 사라져 버리고 말았다.

그녀의 귀에 어떤 소리도 들려오지 않았다. 낮게 내뱉던 여준의 숨소리조차도 삽시간에 어둠으로 스며들고 말았다.

덜컹 겁이 나 버리고 말았다. 여준이 보이지 않는다. 들리지도 않고, 느껴지지도 않는다. 불러 볼까? 대답해 줄 텐데. 손을 뻗어 볼까? 닿을 수 있을 텐데.

"저……."

손을 뻗어 올리려는 순간, 탁 하고 스크린이 켜졌다. 밝아진 스크린을 바라보며 미미하게 웃고 있는 여준이 곧, 벙찐 얼굴을 하고 자신 쪽으로 손을 올리고 있는 재인을 발견했다.

재인을 바라보는 여준이 웃는다. 환하고 투명한 눈으로 재인을 바라보며 입이 아닌 눈빛으로 재인아, 하고 부르듯이 웃고 있다. 사라지지 않았다고, 없어지지 않았다고 말해 주듯 그렇게 웃어 주고 있었다.

차마 여준에게 닿지 못한 채로 공중에 떠버린 재인의 손이 슬그머니 내려가려던 찰나에 여준이 손을 뻗어 재인의 손을 잡았다.

그와 손을 맞잡는 순간, 가슴이 콩닥콩닥 뛰고 앞으로 돌린 얼굴이 붉어지고 있다는 것을 느꼈다. 조금 까칠까칠한 손이었지만 너무 따뜻해서 재인은 놓치고 싶지 않은 마음에 자신도 모르게 꽉 힘을 주어 잡았다.

그의 눈길이 잠시 자신에게 닿았다. 예상치 못했던 재인의 반응에 조금 놀란 기색을 보였지만 곧 시선을 스크린으로 돌리는 것을 느꼈다.

재인이 슬쩍 옆을 바라보았다. 스크린에 집중을 하는 여준의 웃는 옆모습이 엊그제보다 어제가 더, 어제보다 오늘 더 화사하게 느껴졌다.

영화보다는 다른 데에 신경을 더 많이 썼던 영화관을 나온 뒤, 약속했던 대로 아쿠아리움으로 향했다. 에메랄드빛이 감도는 수족관을 자유롭게 헤엄치고 다니는 수많은 물고기 떼에 시선을 사로잡혀 버린 재인이 저도 모르게 입을 벌렸다.

"와……."

화사한 색조를 지니고 있는 물고기 떼로 인해 출렁이는 물줄기가 아름답게 흐트러졌다.

"너무 예뻐요."

"그러게. 정말 예쁘네."

여준은 까만 눈동자가 파란빛으로 물들어 반짝거리고 있는 재인을 바라보며 말했다. 눈길을 사로잡을 만큼 휘황찬란한 빛을 띠고 있는 물고기보다 재인에게 더 눈길이 가는 것은 어쩔 수 없는 본능이었다.

빠른 걸음으로 옮겨 가며 물고기를 구경하던 재인의 머리 위로 오싹한 기운이 느껴졌다. 홱 고개를 돌려 올려다보니 상당한 크기의 상어가 긴 꼬리를 느긋하게 움직이며 지나가고 있었다. 뒤에서 따라오던 여준의 팔을 다급하게 잡으며 천장을 가리켰다.

"상어예요! 상어!"

약간 흥분한 듯 휘둥그레진 눈으로 말하다 말고 문득, 자신이 여준의 팔목을 잡고 있다는 것을 인식한 재인이 당황해하며 멈칫했다.

"왜?"

재인이 슬그머니 여준을 잡았던 손을 떼어 아래로 떨구었다.

"전 여기 처음 와 봐요. 매일 TV로만 보던 데예요. 상어도 실제로는 처음 보고. 촌스럽죠?"

"어. 촌스럽네."

여준은 축 처져 있는 재인의 팔을 잡아다가 아예 팔짱을 끼워 버렸다. 그의 몸에 닿자, 또다시 심장이 뛰었지만 싫지 않은 떨림이라 그대로 있기로 했다.

"그래서 부지런히 데리고 다녀야겠어."

여준이 천천히 걸음을 옮겼다. 그녀의 걸음걸이에 발을 맞추어 절대로 어긋나지 않도록 걸었다.

"다 가 보자. 너랑 나랑 우리 아이랑. 가 보고 싶은 곳, 좋은 곳, 어디든지 다 가 보자. 셋이 같이."

"좋아요. 다 좋아요."

"어디 갈까? 가고 싶은 곳 다 말해. 다 데려가 줄게."

재인은 여준과 함께 정말 어디든 가는 것을 상상했다. 바다도 가고, 산도 가고, 잔디가 깔려 있는 별장에서 함께 고기도 구워 먹으면 좋겠다. 아직 태어나지 않은 아이를 상상으로 만들어 셋이서 마주 보고 앉아 행복해하는 모습을 상상했다. 상상만으로도 웃음이 입술을 비집고 나왔다.

"어디든 좋을 거 같아요. 둘이, 아니 셋이 같이 가는 거라면."

그들이 걸음을 옮길 때마다 다사롭고 따뜻한 빛을 연상케 하는 샛노란 열대어들이 떼를 지어 따라다녔다.

"배는 안 고파?"

자신의 팔에 얹어져 있는 재인의 손등을 보드랍게 쓰다듬으며 물었다.

"배는 안 고픈데 먹고 싶은 건 있어요."

"뭔데?"

"여준 씨가 해 주시던 파스타요."

"파스타?"

재인이 연신 고개를 끄덕였다.

"네. 그때 새 메뉴 만드실 때, 맛보라고 하면서 주셨던 파스타들 생각나세요? 데미글라스 소스에 크림 넣어서 만들었던 로제 파스타였는데. 맞나?"

"정확하게 기억하네."

"네. 너무 맛있게 먹어서 그랬나 봐요. 그거 말고도 종종 해 주셨던 파스타, 정말 맛있게 잘 먹었는데, 자주 생각나더라구요."

막상 말은 했지만 그가 번거로워할까 봐 덜컥 겁이 났다. 매일 하는 파스타가 진절머리가 나고 귀찮을 걸 알면서 왜 이런 부탁을 해서 번거롭게 만드는지 재인은 생각 없이 말한 자신이 미워졌다.

"다음에 시간 나실 때 해 주시면……."

"너 먹고 싶은 거 만들어 줄 시간은 언제든지 많아."

"정말요?"

"그럼. 지금 당장 가자."

여준이 자신의 팔을 감고 있는 재인의 손을 꽉 잡고 출입구 쪽으로 몸을 틀자 재인이 말렸다.

"잠깐만요. 당장은 안 돼요."

"왜?"

"여기 들어오는 입장권이 얼마나 비싼데. 여기 다 구경하고 가야죠."

"예쁜데 알뜰하기까지. 이러니 내가 안 반하고 배겨?"

능청스럽게 말하는 여준을 보며 재인이 싫지 않은 얼굴로 고개를 절레절레 내저었다.

"방금 좀 느끼했던 거 아세요?"

"그래? 많이 느끼했어?"

"네. 많이 느끼했어요."

"어? 저기. 펭귄 먹이 주나 보다."

여준이 모른 척 한쪽 손으로 펭귄에게 먹이를 주고 있는 쪽을 가리키며 다급하게 발걸음을 옮겼다. 그 순간에도 자신이 잡은 재인의 손은 절대로 놓치지 않고 꽉 잡은 채로 말이다.

05.

평일임에도 불구하고 마트에는 사람들로 북새통을 이뤘다. 각각의 판매대 앞에 선 점원들이 목에 핏대를 세우고 세일을 외쳐 대는 바람에 말이 좋아 대형마트지, 총 없는 전쟁터나 다름없었다.

여준은 이 복잡함 속에서 행여나 재인이 사람들에게 치여 넘어지기라도 할까 싶어 노심초사했다. 그러는 와중에도 카트를 끌면서 안에 식재료들을 담아 넣느라 여준은 손이 열 개라도 모자랄 판국이었다.

재인이 힐끔 카트 안을 살펴보았다. 맛있는 요리를 해 달라고 했는데, 무슨 요리를 해 줄 생각인 건지 카트 안에 넣는 재료들이 조금 생뚱맞았다. 시금치에 연근에 우유에…… . 전혀 조합이 어울리지 않는 것들이라서 재인의 궁금증을 유발시켰다.

"메뉴가 뭐예요?"

"시금치를 갈아 넣고 연근을 구워 올린 크림 파스타 해 보려고. 데미글라스보다 맛있을 거야."

"시금치 파스타요?"

"응. 초기 임신부에게 시금치, 연근, 우유가 그렇게 좋대."

"아……."

초기 임신부인 자신을 위해서 이것저것 알아봤을 섬세하고 자상한 여준에 감동을 하다가도 한 번도 접해 본 적 없는 레시피가 생소하기만 했던 터라, 재인의 반응은 본의 아니게 미적지근했다.

"왜? 맛없을 거 같아?"

파스타면을 신중하게 바라보던 여준이 살짝 미소 지으며 묻자, 재인이 자기도 모르게 고개를 끄덕였다. 그러다가 너무 솔직했나 싶어서 금세 손을 내저었다.

"아니요, 맛없을 거 같지는 않아요."

"맛있을 거 같지도 않고?"

재인이 난감한 표정으로 어떻게 대답해 줘야 할지 망설이는 것을 보고 있으려니, 여준은 또다시 웃음이 터져 버리고 말았다. 저 표정이 귀엽다. 입술을 살짝 오므리고 눈썹을 살짝 찌푸리고 눈을 요리조리 굴리며 고민하는 저 표정. 자기 자신은 알까? 저 표정이 얼마나 귀여운지, 저 표정이 얼마나 사람 애간장을 태우는지,

"바질페스토 알지?"

"바질페스토요? 알아요!"

"그거랑 맛이 좀 비슷한데, 바질보다 조금 더 쌉쌀하다고 생각하면 돼."

"음⋯⋯. 저 바질페스토 좋아하는데. 그거랑 맛 비슷하다면 정말 맛있겠네요."

어색하게 짓던 미소를 거두고 한층 밝아진 재인은 여준이 들고 있는 파스타면으로 시선을 돌렸다. 아무 거리낌 없이 여준이 들고 있는 파스타면 쪽으로 재인이 몸을 기울였다.

"파스타면을 볼 때는 주로 뭘 중점적으로 봐야 해요?"

자신과 점점 가까워질수록 오로지 재인에게서만 나는 특유의 향긋한 향이 여준을 얼어붙게 만들었다. 결국에는 팔뚝에 선명하게 느낌이 날 정도로 닿은 재인의 가슴에 여준이 소스라치게 놀랐다. 순식간에 얼굴이 불타올랐다.

"네? 뭘 봐야 돼요?"

대답 없이 저를 빤히 바라만 보고 있는 여준에게 재인은 다시 한 번 물었다. 재인의 눈이 여준에게로 향했다. 말갛게 빛나는 재인의 눈과 대답을 기다리면서 살짝 옆으로 모으는 붉고 도톰한 입술이 여준의 심장을 간질이고 얼굴을 붉히게 만들었다.

"유, 유통기한 정도? 어, 그 정도 보면 돼. 그리고 또 뭘 사야 하지?"

여준이 다급하게 카트에 파스타면을 던지듯 담아 놓고서는 허겁지겁 다른 곳으로 향했다. 그러지 않았다면 그는 여지없이 흔들려 재인의 입술에 자신의 입술을 맞댔을지도 몰랐다.

"어?"

여준이 왜 그러는지 영문을 알 수 없었던 재인은 고개를 갸웃거릴 뿐이었다.

❖   ❖   ❖

"저, 화장실 좀 금방 갔다 올게요."

계산을 마치고 주차장에 막 도착한 재인이 트렁크에 파스타 재료들이 꽉꽉 들어 있는 봉지를 넣고 있는 여준에게 말했다.

"혼자 갈 수 있겠어?"

"저 어린애 아니거든요."

"내가 혼자 남겨져 있기가 싫어서 그러는데. 같이 가면 안 되지?"

"네. 안 돼요. 저 혼자 금방 갔다 올게요."

장난 삼아 서운한 표정을 짓는 여준에게 팔을 흔들어 준 다음 안으로 들어온 재인은 급하게 화장실에 다녀왔다. 다시 주차장으로 향하는 길에 재인의 눈을 확 사로잡는 아기용품 가게가 있었다. 들어올 때는 급해서 발견하지 못한 그곳에 재인은 한순간에 넋을 잃고 말았다.

유리문을 사이에 두고 여전히 차에 올라타지 않은 채로 자신을 기다리고 있는 여준을 발견했음에도 아기자기한 옷과 모자부터 시작해서 신발, 유모차 등이 결국 재인의 발목을 잡고 말았다. 재인은 가게로 들어섰다.

"어서 오세요."

상냥한 직원의 목소리에 살짝 고개를 수그려 응답한 재인은 유리 선반에 진열되어 있는 손바닥만 한 신발 쪽으로 향했다.

"너무 귀엽죠? 저희 매장에서 가장 인기 많은 제품이에요, 고객님."

재인이 자신의 손바닥 위에 신발을 얹어 놓았다.

"와, 진짜 귀엽다."

손바닥을 다 채우지 못하는 앙증맞고 작은 신발에 재인은 감탄사를 남발했다. 지금은 배 속에 있는 아이가 조그마한 발을 꼼지락거리며 이것을 신고 아장아장 걷는 모습을 떠올렸다. 그 앞에서 좋아하며 행여나 넘어질세라 어정쩡한 자세를 취하고 있을 여준을 상상하니, 자꾸만 비집고 튀어나오는 웃음을 참을 수가 없었다.

"임신 몇 주이신 거예요?"

"13주하고 며칠 지났어요."

"시간이 지날수록 설레시겠어요."

"네. 많이 설레요. 근데 이거 얼마예요?"

"25,000원이요. 가격도 저렴하죠!"

재인은 여준과 함께 저녁을 먹으라고 준 동봉의 돈을 꺼냈다. 쓰라는 데가 아니라 충동적으로 신발을 사는 것에 대한 미안함이 없지 않아 있지만 분명 이것이 더 큰 의미를 가질 터였다.

"포장해 드릴게요."

"네. 아, 혹시 포스트잇이랑 볼펜 좀 빌릴 수 있을까요?"

"그럼요. 여기요."

재인은 고개를 수그려 열심히 포스트잇에 글을 써 내려갔다. 포장을 끝낸 직원이 다가와 쇼핑백을 내밀었다.

"예쁜 아기 낳으세요, 예비 어머님."

'어머님'이라는 말에 재인이 잠시 움찔했다. 엄마, 엄마. 전에는 아예 관심조차 없었던 아기용품 코너를 서성이고 아무렇지 않게 들어가 구입을 하며 기뻐하고 설레어하는 것. 그건 엄마라는 이름으로 누릴 수 있는 특별한 혜택과도 같았다. 재인이 제 배를 쓰다듬었다.

"네. 예쁜 아기 낳을게요. 감사합니다."

가게를 빠져나온 재인이 정성스레 포장한 신발 쇼핑백을 흔들다가 불현듯 좋은 생각이 나서 얼른 품 안에 감추었다.

"많이 기다렸죠?"

주차장으로 허겁지겁 나온 재인이 그렇게 묻자, 여준이 차에 기대고 있던 몸을 일으키며 고개를 끄덕였다.

"너무 오래 기다려서 막 너한테 가려던 참이었어."

"그 정도의 참을성도 없으신 거예요?"

"그래 보여?"

"네. 얼마 되지도 않았는데. 오시려고 했던 거 보니깐 딱 그런데요."

"그럼 잘 봤네."

"네?"

"없어. 너에 대한 참을성은, 나 하나도 없어."

어깨를 으쓱해 보이며 아무렇지 않게 말하는 여준을 보고 있자니, 재인은 웃지 않으려야 웃지 않을 수가 없었다. 자신을 좋아하는 감정을 굳이 숨기지 않고 드러내는 남자가 우스워 보이거나 만만해 보이기보다는 고맙고, 똑같이 소중하게 대해 주고 싶은 마음이 역력해졌다.

"정말 이런 분이신지 몰랐네요."

"어?"

'이렇게 귀여운 남자인지 몰랐어요.' 라는 말은 차마 덧붙일 수 없었던 재인이 허겁지겁 조수석에 올라탔다.

"무슨 말이야? 이런 분이신지 몰랐다니?"

운전석에 올라탄 여준이 당황해하며 물었지만 재인은 반쯤 웃고 있는 눈을 감을 뿐이었다.

"저 좀 피곤한데, 집에 도착하면 깨워 주실 수 있으시죠?"

"말해 주면 안 돼? 궁금한데. 그래도 이런 분이신지 몰랐다는 건 좋은 의미지?"

"아, 졸려."

"설마 안 좋은 의미야?"

재인은 터져 나오려는 웃음을 참으며 정면을 보고 있던 고개를 홱 돌렸다.

"재인아?"

차마 잠든 자신을 깨우지 못하는 그의 어쩔 줄 몰라 하는 시무룩한 목소리가 재인의 귀를 자꾸만 기분 좋게 간질였다. 또 놀려서 듣고 싶게 말이다.

어제 단둘이 있었을 때보다 오늘, 지금 이 순간 함께하는 것이 더 편안해졌다. 이렇게 날이 갈수록 더 편안한 사람이 되는 것일까. 그렇다면 더 오랜 시간을 같이하고 싶다는 생각이 문득 들었다.

그의 목소리가 좋고 옅게 들리는 그의 작은 숨소리가 좋고, 그에게 닿았던 살결로 인해서 요동치는 심장이 좋다. 그런 그의 목소리를, 그의 숨결을, 그의 살결을 느낄 수 있는 그의 곁에 머물 수 있다는 것이 재인을 설레게 만들었다.

잠든 척만 하려고 했는데, 본의 아니게 정말 잠들어 버린 재인이 눈을 떴다. 차는 어느새 멈춰 있었고 운전석에 여준은 없었다. 놀라서 반사적으로 주위를 살펴보니, 낯익은 집과 더불어 트렁크 쪽에서 물건을 꺼내고 있는 여준이 보였다. 안도의 한숨을 내쉬었다.

엄마가 좋아한다고 배와 사과를 한 박스씩 사더니, 파스타 만드는 것까지 자신의 집에서 할 생각이었다는 것을 이제야 눈치챘다. 여준은 낑낑거리면서 과일 박스를 대문 앞에 옮기느라 정신없어 보였다. 이때다 싶었던 재인이 품에 두었던 신발을 조심스럽게 꺼내 들었다.

포장을 풀고 신발 한쪽만 차 선반 위에 올려놓았다. 그리고 그 앙증맞은 신발 위에 미리 쓴 포스트잇을 꺼내 붙이고선 차에서 내려 트렁크에 있는 여준에게로 향했다.

재인은 부엌에서 능숙하게 움직이며 요리에 집중하고 있는 여준의 모습을 넋 놓고 바라보았다. 너무 대놓고 바라보고 있으면 요리를 하는 데 방해가 될까 싶어서 거실에서 숙자와 함께 TV를 보는 척하며 힐끔힐끔거렸다.

듬직한 키와 간간이 맛을 보며 보여 주는 옆모습, 요리에 집중하는 모습들이 너무 멋있어 보여서 도저히 눈이 떨어지지 않았다.

면을 삶고, 소스를 만드는 프라이팬을 가스레인지 위에서 자유자재로 움직이는 손목의 스냅, 야채를 일정한 속도로 써는 소리, 여준의 모든 것이 어느새 재인의 관심 대상이 되어 있었다.

"나 오늘 아쿠아리움 갔다?"

재인이 다감하게 숙자에게 운을 뗐다. 숙자는 쓱, 별로 곱지 않은 눈길로 그녀를 돌아보았지만 다음 말을 궁금해하는 눈치였다.

"거기 상어도 있더라. 엄마 상어 실제로 본 적 있어?"

"상어? 뭐, 없지. TV로만 봤지."

"다음에 같이 가자. 여준 씨랑 나랑 엄마랑."

숙자는 눈썹을 쓱 올리고 대답 없이 다시 TV로 시선을 돌렸다. 대놓고 부정을 하거나 소리를 지르지는 않는 것을 보니, 함께 가자는 말이 싫지는 않았나 보다, 라고 생각했다.

시간이 얼마나 흘렀을까, 어느 순간부터 시금치의 독특한 향
이 거실을 메우고 있었다.

"아, 맛있는 냄새가 솔솔 나네."

재인이 슬쩍 말을 꺼내며 TV를 보고 있는 숙자에게 눈길을
돌렸다. 숙자는 무의미한 손동작으로 리모컨을 누르며 수시로
채널을 바꾸고 있었다.

"다 했어요?"

여준이가 깔끔한 접시에 파스타를 담고 있을 때, 참지 못하
고 재인이 부엌으로 들어왔다.

"응."

"맛있겠다. 색이 너무 예뻐요."

하얀 접시 위에 연둣빛의 고운 빛깔을 드러내고 있는 파스
타가 돌돌 말려 있었다. 재인이 음식을 식탁 위에 나르는 것을
도와주었다.

"어머니. 식사하세요."

숙자가 대답도 없이 TV를 끄고 식탁에 와 앉았다. 재인 역
시 옆에 앉아 포크로 파스타를 말아서 입에 쏙 집어넣었다.

"정말 맛있어요."

재인이 말을 하며 힐끔 숙자를 바라보았다. 눈도 마주하지
않고 묵묵하게 파스타를 먹고 있었다.

'맛있으신가 봐요.'

재인이 손으로 입을 가리며 여준에게 입 모양으로 말했다.
재인의 말마따나 포크를 한 번도 내려놓지 않고 드시는 걸 보

니, 입맛에 꽤 맞는 듯싶었다. 잔뜩 긴장하고 있던 여준의 마음이 그제야 풀렸다.

"입맛 괜찮아?"

퉁명스런 숙자의 목소리가 툭 튀어나왔다.

"어? 괜찮아. 이상하게도 셰프님이 해 주는 음식은 다 맛있더라."

재인이 몰래 귓속말하던 제 입 쪽에서 손을 떼어 내고 숙자에게 대답했다.

"하루하루 몸조심해야 돼. 무리하지 말고 편식도 하지 말고. 애한테 안 좋으니까. 밀가루나 회, 육회 같은 것도 웬만하면 자제하고. 밀가루 많이 먹으면 애가 아토피로 태어날 확률이 높다더라."

"응, 조심할게."

재인의 대답을 끝으로 순식간에 식사를 끝낸 숙자가 포크를 내려놓고 앞에 앉아 있는 여준을 바라보았다. 1시간 전, 여준이 이 집에 들어선 이후로 처음으로 바라보는 시선이었다. 여준은 분명하게 마주친 숙자의 사나운 눈에 잔뜩 긴장했다.

"담배 피나?"

"담배는 2년 전에 끊었습니다."

"웬만하면 앞으로도 담배는 입에도 대지 않았으면 좋겠어. 배 속에 애기한테도 안 좋고, 간접흡연이 더 안 좋다고 하니까."

"네. 절대 안 피겠습니다. 어머니."

"그리고 이제 우리 집 올 때는 과일 그만 사 오도록 해. 무슨 장사할 것도 아니고."

숙자가 부엌에 쌓여 있는 과일에 힐끔 눈짓을 하며 말했다.

"왜. 과일 많으면 좋지. 나는 과일 많으면 든든하고 좋던데."

재인이 옆에서 은근히 여준의 편을 들자, 엄마가 무언의 눈치를 줬다.

"그래. 그럼 그 좋은 과일 네가 실컷 다 먹어라. 그리고 갈 때 저거 가져가고."

쌓여 있는 과일 상자 옆에 있는 한약 박스를 시큰둥한 표정으로 가리켰다.

"지인이 싸게 준다고 해서 싼 김에 산 거야, 싼 김에. 하루도 거르지 말고 먹어. 혈액순환에 좋고 피로 회복에 좋대."

자신의 말을 끝낸 숙자가 드르륵 의자가 바닥을 긁는 소리를 내며 일어났다. 여준이 반사적으로 함께 일어났다. 숙자가 방으로 들어가기 위해 몸을 틀었다가 다시 돌려 재인의 어깨를 툭 쳤다.

"최재인."

"어?"

"넌 그리고 네 남편 될 사람한테 셰프님이 뭐니? 네가 저 사람 와이프지, 직원이니?"

"으응?"

"호칭 바꿔. 여준 씨나 자기나, 아니면 미리 애 태명 지어서 아빠 붙여서 부르든가. 셰프님이 뭐야. 듣기 별로 안 좋다, 얘."

당혹해하는 재인을 뒤로하고 엄마가 다시 방으로 향했다. 여준이 자리에서 벌떡 일어나더니 식탁에 얼굴이 닿을 정도로 고개를 수그렸다.

"감사합니다, 어머니."

쾅. 문이 닫히고 재인이 서 있는 여준을 올려다보았다.

"이제 엄마도 인정하시려나 봐요."

"그렇지? 그런 것 같지?"

"네. 사실 저희 엄마 지인 중에 한약 싸게 줄 만한 사람 없거든요."

"기분 감당 안 되게 좋다."

아직은 조금 서툴지만 그래도 진심이 닿게 되는 날엔 진정한 가족의 한 구성원이 되어 서로를 믿고 의지할 날이 올 거라 믿었다. 여준은 장모가 들어간 안방 문을 따뜻한 눈길로 바라보다가 자리에 앉아 파스타를 먹고 있는 재인을 빤히 바라보았다. 여준의 시선을 느낀 재인이 고개를 들었다.

"그리고 아까 들었지?"

"뭘요?"

"자기라고 부르라는 어머니의 지당하신 말씀."

여준의 눈이 반달 모양으로 휘어졌다.

"사실, 그때 여준 씨라고 부른 것도 조금 어색했었어요. 그냥 셰프님이라고 부르면 안 돼요?"

"어. 안 돼. 아까 어머님께서 말씀하셨잖아. 자기라고 부르라고 하셨잖아."

엄마가 말했던 수많은 호칭 중에서 유난히도 자기라는 단어만 언급하는 여준의 엉큼함에 재인이 반문했다.

"자기만 있던 건 아닌데. 여준 씨나 애 태명 지어서 아빠 붙여 부르라고 했잖아요."

여준이 아쉬움에 입을 꾹 다물고 재인을 바라보았다. 재인이 팔짱을 끼고 눈동자를 이리저리 굴리며 고민했다.

"뭐가 좋을까요? 애 태명."

"그럼 여준 씨 어때?"

"애 태명이…… 뭐가 좋을까? 배로 맞으셨으니까. '배' 할래요?"

재인이 여준을 놀리듯 말했다.

"아니."

여준이 눈을 얇게 뜨고 대답했다.

"그럼 저희가 회식 자리에서 만났으니까. 회식이 어때요?"

"아니."

"그럼 뭐가 좋을까요? 네?"

도저히 '자기'나 '여준 씨'라는 호칭으로 불리기는 어렵겠다고 생각했는지, 여준 역시 태명을 함께 고민하기 시작했다. 뭐가 좋을까? 누구보다도 뜻깊은 의미로 지어 주고 싶은데. 한참을 고민하던 여준이 번뜩 떠오르는 단어에 잠시 공중에 두었던 시선을 재인에게로 돌렸다.

"언제나 좋은 일만 생기라고 행운, 어때?"

"행운이요?"

"응. 그리고 내가 너를 다시 만날 행운도 줬으니까. 딱 좋다."

"좋네요, 의미가. 좋아요, 행운 아빠."

"생각보다 듣기 설레는데?"

"저도 좋네요. 입에 잘 붙고."

"행운 아빠. 행운 엄마."

들뜬 목소리로 몇 번이고 말을 반복하는 여준을 따라 재인 또한 몇 번이고 작은 목소리로 반복해 따라 했다. 행운 아빠. 행운 엄마. 그리고 행운이.

파스타를 다 먹은 후, 설거지까지 끝낸 여준이 거실로 나오자, 소파에서 곤히 잠들어 있는 재인이 보였다. 한사코 설거지는 자기가 하겠다고 고집을 피우더니, 오늘 하루 내내 돌아다녔던 데에 지쳐 잠이 들었는가 보다. 깨우지 않고 안아 올린 뒤, 그녀의 방으로 데려와 침대에 눕혀 놓고 앉아 재인을 바라보았다.

"오늘 밤은 어떻게 보내지? 보고 싶어서."

여준이 손을 살짝 뻗어 재인의 볼을 쓰다듬었다. 부드러운 살결과 따뜻한 온기가 그녀를 떠나지 않고 이곳에 더 머물고 싶다고 마음이 한없이 아우성치게 만들었다.

"가기 싫다."

투정 어린 혼잣말에 그녀가 대답이라도 해 주고 싶은 모양인지, 잠시 뒤척임을 보였다. 여준이 자리에서 일어났다. 자신의 이기적인 감정으로 그녀의 잠을 깨우고 싶진 않았다.

"갈게. 잘 자."

여준이 조심히 방문을 닫고 나왔다.

"어머니. 저 가 보겠습니다."

문이 꼭 닫힌 안방에선 어떤 대답도 들려오지 않았다. 여준은 고요한 집 안의 정적을 깨고 싶지 않아서 살포시 걸음을 옮겨 보약 박스를 챙겨 들고 나왔다. 운전석에 앉아 막 시동을 걸던 여준의 시선에 뭔가 낯선 것이 들어왔다. 정면을 보던 시선을 약간 틀자, 자그마한 운동화 한 짝과 포스트잇이 놓여 있었다.

[아빠 한쪽, 엄마 한쪽. 신발은 한쪽만으로는 신을 수 없는 거잖아요. 이 신발을 보면서 늘 우리 아기를 생각해 주세요! 당신이 없으면 안 되고, 나도 없으면 안 된다는 것을. 그리고 안전 운전 하시구요.]

여준이 신발을 집어 들어 살폈다. 하얗고 조그마한 신발을 보고 있자니. 방금 전에 재인과 함께 정했던 아이의 태명이 떠올랐다.

"행운이 아빠. 행운이 아빠……. 아빠……. 아빠……."

가슴이 벅차올랐다. 아빠라는 그 단어가 이렇게까지 좋은 단어였는지 몰랐다. 아빠라는 존재는 함께 있던 시간보다 함께하지 못한 시간이 더 길었기에 여준에게 있어서 늘 낯설고 그리운 것이었다. 때문에 '아빠'는 발음조차 낯선 단어였다.

"아빠."

주말마다 자신과 야구를 하던 아빠가 떠올랐다. 수영장에서 함께 수영 대결을 하던 아빠가 떠올랐고, 요리한다고 주방을 어지럽혀서 엄마에게 혼나는 자신의 편을 들어 주던 아빠가 떠올랐다.

죽는 마지막 순간까지도 자신에게 실없는 농담을 하던 아빠의 얼굴이 떠오르자 여준은 여태 꾹꾹 참고 있던 눈물을 터트리고 말았다. 신발을 품에 꽉 끌어안았다.

"아빠…… 나도 아빠 됐다? 아빠도 좋지……."

언제나 아빠는 강해야 한다고 입버릇처럼 말했던 자신의 아버지처럼, 그렇게 강해질 것이다. 여준은 애틋하게 미소 지으며 창문 너머로 어두운 하늘을 빛내는 영롱한 달을 올려다보았다.

집으로 돌아온 여준이 씻기 위해서 막 옷을 벗으려던 찰나에 핸드폰이 요란하게 울렸다.

– 언제 갔어요?

받아 보니 잠에 아직 취해 있는 재인이었다.

"지금 막 집에 들어왔어."

– 인사라도 하고 가지…….

"깨우기 미안할 정도로 잘 자기에."

– 그래도 다음엔 꼭 인사는 하고 가야 돼요.

"알겠어. 피곤할 텐데. 얼른 자."

— 네.

전화를 끊으려던 여준이 핸드폰 너머로 '아! 그리고!' 하며 다급하게 운을 떼는 재인의 목소리에 다시 귀를 가져다 댔다.

"응?"

— 오늘 정말 많이 즐거웠어요. 같이 있던 시간이 눈 깜짝할 사이에 지나갔던 것 같아요.

"나도. 눈 깜짝할 사이에 지나갔던 것 같아."

— 파스타도 너무 맛있었어요. 저도 맛있는 음식 꼭 해 드릴게요.

"그래. 기대할게."

— 피곤하시죠?

"전화 통화할 정도의 힘은 있어."

핸드폰 너머로 재인이 수줍게 웃었다. 웃고 있을 그녀의 모습이 상상되니, 여준의 입가에도 어느새 웃음이 생겨났다.

— 사실, 저도 지금 잠 다 깼어요.

"그래, 그럼 우리 더 통화할까?"

— 좋아요. 아, 맞다. 저 궁금한 거 하나 있어요.

"뭔데?"

— 그때, 저희 아빠한테 귓속말로 뭐라고 말씀하신 거예요?

새벽 낚시를 가자던 동봉에게 귓속말을 했던 모습을 떠올렸다. 별말은 아니었다.

"아."

하지만 말하면 왠지 재인이 좋아할 것 같지는 않아서 말하는 데 조금 시간이 지체되었다.

– 네? 궁금해요. 뭐라고 말씀하셨기에 저희 아버지가 그렇게 좋아했는지 말이에요.

여준이 베란다로 향했다. 유난히도 밝고 화사한 밤하늘이었다.

"와, 달 예쁘다."

– 어? 말 돌리시는 거예요?

금세 눈치를 채고 채근하는 그녀의 목소리가 사랑스러웠다.

"예전에 성호 형이랑 매실주 담가 놓은 게 있는데, 그거 가지고 간다고 말했더니 그렇게 좋아하신 거야."

– 아아. 그래서 그렇게 좋아하셨구나.

그녀가 살짝 실망스러운 기색을 숨기지 못했다.

"왜?"

– 아니, 뭐. 술이 좋은 음식은 아니니까요. 아빠 건강도 많이 걱정되고, 그리고…….

다음으로 재인이 무슨 말을 하려는지, 굳이 물어보지 않아도 알았다. 하지만 그녀에게 직접 듣고 싶었던 여준이 입술을 열었다.

"그리고?"

– 행운 아빠한테도 술은 건강에 좋지 않을 것 같아서요. 건강 생각하셔야죠.

"그래, 알았어. 대신 아버님한테 약속한 건 지켜야 하니까 봐줘."

– 알았어요. 그 대신 앞으로 웬만하면 술은 자제한다고 약속해 주실 거죠?

"그럼, 약속할게."

그의 마음에 때 이른 봄이 찾아오려나 보다, 매일은 아니어도 아주 가끔, 이렇게 밤공기가 따뜻한 것을 보면 말이다.

❖   ❖   ❖

다음 날, 재인은 아침에 일어나자마자 여준에게 문자를 보냈다.

[잘 잤어요?]

답장은 오지 않았다. 답장을 기다리느라 핸드폰을 손에서 놓지 않은 채 엄마와 시장에 가서 장을 보고, 동네 서점에 들러 임산부가 알아야 할 내용들을 담은 책을 사서 집으로 돌아왔다.

재인이 소파에 앉아 막 사 온 책을 펴면서 잠시 놓아두었던 핸드폰에 답장이 오지 않았나, 막 들여다볼 때였다. 핸드폰이 울렸다. 기다리고 있던 여준이었다. 재인은 거실과 주방을 왔다 갔다 하는 숙자의 행보에 슬쩍 눈치를 보며 방으로 빠르게 향했다.

큼큼, 목을 가다듬었다. 그에게 예쁜 목소리를 들려주고 싶은 이유 때문이었다.

"여보세요?"

– 일어났어?

여준의 목소리가 귀여울 정도로 잠에 푹 젖어 있었다.

"네. 지금 시간이 몇 신데요. 아까 일어났었어요. 지금 일어났죠?"

재인이 부드러운 어투로 말하며 침대 귀퉁이에 엉덩이를 살짝 걸쳐 앉았다.

– 어떻게 알았어?

"문자 보냈는데."

– 아, 정말? 못 봤네. 내 답장 기다렸나?

"……기다렸죠."

수줍었던 터라 본의 아니게 대답이 지체되었다. 겨우 나온 대답도 목소리가 작았다.

– 미안해지네, 기다리게 해서. 근데 뭐 하고 있었어?

"엄마랑 시장 갔다가, 서점 들러서 책 샀어요. 임신 초기부터 출산까지 임산부들을 위한 길잡이 같은 책이에요."

– 부지런하네. 배워야겠다.

여준의 칭찬에 재인이 뿌듯한 마음에 어깨가 으쓱해졌다.

– 오늘 점심 같이 먹을까?

"점심이요?"

– 응. 3시 30분부터 6시까지 브레이크 타임이거든. 점심 식사가 좀 늦어지기는 하겠지만 같이 먹고 싶어서.

짧지만 여준과 데이트를 할 생각을 하니, 재인의 마음이 살짝 들뜨기 시작했다.

"좋아요. 제가 가게 근처로 갈게요."

– 아니야. 내가 데리러 갈게.

"괜찮은데."

– 나도 괜찮아서 그래. 내가 데리러 갈게.

다정한 여준의 목소리는 누구보다도 자신을 소중하게 다루고 있는 티가 역력했다.

"데리러 와 준다고 해 줘서 고마워요."

그런 여준에게 자신의 목소리도 그렇게 들리길 바라며 전화를 끊었다. 책을 다시 읽으려 했지만 자꾸만 여준이 생각나서 집중이 되지 않았다. 재인은 책을 덮고 쪼르르 옷장으로 가 옷들을 살폈다. 그에게 예뻐 보이고 싶은 마음에 쉬폰 원피스를 집어 들었다.

"음, 이건 입을 때 어딘가 모르게 통통해 보여."

원피스를 다시 집어넣고 프릴 티셔츠를 꺼냈다.

"이건 어깨가 너무 커 보이고."

봐도, 또 봐도 마음에 드는 옷이 눈에 들어오지 않았다.

"예뻐 보이고 싶은데."

시무룩하게 중얼거리며 재인은 한참 동안을 옷장 앞에서 서성거렸다.

4시에 여준에게서 걸려 온 전화를 받고 나갔다. 운전석에서 자신을 향해 반갑게 손을 흔들고 있는 여준에게 같이 손을 흔들어 주며 재인이 조수석에 올라탔다.

몇 번이고 입었다 벗었다를 반복해서 고른 원피스가 생각보다 짧고 어색한 것 같아서 치마 끝을 살포시 잡아 내렸다.

"옷 예쁘다."

그런 재인의 속마음을 귀신같이 읽어 낸 여준이 환하게 웃으며 말했다. 그의 환한 웃음은 바이러스처럼 전염되어 재인의 입가에 웃음을 띠게 하고 심장을 두근거리게 만들었다. 그가 예쁘다고 말해 주니 기분이 날아갈 것같이 좋았다.

"이거."

그 순간, 불쑥 여준이 재인에게 한데 묶여 있는 세 송이의 장미꽃을 내밀었다.

"웬 장미꽃이에요?"

비록 세 송이라 할지라도 꽃은 남자에게서 난생처음 받아 보는 선물이었다. 특히 특별한 날이거나 기념일도 아닌 날에 받는 꽃은 얼떨떨하고 생소하면서도 기분을 좋게 만들었다.

"나오는데, 매장 앞에서 팔고 있기에 생각나서 샀어."

"꽃은 늘 졸업식 같은 특별한 날에만 받았는데."

"졸업식보다 더 특별하지. 나한테 널 만나는 날은."

시동을 다시 걸던 여준이 머쓱해하며 웃었다.

"방금 한 말 좀 느끼했다."

재인이 소리 없이 웃으며 붉은 꽃잎을 매만졌다. 은은하게 올라오는 장미 향이 좋아서 냄새를 맡고 손끝으로 어루만졌다.

재인은 자기가 이렇게까지 꽃을 좋아했는지 이제야 깨달아 조금 의아한 기분이었다. 하지만 분명하게 알 수 있는 건, 어제의 여준보다 오늘의 여준이 더 멋있고 편안하다는 것과 어제의 여준보다 오늘의 여준이 더 좋아지고 있는 자신의 마음이었다.

여준의 차는 근처 시내에 위치한 샤브샤브집 앞에 멈췄다.

"어?"

"여기 맛집이라면서."

"어떻게 알았어요? 우리 동네 맛집인데."

"오다가 검색해 봤어. 들어가자."

점심시간이 지나서 그런지, 가게에는 커플이 앉아 있는 한 테이블만 빼고 모두 텅텅 비어 있었다.

"주문하시겠어요?"

재인과 여준이 자리를 잡고 앉자, 직원이 물을 가져다주며 물었다.

"한우 샤브샤브 4인분 주세요."

"왜 그렇게 많이 시켜요?"

통 크게 주문하는 여준을 재인이 제지시켰다.

"나 그렇게 많이 안 먹을 건데……."

"내가 많이 먹으려고. 주세요, 4인분."

직원이 가자 재인이 살며시 상체를 앞으로 기울였다. 메뉴판에 써져 있는 한우 1인분의 가격은 감히 무시 못 할 만한 숫자였다. 한우 샤브샤브 4인분. 점심 밥값이라기엔 터무니없이 큰 돈이었다.

"여기 죽도 나오고, 칼국수도 나와서 고기 그렇게 많이 안 시켜도 되는데."

말을 하면서도 벌써 바가지 긁고 잔소리를 하는 것 같아 뜨끔한 재인이었다.

"그럼 죽도, 칼국수도, 고기도 다 먹지 뭐. 걱정하지 마. 나 진짜 많이, 잘 먹어. 화장실 갔다 올게."

자리에서 일어나 걸어가는 여준의 뒷모습을 보던 재인이의 눈길이 자신도 모르게 밥을 먹고 있는 커플의 테이블에 멈췄다. 다 익은 고기를 후후 불어서 남자친구의 입에 쏙 넣어 주고 있는 여자의 모습.

"자기, 맛있어?"

그리고 귀여움을 의식한 물음에 남자가 함박웃음을 지으며 고개를 끄덕였다.

"자기가 주니까 너무 맛있다."

"자기는 나 안 줄 거야?"

"줘야지! 우리 귀여운 자기 많이 먹어."

"앙. 맛있어! 너무너무 맛있어!"

지나친 여자의 애교가 민망해서 고개를 쓱 돌릴 때, 여준이 자리에 와 앉았다. 직원이 금방 상을 차려 주었고 여준은 금세 끓은 국물에 고기를 휙휙 저어 익힌 후, 재인의 접시에 올려 주었다. 그 짧지 않은 시간 동안 재인의 신경은 온통 귀를 자극시키고 있는 커플의 테이블로 향해 있었다.

"자기야. 여기 봐 봐. 사진 찍어 줄게."

중요한 것은, 사진을 찍어 주고 고기를 입에 넣어 주고 입가에 묻은 음식을 닦아 주는 여자의 행동을 남자가 귀찮아하거나 싫어하기는커녕, 너무나 좋아하고 있다는 것이었다.

남자들은 다 저렇게 좋아할까? 애교 넘치는 여자를? 재인이 슬쩍 여준을 바라보았다. 재인에게 고기를 챙겨 주느라 바빠 보이는 여준을 보며 재인이 입술을 꾹 다물었다.

"많이, 천천히 먹어."

낯을 조금 가려서 그렇지 무뚝뚝한 성격은 아니었으나, 애교가 철철 넘치는 성격도 아니었다. 문득, 자신이 여준에게 애교를 부리는 것을 상상해 보았다. 어울리지 않는 모습에 한숨이 절로 나왔다. 고개를 내저었지만 자꾸만 커플에게 눈길이 가는 건 부정할 수가 없었다.

맛은 있었지만 어딘가 모르게 불편한 점심을 다 먹고 식당을 나왔다. 재인이 그렇게 잘 먹는 타입은 아니어서 식사 시간은 그다지 길지 않았다.

적당히 부는 바람과 다사로운 햇살이 거리를 걷기 딱 좋은 날씨였다. 여준이 손을 들어 올리자, 재인이 자연스럽게 손을 포개었다. 여전히 그와 손을 맞잡고 있으면 뜨거운 무언가가 심장 부근으로 퍼져 나가면서 심장을 간질였다.

"맛있게 잘 먹었어요."

"다음엔 장인어른이랑 장모님이랑 처남이랑 다 같이 오자."

"네."

대답을 하던 재인이 문득, 여준과 이렇게 헤어지는 것이 아쉽다는 생각이 들었다. 슬쩍 시계를 들여다보니 약간은 시간이 있어 보였다.

"근처에 딸기빙수 맛있게 하는 카페 있는데, 아직 여유 있으시면 같이 먹어요."

지그시 고개를 끄덕이는 여준과 손을 잡고 카페가 있는 방향으로 걸음을 옮겼다. 도보에 심어져 있는 싱그러운 나무 냄새와 맑은 새소리가 살며시 둘을 따랐다.

카페는 골목 귀퉁이에 위치해 있었다. 맘잡고 찾아오지 않는 이상, 눈에 잘 안 띄는 위치였다. 하얀색에 가까운 연분홍색을 띠고 있는 4층 건물의 2층에 자리를 잡고 있었다. 하얀색 페인트로 'Cafe'라고 단순 명료하게 적혀 있었다.

겉모양과 별다를 바 없이 어디서든지 볼 수 있을 법한 평범하고 낯설지 않은 카페 안은 한산했다. 여준과 재인은 소리 없이 창가 테이블에 앉았다.

"앉아 계세요. 제가 가서 주문하고 올게요."

"아니야. 내가……."

"빙수는 제가 사고 싶어요. 짜잔. 제 쿠폰은 제 돈으로."

재인이 지갑에서 도장이 꽤 많이 찍힌 쿠폰을 들고 카운터로 향했다. 제일 즐겨 먹는 딸기빙수를 시키고 거스름돈을 받는 동안, 힐끔 뒤를 돌아 여준이 앉아 있는 자리를 보았다. 재인을 바라보고 있던 여준이 눈이 마주치자 편안하게 웃는다.

"앉아 계시면 금방 가져다 드릴게요."

직원에 말에 재인이 거스름돈을 받고 천천히 여준에게로 향했다. 걸음을 옮길 때마다 커지고 가까워지는 여준의 모습이 좋아서 재인은 걸음을 더 재촉해 얼른 자리에 앉았다.

"조금만 기다리면 가져다준대요."

"그래? 그렇게 맛있어?"

"네. 너무 맛있어요. 그래서 계속 생각날지도 몰라요. 그래도 혼자 와서 드시면 안 돼요. 같이 와야 돼요. 꼭."

"당연하지."

"여기 분위기 어때요? 조용한 곳에서 학교 과제 하고 싶을 때, 종종 오던 곳인데."

"조용하니 좋은 것 같아."

"여긴 늘 이렇게 조용해요. 그래서 더 좋아요."

"그럼 우리 둘이 종종 오자."

대답을 하며 무의식중으로 창밖을 바라보던 여준이 작은 실소를 터트렸다.

"저기 봐."

여준이 가리키는 곳을 응시하니, 이제 막 걸음마를 배우고 있는 중인지 도로에서 아장아장 걷고 있는 아기가 보였다. 그 앞에선 아빠가 뒤로 걸으며 아기를 보호하고 있었고 아기의 뒤에선 불안해서 어쩔 줄 몰라 하는 엄마가 따라가고 있었다.

잘 걷던 아기가 휘청하며 넘어지려고 하자 앞에 있던 아빠가 반사적으로 아이를 품에 안아 올렸다. 조금만 늦었어도 아이는 도로에 넘어져 깨진 코가 아파 입을 크게 벌리고 엉엉 울었을지도 몰랐다.

"와."

그들을 구경하던 여준과 재인이 아기 아빠의 순발력에 감탄

하며 서로를 바라보다 풉 하고 웃음을 터트렸다.

"왠지 남 일 같지가 않네."

"그러게요."

재인은 다시 창밖으로 시선을 돌렸다. 아장아장 걸음마를 연습하는 아이와 함께하고 있는 여준의 모습을 상상하니, 웃음이 저절로 얼굴 가득 퍼졌다.

06.

아침에 일어나 습관처럼 달력을 올려다보던 재인은 문득 상견례 날짜를 헤아려 보았다. 그리고 무엇을 입어야 그의 어머니에게 잘 보일 수 있을지 떠올려 보다가 미간을 찌푸렸다. 입고 갈 만한 얌전한 옷이 마땅히 떠오르지 않아서였다. 혼자서 쇼핑하는 것은 심심할 것 같았던 재인이 혜은에게 전화를 걸었다.

– 여보세요.

잠에 취한 혜은의 목소리에 재인은 살짝 미안해지는 마음을 가지며 말했다.

"혜은아. 오늘 같이 쇼핑하자."

– 이 아침부터 무슨 쇼핑…….

"같이 가 줘. 내가 커피 살게."

– 그래. 알았어. 몇 시쯤 만날까?

"12시! 사거리에서 만나자!"

전화를 끊은 재인은 간단하게 아침 식사를 하고 나갈 채비를 했다.

약속 시간에 맞춰 혜은을 만나 백화점으로 향했다. 재인은 혜은과 다정하게 팔짱을 끼고 의류 코너를 몇 바퀴씩 돌면서 원피스를 구경했다. 그러다 마지막으로 본, 화이트 바탕에 블랙 레이스로 목과 허리에 포인트를 넣은 깔끔한 원피스를 골랐다. 계산을 하면서 재인은 문득, 여준을 떠올렸다.

"혜은아."

"응?"

"우리 남자 의류 코너도 좀 돌아보자."

"뭐? 왜! 나 힘들어."

"여준 씨가 생각나서. 응? 딱 두 바퀴. 두 바퀴만 돌아보자."

울상을 지으며 한숨을 내쉬는 혜은을 데리고 재인은 남성 의류 코너로 향했다. 한 바퀴를 돌 때쯤, 부지런하게 매장에 있는 옷들을 살피던 혜은이 재인의 팔을 확 잡았다.

"저거 예쁘다."

혜은이 가리키는 손을 따라가 보니, 오른쪽 가슴 부분에 작은 왕관 프린트가 박혀 있는 와이셔츠가 진열되어 있었다. 재인의 마음에도 쏙 들었다. 재인이 다가가 와이셔츠를 쳐다보며 여준의 얼굴을 떠올렸다.

"잘 어울릴 거 같아."

여준의 옷까지 사서 백화점을 나와 지친 몸으로 근처에 있는 중식당에서 점심을 먹고 카페에 들렀다.

"임신은 네가 했는데, 왜 나까지 커피를 못 마시게 하는 거니?"

혜은의 불만에 재인이 염치없게 씩 웃었다.

"냄새를 맡으면 나까지 먹고 싶을까 봐서."

"이기적이다, 너."

"대신 내가 사는 거잖아."

"당연한 거 아니냐? 황금 같은 주말에 불려 나와서 같이 쇼핑해 줬는데?"

새치름하게 생색내는 혜은을 밉지 않게 노려보던 재인이 옆에 놓아둔 쇼핑백 안의 옷을 꺼내 들었다. 여준의 옷이었다. 그가 예쁘다고 말하면서 마음에 들어 했으면 좋겠다.

"이거 정말 괜찮아?"

"응, 괜찮아. 네 원피스랑 딱 잘 어울려. 내가 심사숙고, 심혈을 기울여서 골라 준 옷이니까 말 다한 거야. 상견례 언제 한다고 했지?"

"다음 주 주말."

"얼마 안 남았네. 근데 네 시어머니 될 사람은 어떤 사람이래? 요즘에도 시월드가 장난 아니라더라."

"아마 여준 씨가 어머니를 닮았다면 정말 좋은 분이실 거야."

"안 닮았다면?"

"그럴 리가 없어. 확실히 닮았을 거야."

망설이지 않고 단안하며 여준에게 얼른 보여 주고 싶은 들뜬 마음으로 쇼핑백 안에 옷을 집어넣었다.

지이잉. 지이잉.

"누구?"

테이블 위에 올려놓은 재인의 핸드폰이 울리자, 혜은이 몸을 불쑥 내밀며 물었다. 대답 대신 웃음을 지으며 핸드폰을 받자, 혜은이 기가 막힌다는 표정으로 몸을 뒤로 확 뺐다.

"네!"

그의 전화가 반가웠다.

- 어디야?

"저 지금 잠깐 나왔어요. 친구 만나러."

- 저번에 만났던 그 친구? 혜은이었나?

"네. 혜은이요."

- 뭐 하고 놀고 있어?

"같이 쇼핑도 하고 카페에 왔어요. 혼자 쇼핑하면 심심할 뻔했는데 혜은이가 따라와 줬어요."

재인이 스무디를 쪽쪽 빨고 있는 혜은이를 바라보며 싱긋 웃었다.

- 그래? 고마운데. 언제 한번 약속 잡아. 맛있는 거 사 줄게.

그의 상냥한 목소리가 좋았다. 아니, 더 자세하게 말하자면 재인은 그와 전화 통화를 하고 있는 이 순간이 좋았다. 다정하고 언제나 자신을 궁금해하는 그의 이런 말들은 자신이 사랑받는다는 느낌을 들게 해 즐겁고 행복했다.

"네. 그렇게 할게요. 점심은 드셨어요?"

― 그럼, 먹었지. 너도 점심 먹고 노는 거지?

"음, 아까……."

― 누나!

막 대답을 하려는데 핸드폰 너머에서 재현의 목소리가 들려왔다. 여태 미소를 짓고 있던 재인이 미간을 확 찌푸렸다.

"설마 거기 진짜 최재현 갔어요?"

― 응. 왔어.

"아휴. 가지 말라니까. 일하는 곳에 가서 왜 귀찮게 하는 건지 모르겠네. 미안해요."

― 아니야. 재밌어.

"하나도 재미없는 거 알아요."

― 정말이야. 재밌어. 외동이라서 항상 동생이 있었으면 싶었는데, 동생 같고 잘 통하는 거 같아.

"막상 있어 보면 그런 소리 못 하실걸요? 동생이란 존재가 얼마나 귀찮은데요."

이상하게 더 이상의 어색함이 없었다. 그와 전화 통화를 하는 것이 자연스러워졌고 말이 많아졌다. 예전에는 그저 인사와 '네.' 하는 대답이 전부였던 통화였는데, 이제 통화의 일부분을 자신이 채우고 있다는 것이 재인은 내심 신기하기만 했다.

– 그런가? 근데 밥은 먹고 노는 거야?

"아, 그게요. 아까 중식당에서 먹었어요, 지금은 잠깐 쉬느라 카페에 있어요."

혜은이 주먹을 쥐고 재인이 앉아 있는 테이블 앞을 콩콩 때렸다. 통화 그만하고 자신에게 신경 좀 쓰라는 무언의 압박이었다.

"행운이 아빠. 제가 좀 이따가 전화할게요. 친구가 질투해요."

– 그래? 알았어. 그럼 꼭 전화해. 나 기다린다?

"네. 꼭 전화할게요."

– 재밌게 놀아요, 행운이 엄마.

"네."

공손하게 전화를 끊자, 앞에서 혜은이 밉지 않게 흘겨보았다.

"넌 내가 있는데! 꼭 남편 있는 거 그렇게 자랑해야 돼?"

"미안. 통화하다 보니까 그렇게 됐네."

"근데 말이지, 네 남편은 네 어디가 그렇게 좋대?"

뜬금없는 혜은의 말에 재인 역시 의문을 가졌다.

"그러게."

"넌 여자인 내가 봤을 때 조금 상냥하긴 해도 애교가 좀 부족한 거 같거든?"

"애교?"

재인은 순간, 어제 여준과 함께 갔던 음식점 옆 테이블에서 온갖 아양을 떨었었던 여자를 떠올렸다. 고기를 먹여 주면서 남자친구 볼을 쓰다듬고 사진을 찍고, 귀여운 표정을 지으며 한순간도 제 남자친구에게서 떨어지지 않았던 여자.

"뭐, 애교…… 그게 뭐, 그렇게나 중요한가?"

"야! 당연한 거 아니야? 여자는 무조건 애교야."

"근데, 내가 막 애교를 피우고 이런 성격이 잘 못 돼서."

"그래서 문제야, 이놈의 지지배야. 애교 많은 여자 싫어하는 남자 어디 없다? 그렇게 애교 없다가는……"

"없다가는?"

"남자가 여자한테 금방 질릴 수도 있어."

"우리 행운이 아빠는 그런 사람 아닌데."

"그건 모든 여자들의 희망사항이지. 내 남자는 그런 사람 아닌데……"

아랫입술을 과하게 내리고 비꼬는 말투로 상황극을 펼치는 혜은을 재인이 어이없는 눈길로 바라보았다.

"남자는 대부분 다 똑같아. 예쁜 여자 좋아하고 애교 많은 여자 좋아하고. 결혼해서도 신혼으로 살고 싶어 하고 친구처럼 지내고 싶어 하고, 내 여자가 결혼을 해서도 예쁘길 바라고."

"정말 그럴까?"

"당연하지! 여자가 다정한 남자 좋아하는 것처럼, 남자도 애교 많은 여자를 좋아하게 되어 있어!"

분명한 건, 혜은이 말하는 다정한 남자의 완벽한 예시는 여준이라고 해도 과언이 아닐 거라는 것이다. 다정하고 따뜻한 여준과 함께 있으면 편안하고 기분이 좋으니, 혜은의 말에 딱히 반박할 수도 없었다.

"뭐 하나 틀린 말은 없네."

"그렇지? 그러니까 여자는 애교가 반드시 필요해."

"그런가?"

"그럼! 내가 여자의 애교에 대해서 알려 줄게. 이리 와 봐."

혜은이 몸을 앞으로 당기며 손가락을 까딱거렸다.

"아무튼 못 살아."

겉으로는 어쩔 수 없이 맞춰 주는 뉘앙스를 풍겼지만 혜은 쪽으로 몸을 기울인 재인은 속이 탈 정도로 궁금했다. 그에게 예쁜 여자이고 싶고 좋은 여자이고 싶고, 그가 질려 하지 않는 여자가 되고 싶었다. 그것은 모든 여자들의 본능이었고 그 모든 여자들에 당연히 재인도 포함되어 있었다.

"여자의 애교는 말이다, 남자의 낙이야."

"응."

"그러니까 지금부터 나를 잘 따라 해."

하나밖에 없는 절친의 은밀한 과외가 시작 되었다.

❖   ❖   ❖

"오늘 많이 피곤했찌용? 그래두 힘내세용! 언제나 옵하 곁에는 재인이 있짜나용!"

거울을 보며 코맹맹이 소리가 잔뜩 들어간 애교 복습을 하던 재인은 온몸에 소름이 잔뜩 솟는 것을 느꼈다. 혜은이 알려준 애교는 몇 번을 해도 적응이 안 되는 게 곤욕스러웠다.

"윽, 이건 좀 아닌 거 같다."

포기하는 심정으로 팔을 쓱쓱 문지르며 고개를 내저었다. 자기 자신도 적응 안 되는 애교인데, 남들이 보기엔 얼마나 이상할까?

애교는 이쯤에서 포기하고 피곤한 몸으로 침대에 누웠다. 그러다 문득, 여준의 얼굴이 떠올랐고 동시에 머릿속에 다시 혜은이의 말이 주마등처럼 스쳐 지나갔다.

'남자는 대부분 다 똑같아. 예쁜 여자 좋아하고 애교 많은 여자 좋아하고.'

재인이 자리에서 벌떡 일어나 거울을 응시했다.

'어느 남자들이든 간에 자기 여자가 응원해 주는 걸 싫어하는 남자는 없어. 힘들어도 힘이 나지.'

"이런 표정으로 바라보겠지? 내가 늘, 그 사람을."

별로 예쁜 표정은 아니었다. 아무래도 조금 처져 있는 입술 끝이 문제인 것 같았다. 속마음은 그게 아닌데, 어딘가 모르게 무미건조해 보이고 다소 의미 없어 보이는 표정. 그것이 자신이 여준을 바라보던 표정이었다.

"그래. 기왕이면 애교 많은 여자가 좋겠지."

재인이 입꼬리를 부담스러울 정도로 씩 올리며 고개를 갸웃거리고 어깨까지 들썩였다.

"재현이 왔니? 밥 먹었어?"

방문을 벌컥 열고 나가자 현관에서 막 신발을 벗던 재현과 눈이 마주쳤다.

"뭐야. 동생 온 게 그렇게 반가워?"

재인이 재현의 뒤를 살폈다. 현관문은 굳게 닫혀 있었다.

"설마, 매형이랑 같이 왔을 거라 생각한 거야?"

"어? 어, 뭐……. 여준 씨는 아직 안 끝난 거야?"

"응. 매형 새로 바뀌는 메뉴 작업 때문에 늦게까지 일하다가 간다던데."

"그래?"

아쉬움에 어깨를 축 늘어트리고 방으로 향하려던 재인을 재현이 다급하게 뛰어와 잡아 세웠다.

"깜짝이야!"

"헉. 놀랐어? 놀래려고 한 건 아닌데. 미안해, 조카. 외삼촌이 미안하다."

자신에 배에 대고 속삭이는 재현을 낯간지러워하며 툭 밀어냈다.

"아휴. 징그러."

"징그럽기는. 얘도 좋아할걸? 이렇게 잘생기고 젊은 외삼촌 얻는걸."

"발 닦고 밥이나 먹어."

"누나 매형한테 전화는 했어? 기다리던데."

"아참!"

손뼉을 짝, 치며 그제야 생각난 듯 놀라자 재현이 한심하다는 투로 혀를 쯧쯧 찼다.

"왜 그러냐. 매형은 누나 전화만 기다리던데."

카페 안에서는 혜은에게 애교 수업을 받느라 여유가 없었고, 집으로 돌아오는 버스에서는 조느라 정신이 없었고 집에 도착해서는 되도 않는 애교를 연습하느라 깜빡했다. 늦었지만 지금이라도 얼른 전화를 해 줘야겠다는 생각에 재인이 막 문을 열고 들어가려던 참이었다.

"매형, 저녁도 못 먹고 일하시는 거 같던데."

재현이의 혼잣말에 재인이 뒤를 돌아보았다.

"그냥. 그렇다고."

끼고 있던 팔짱을 풀고 어깨를 으쓱인 재현의 말을 들은 재인은 고민할 것도 없이 주방을 향해 걸음을 옮겼다. 그녀가 향한 곳엔 빨간 밥통이 놓여 있었다.

버스에서 내린 재인이 흐뭇하게 도시락 통을 내려다보며 여준이 있을 레스토랑으로 향했다. 상가가 즐비하게 모여 있는 타운으로 들어왔다. 늦은 시간이라 그런지, 가게 문은 대부분이 닫혀 있었다.

타운 끝까지 걸어와 오른쪽으로 방향을 막 꺾는 순간, 재인은 레스토랑 건물의 불이 다 꺼져 있는 것을 발견했다.

"어. 설마!"

여유 부리던 걸음을 재촉시켜 레스토랑 문 앞으로 바짝 다가갔다.

"어떡해. 퇴근했나 보네. 괜히 잔다고 그랬나 봐⋯⋯."

깜짝 방문으로 놀래 주려 1시간 전에 한 전화 통화에서 자려고 누웠다고 했던 거짓말이 걱정스러웠다.

온통 깜깜한 가게 내부의 저 안쪽에서 희미하게 빛이 보이기는 하다만 'close' 팻말이 걸려 있는 문은 굳게 닫혀 있었다. 김빠지는 느낌이 들었지만 혹시나 싶은 마음에 여준에게 전화를 하려 막 핸드폰을 꺼내던 참이었다.

"거기, 누구세요?"

뒤에서 들려오는 남자의 조심스러운 목소리에 재인이 화들짝 놀라 돌아보았다. 큰 키에 상당한 체격인 남자는 의심스러운 표정을 지으며 재인 쪽으로 다가왔다.

"저희 영업 끝났는데."

"아, 안녕하세요."

재인이 '영업'이라는 소리에 이 레스토랑 직원일 거라 생각하고 꾸벅 인사를 했다.

"네에⋯⋯. 안녕하세요."

남자가 얼떨결에 인사를 받으며 재인이 들고 있는 도시락통으로 눈을 돌렸다.

"혹시 안에 강여준 셰프님⋯⋯."

"아, 여준이요."

"네. 강여준 셰프님 계세요?"

"계시긴 한데, 누구…… 어, 혹시…… 여준이 와이프 되실 분?"

"네? 네."

재인이 쑥스럽게 대답했다. 이렇게 단번에 알아보다니, 신기하다고 생각하면서.

"만나서 반가워요. 난 이 레스토랑 사장이자 여준이하고는 굉장히 친한 형인 김성호라고 해요."

악수를 청하는 성호가 내민 손을 재인은 도시락 통까지 바닥에 내려놓고 두 손으로 맞잡았다. 성호는 여태 두르고 있던 의구심을 풀고 환하게 웃었다.

"여준이 보러 왔어요? 끝나면 보러 간다던데. 그새를 못 참고 직접 왔구나."

재인이 멋쩍게 웃으며 바닥에 두었던 도시락 통을 다시 집어 들었다.

"자세한 대화는 나중에 식사 대접 한번 하면서 해야겠어요. 이 안쪽으로 들어가면 주차장 끝에 문이 하나 있는데, 그 문열고 한 층 올라가면 여준이 있는 주방이 바로 나올 거예요."

"감사합니다."

"감사는요, 뭘. 별거 아닌데. 아, 그리고 여준이랑 시간 한번 꼭 잡아요."

"네. 조심히 들어가세요."

"그래요."

재인은 성호에게 꾸벅 인사를 하고서는 바로 주차장으로 향했다.

"좋을 때다."

도시락 통을 소중하게 꽉 끌어안고 종종걸음으로 금세 사라지는 재인을 보며 성호는 흐뭇한 표정을 지었다.

주차장 안은 을씨년스럽고 싸늘한 기운이 맴돌아 재인의 걸음을 재촉하게 만들었다. 성호의 말대로 문을 열고 들어가 계단을 올라가니, 활짝 열려 있는 문 안으로 주방이 보였다.

"깜짝 놀라겠지?"

재인은 여준이 환한 웃음을 지으며 자신을 반겨 줄 것을 기대하며 열린 문틈으로 소리 나지 않게 몸을 밀어 넣었다. 그리고 시야를 가로 막고 있는 냉장고를 지나쳐 옆으로 몸을 틀었다.

"어?"

그리고 여준을 보았다. 의자에 앉아 작업대에 몸을 기대고 버텨 내지 못한 피로감에 잠들어 있는 여준을 말이다. 재인이 도시락 통을 소리 나지 않게 작업대 끝에 내려놓고 여준에게로 향했다.

"많이 피곤하셨나 보네."

여준의 앞에 펼쳐진 공책엔 많은 것들이 적혀 있었다. 우유, 휘핑크림, 크림치즈, 브로콜리, 비트물, 크레송을 이용한 데커레이션……

재인이 손을 뻗어 여준의 공책을 집었다. 한 장 한 장 넘길 때마다 그가 요리에 대해 얼마나 많은 노력을 하는지 알 수 있었다. 그리고 또 한 장을 넘겼을 때, 종이 한 면을 꽉 채우고 있는 익숙한 얼굴에 재인의 손이 멈추었다.

"나잖아."

누가 봐도 재인 자신이었다. 어깨를 살짝 넘은 머리카락, 진한 눈썹과 짙은 쌍꺼풀, 재인이 즐겨 입는 작은 도트 무늬의 티셔츠까지.

재인은 정성스럽게 그린 자신의 초상화를 들여다보다가 밑에 적혀져 있는 '보고 싶다'라는 글자를 손으로 쓱 문질렀다. 지워지지 않았다. 또 한 번 문질렀다. 절대로 지워질 것 같진 않았다.

"이렇게 평생 지워지지 않았으면 좋겠다. 당신한테 늘 내가 보고 싶은 사람이라는 게, 사라지지 않았으면 좋겠어요."

지워지지 않는 보고 싶다라는 글씨에 왠지 모를 안심을 느끼며 노트를 내려놓고 상체를 살짝 수그려 여준을 바라보았다. 총총히 박혀 있는 속눈썹, 잡티 하나 없는 피부, 오똑한 콧날과 일정한 숨소리. 모든 것이 재인을 설레게 만들었다.

"잘생겨도, 너무 잘생겼네."

흡족해하며 터지려는 웃음을 손으로 간신히 막은 재인의 시선에 여준의 뽀얀 볼에 하얀 밀가루가 묻어 있는 것이 보였다.

손으로 털면 깨어날 것 같아서 살포시 바람을 불었다. 떨어지지 않았다. 재인이 여준에게 좀 더 가까이 다가가 입을 모으고 후, 하고 바람을 불어 주는 순간, 속눈썹이 일렁이며 여준이 살포시 눈을 떴다.

서로의 숨결이 느껴질 만큼 가까운 거리에서 시선이 맞닿았다. 그의 검고 깊은 눈동자에 한없이 빨려 들어가는 아찔함을 느낀 재인이 서둘러 몸을 일으켰다.

"깨우려고 한 건 아닌데……."

"깨우려고 한 거 아니면 몰래 뽀뽀하려고 한 거야?"

장난 섞인 여준의 농담에 재인이 두 눈을 끔뻑였다. 당연히 아니라고 부정할 줄 알았던 재인이 아무런 행동도 취하지 않자, 도리어 당황한 건 여준 쪽이었다.

"언제 왔어?"

그는 당황한 얼굴을 감추기 위해 얼른 화제를 돌렸다.

"방금 왔어요, 방금."

여준이 자리에서 일어나다 재인의 뒤에 있는 도시락 통을 발견했다. 살짝 미소를 머금고 그것을 들어 올렸다.

"이거 챙겨 들고 온 거야?"

"네? 아…… 네. 저녁도 안 드시면서 일한다고 들어서."

"저녁 안 먹고 일하는 내가 걱정돼서?"

"네. 걱정돼서요."

"기분 좋은데. 근데 설마 혼자 왔어?"

"네, 혼자 왔어요."

밤 12시가 가까워지는 시간이었다. 레스토랑이 위치한 곳 근처가 전부 다 상가이다 보니, 이 시간대에는 죽은 도시와도 비슷했다. 외졌고 험했다. 버스 정류장에서부터 꽤 되는 거리를 재인이 혼자 걸어왔다 생각했다, 여준은 가슴을 한 번 더 쓸어내렸다.

"재인아. 도시락 싸 와 준 건 고마운데. 다시는 이렇게 늦은 시간에 혼자 다니지 말자."

환하게 웃으며 반갑게 맞아 줄 줄 알았던 여준이 의외로 가라앉은 목소리로 말했다. 그제야 재인은 자신의 행동이 다소 충동적이었다는 걸 깨달았다.

"네. 걱정시켜 드리려고 한 건 아닌데."

"알아. 나 밥 안 먹었다고 해서 걱정돼서 온 거. 그래서 더 미안해. 나 때문에 네가 잘 시간에 여기 있다는 게."

서먹한 기운이 여준과 재인의 사이를 잠시 오고 갔다. 첫 데이트 이후로는 처음인 이런 분위기에 서로가 난감해하는 것 같았다.

혼내려는 뜻으로 말한 것은 아닌데, 미안해하면서 고개를 푹 숙이는 재인을 보니 여준은 금세 후회가 되었다. 그래도 자기를 생각해서 도시락까지 싸 온 사람에게 너무했나 싶었다.

"재인아, 나는……."

"전 괜찮아요. 항상 저를 위해서 많은 걸 해 주시잖아요. 그래서 저도 뭔가를 해 드리고 싶었어요. 그런데 되려 걱정만 끼쳤네요. 앞으로는 정말 이렇게 밤늦게 돌아다니는 일 없을 거예요."

"그래. 고마워."

계속 이런 어색한 분위기를 이어 가고 싶지는 않았던 여준은 얼른 도시락 통을 열었다.

"와, 계란말이네."

"제가 직접 했어요."

"진짜? 나 계란말이 진짜 좋아하는데."

"맛은 장담 못 해요."

"너무 맛있어서 매일 해 달라고 해도 안 귀찮아할 거지?"

여준이 계란말이 하나를 집어 들어 한입에 쏙 넣었다. 행복한 미소를 머금고 몇 번 오물거리다가 갑자기 입안에서 들려오는 우직, 소리에 모든 동작을 멈췄다.

"왜 그러세요?"

재인은 잘 먹다가 갑자기 굳어져 버린 여준을 의아하게 바라보며 물었다.

"어?"

"맛……없어요?"

"어? 아…… 아니."

차마, 계란말이 속에 있던 계란 껍질이 씹혔다는 말을 할 수 없었다. 입에 넣자마자 짜디짠 소금 맛이 강하게 느껴져 놀랐다고는 더더욱 말할 수 없었다.

적어도 오로지 자신을 위해서 이렇게 늦은 시간에 즐겁게 요리했을 그녀를 민망하게 만들고 싶진 않았기에 이 정도는 충분히 감수해야 할 몫이라 생각했다. 나중에, 자주 만들다 보면 나아지겠지.

"맛있다. 너무 맛있어."

"정말요?"

재인이 너무 좋아하며 흐뭇하게 웃었다.

"그럼. 평생 먹어도 안 질리겠는데."

"매일 할 수 있어요. 먹고 싶으실 땐, 부담 갖지 말고 언제든지 말해 주셔야 돼요. 알겠죠?"

"아, 하하. 그래, 고마워."

애써 웃으며 대답하는 와중에도 다음엔 계란 껍질이 들어가지 않기를 여준은 간절히 바라고 또 바랐다.

"행운이 아빠! 힘내세요. 재인이 있잖아요. 행운 아빠! 힘내세요! 행운이가 있어요."

가게 문을 잠그고 오겠다는 여준을 기다리는 동안 재인은 먼저 차에 올라타 그가 오기를 기다리며 노래 연습을 하고 있었다. 백미러를 보고 몇 번을 연습했고 그때마다 좌절했다. 이리 보고 저리 봐도 자기하고 애교는 거리가 너무 멀게만 느껴졌다.

"아……. 이걸 꼭 해야 하나 싶……다가도 이걸 보고 힘 난다면 해야지. 힘내야지. 힘내야 할 사람이고 힘주고 싶은 사람이니까. 쑥스러워하지 말고 해 보는 거야. 그 사람은 널 위해서 배로도 얻어맞은 사람이잖아."

재인은 백미러로 자신의 얼굴을 똑바로 쳐다보았다. 하지만 다짐과는 달리 영 손발이 오그라드는 게 어색하기만 했다.

"아가야. 네가 얼른 태어났으면 좋겠다. 그럼 엄마는 해도 어울리지 않는 이 애교를 네가 부려서 아빠를 기쁘게 해 주면 좋을 텐데."

재인은 속으로 혼잣말을 중얼거리며 배를 쓰다듬었다.

"오래 기다렸지?"

운전석 문이 열리고 여준이 올라탔다. 밖이 얼마나 추운지, 열린 문틈을 비집고 들어오는 바람이 꽤나 날카로웠다.

"아니요. 얼마 안 기다렸어요."

"뭐 하고 있었어? 멀리서 보니까 막 얼굴에 이러고도 있고 어깨도 막 이러던데."

여준이 안전벨트를 채우고서는 주먹을 얼굴 밑에 받쳐 꽃받침을 만들고 어깨를 으쓱거렸다. 그것은 전부 여준 몰래 혼자 연습한 재인의 모습이었다.

"헉, 그게 다 보였어요?"

"응. 너무 잘 보이던데. 근데 뭐 한 거야?"

"아니에요, 아무것도. 저 갑자기 되게 피곤해지네요. 도착하면 깨워 주세요."

몰려드는 창피함에 재인이 쭈뼛거리며 몸을 옆으로 돌렸다. 여준은 창문을 통해 얼굴을 찌푸리며 지금 이 상황을 무안해하는 재인을 귀엽게 바라보았다.

"출발할게."

여준이 천천히 차를 몰았다.

그의 차가 한가한 도로를 적절한 속도로 달린 지 십 분 정도 지났을 무렵이었다.

"안 자는 거 다 알아."

여준은 손을 꼼지락거리며 가만두질 못하는 재인에게 넌지시 말했다. 그러자 그녀의 손동작이 멈추었다.

"재인아."

재인은 아무런 대답도 하지 않았다.

"행운이 엄마?"

숨소리가 불규칙한 것을 보니, 분명 자는 것이 아니라 자는 척을 하고 있는 거였다. 부끄러운 걸까? 자신 몰래 무언가를 보여 주려고 준비하던 것을 들켜 버린 게.

그런 소소한 것에도 설레어하고 부끄러워하는 재인이 마냥 귀엽기만 해서 여준은 살짝 소리 없이 웃었다.

어느새 차는 재인의 집 앞에 도착했다. 집에서 나올 때는 꽤 오랜 시간이 걸리는 것 같더니, 도착할 때는 너무 짧은 시간에 도착해서 당황했다. 재인은 오는 내내 머릿속으로 노래를 하며 율동을 하는 저를 떠올리고 있었다.

"행운이 엄마."

여준의 부름에 그 모든 생각이 딱 멈춰 버렸다.

"도착했어요?"

재인이 천연덕스럽게 자리에서 일어나 기지개를 켜고서는 안전벨트를 풀었다. 그와 눈이 마주치자 계속 연습했던, 상상하기조차 민망한 애교를 하는 것이 더 엄두가 나지 않았다.

"그럼, 조심히 들어가세요."

"응. 오늘 도시락 고마워. 잘 자고, 내일 아침에 전화할게."

차에서 내린 재인이 재빠르게 집으로 향해 달려가다가 멈쳤다. 쇠뿔도 단김에 빼고, 칼을 뺐으면 무라도 베라고 했다. 마음먹었을 때 후딱 해치워 버리는 것이 나을 거라 판단한 재인이 굳게 마음을 잡고 발걸음을 돌렸다. 혜은의 말대로 이응원이 힘이 된다면 꼭 해 주고 싶었다. 그에게 짐이 아니라, 힘이 되고 싶다.

재인이 여준 쪽으로 걸음을 옮겼다. 멀어졌던 그가 다시 가까워졌다. 운전석 앞에까지 다시 돌아온 재인은 긴장으로 가빠오는 숨을 진정시키려 심호흡을 했다.

가다 말고 돌아서 온 재인을 보고 여준이 창문을 열었다.

"왜……."

"행운 아빠! 힘내세요! 재인이 있잖아요! 행운 아빠! 힘내세요! 행운이가 있어요."

마지막 음을 끝으로 상체를 수그린 재인이 여준의 보드라운 볼에 자신의 입술을 맞추었다.

보드레하고 따뜻한 입술이 볼에 닿자, 여준의 심장은 걷잡을 수 없을 만큼 뛰었다. 그녀의 입술이 떼어지고 얼굴에 차가운 바람이 스쳤다.

"조심히 가세요!"

얼굴을 감싸 쥐고 뛰어가 어느새 사라져 버린 재인을 넋 놓고 바라보았다. 슬며시 올라온 여준의 손은 그녀가 잠시 머물러 있었던 볼을 쓰다듬었다. 여전히 그녀의 온기가 남아 있는 것 같았다. 얼떨떨한 이 기분이 벅차서 그녀의 생각에 잠 못 이룰 밤이 될 거라는 것을 여준은 확신했다.

집으로 허둥지둥 들어온 재인은 신발을 벗어 던지고 방으로 들어와 창문을 열고 내다보았다. 아직 떠나지 않은 차 안에서 여준은 무언가에 집중하고 있었다.

"뭐 하지? 뭘 하고 있는 거지?"

그가 뭘 하는지 보려고 발꿈치까지 치켜들고 아등바등하고 있는데 재인의 핸드폰이 울렸다.

"어?"

여준이었다.

– 잘 들어갔어?

"네? 네."

재인이 차 안에 있는 여준을 바라보았다.

– 재인아.

귓가에서는 그의 목소리가 나긋하게 울리고 눈은 차에서 내려 이쪽을 보는 그의 눈과 마주쳤다. 여태 자신이 창문을 통해 쳐다보고 있었다는 것을 알고 있었나? 재인의 얼굴이 확 달아올랐다.

그러나 피하진 않았다. 굳이, 숨을 생각도 없다. 자신을 바라보는 그를 더 오래도록 보고 싶고, 더 함께 있고 싶어진 이 감정을 굳이 감추고 싶지 않았기 때문이다.

– 힘 난다. 사랑한다, 재인아. 고마워."

항상 느끼고 있던 마음이었지만 말로써 확인받는 느낌이었다. 사랑, 그 단어 하나에 가슴이 벅차올랐다.

– 잘 자.

그의 인사가 아쉬웠다. 하지만 시간도 늦었고 내일 일을 가야 하기 때문에 감정을 꾹꾹 누르고 보내야 했다.

"네. 조심히 가세요."

여준이 핸드폰을 끊고도 한참 동안을 그 자리에 머무르다 돌아섰다. 여준이 떠나고 텅 빈 골목을 멍하니 바라보았다.

방금 전까지만 해도 저기에 있던 여준의 모습이 아른거려서 쉽게 창문을 닫고 몸을 돌릴 수 없었던 재인이 또다시 울리는 핸드폰 진동 때문에 움찔했다.

혹시 여준인가 싶어서 반갑게 핸드폰을 들여다봤지만 여준의 번호가 아니었다. 저장되어 있지 않지만 결코 낯설지 않은 번호. 전 남자친구의 번호였다.

한때는 기다렸지만 지금은 전혀 달갑지 않은 번호다. 결코 받고 싶지 않을뿐더러 잊어버리고 싶은 번호였다. 핸드폰은 몇 초가량을 더 울리다가 끊어졌다.

"하, 이제 와서 뜬금없이 왜 전화야?"

다시는 보고 싶지 않은 전화번호였기에 재인은 망설임 없이 스팸번호로 지정해 버리고 핸드폰을 침대 위로 던졌다.

07.

재인이 다시 집으로 돌아온 날부터 일어나자마자 하는 일은
여준에게서 걸려 오는 전화를 받거나, 그의 전화가 늦으면 그
녀가 먼저 전화를 하는 것이었다. 양치질을 하고 침대에 걸터
앉아 배를 어루만지면서 듣는 잠에 살짝 잠긴 다정한 그의 목
소리는 아침을 더욱 기분 좋게 만들었다.

-오늘 뭐 할 거야?

"오늘부터 운동을 시작할 생각이었어요."

- 운동?

"네. 무리하지 않고 걷는 운동만 꾸준히 해도 애 낳을 때 훨
씬 수월하고 애한테도 좋다고 그러더라고요."

- 행운이를 위해서 엄마는 굉장히 열심이네. 아빠도 뭔가를
열심히 해 줘야 하는데. 운동 같이 할까?

"운동도 같이 하면 좋지만. 전 행운이 아빠가 책을 좀 읽어 주셨으면 좋겠어요."

– 책?

"네. 사실, 요즘 책만 읽으면 그렇게 잠이 와요."

– 나도 책 보면 잠 오는데.

"그래서 안 읽어 주실 거예요?"

여준에게서 대답이 없자, 재인은 핸드폰을 잠시 떼어 내고 큼큼, 기침을 했다. 이럴 때 여자의 애교가 필요하다고 생각했다. 그러곤 마치 여준이 앞에 앉아 있기라도 하듯 긴장된 얼굴로 주먹을 꽉 쥐고 입술을 떼었다.

"행운이가 재미있는 책 듣고 싶어 하는데, 안 읽어 주실 꼬예요……? 엄마야!"

열려 있던 방문 바깥에서 지나가던 재현이 아니꼬운 눈으로 재인을 째려보고 있었다. 기겁한 재인이 콩닥거리는 심장에 손을 올렸다.

"아침부터 뭐 하는데."

시큰둥하게 묻는 재현에게 '참견하지 마!' 입 모양으로 말하고선 문을 거칠게 쾅, 닫았다.

– 왜 그래?

"아, 아니에요……. 뭐, 뭘 좀 떨어뜨렸어요."

놀라는 소리를 들었는지 여준이 걱정스러운 목소리로 물어왔다. 애써 꺼낸 애교가 비명에 묻혀 물거품이 돼 버린 것 같아 재인은 속이 상했다.

– 안 읽어 줄 수가 있나. 행운이가 듣고 싶어 하면 당연히 읽어 줘야지. 오늘 책 사 놓을게.

그러나 여준은 낮게 웃으며 애교에 답해 주었다. 재인의 얼굴에 수줍은 미소가 지어졌다.

"네. 기대 잔뜩 하고 있을게요."

– 응. 끝나고 바로 갈게.

"네. 오늘 하루도 힘내서 일 열심히 하세요."

– 그럼 나 힘내게 어제 그 노래 한 번만 더 불러 주면 안 되나?

난감한 부탁이었다. 별거 아닌데도 왜 이렇게 긴장이 되는지, 재인은 알 수 없었다. 또 지나가다 노래를 들은 재현이 놀림거리를 삼을까 봐 재인은 일단 자리에서 일어나 방문을 열고 빠끔히 밖을 내다보았다.

주방에서 재현이 어슬렁거리고 있었다. 이쪽을 아예 신경 쓰고 있지 않은 것처럼 보였다. 재인은 다시 문을 닫고 재현이 있는 주방에서 최대한 멀리 떨어진 방구석으로 향했다.

"행운 아빠, 힘내세요."

그러고선 손으로 입을 가려 소리가 새어 나가지 않게 하고는 노래를 부르기 시작했다.

"우리가 있잖아요. 행운 아빠! 힘내세요. 행운이와 재인이 있어요."

많은 가사를 박자에 맞게 집어넣느라 약간 어색해졌지만 그래도 어제보다는 조금 더 편하게 노래할 수 있었다.

－ 고마워. 진짜 힘내서 일할게. 너도 오늘 하루 힘내서 내 생각 열심히 해.

그의 능청스러운 말을 끝으로 전화를 끊은 재인은 배를 자연스럽게 어루만졌다.

"아빠가 우리 행운이한테 책 읽어 주신대. 신나겠네, 우리 행운이."

처음엔 어색했던 혼잣말이 이제는 일상화가 되었다는 것이 뿌듯하기만 했다.

한참을 그렇게 배를 어루만지다가 자리에서 일어나 늘어지게 기지개를 켰다. 찌뿌드드한 몸이 개운하게 풀렸다.

"비가 오려나?"

무의식중에 바라본 창밖의 하늘은 금방이라도 무언가를 쏟아 낼 것처럼 캄캄했다.

"우산은 챙겼나……."

재인은 아직 출근 전일 여준에게 다시 문자를 넣었다.

[밖이 캄캄한 게 꼭 비가 올 거 같아요. 우산 꼭 챙기세요.]

꼭꼭 입력한 문자를 보내고 흐뭇하게 핸드폰을 보고 있다가 침대에 다시 내려놓으려는데 손에서 미처 떨어지기도 전에 진동이 울렸다. 여준이었다.

[응. 몰라서 안 챙기고 나갈 뻔했는데, 알려 줘서 고마워. 오늘 하루도 즐겁게 보내자.]

"네에."

여준에겐 들리지 않을 거란 걸 알면서도 소리 내어 대답하고서는 핸드폰을 손에 쥐고 침대에 앉아 발을 한참을 흔들었다. 그와 문자를 계속 이어 나가고 싶어서 다음 말을 곰곰이 생각했다.

[안전 운전 하세요. 아! 귀찮다고 아침 식사 건너뛰시면 안 돼요.]

씻으러 들어갔는지, 답장이 오지 않았다. 아쉽지만 손에 핸드폰을 꼭 쥐고 거실로 나온 재인은 사과를 아삭아삭 씹어 먹으며 식탁 위의 3단 도시락을 가리키는 재현을 발견했다.

"이거 엄마가 매형 가져다주래."

"어? 엄마가?"

집이 고요한 것을 보니, 숙자는 주말마다 모여 다니는 등산을 간 듯싶었다.

"응. 반찬이 너무 남아돌아서 썩을지도 모르니까 나눠 준다고 적혀 있는데, 내 생각에는 오늘 새벽에 일찍 일어나서 한 거 같던데?"

아직 완전히 마음을 열어 주지는 않았지만 지난번의 한약에 이어 반찬까지, 소소한 것들을 챙겨 주는 숙자의 모습에 재인은 코끝이 시큰해져 버렸다.

"그리고 매형 보약 잘 먹는지도 알아 와 보래."

"그건 왜?"

"몰라. 잘 먹냐고 물어보라는데. 근데 내 생각엔 비싼 건데. 매형이 잘 안 마실까 봐 걱정돼서 그런 거 같아. 사과 먹을래?"

"아니 됐어."

"사과가 비타민이 그렇게 많다는데. 내 조카 생각해서라도
한 조각만 먹어 봐."

재현이 억지로 재인의 입에 사과를 넣어 주었다. 예전 같았
으면 그 사과를 다시 꺼내 버렸을 텐데, 재인은 아무 말 없이
사과를 아삭아삭 씹어 먹었다. 비타민에 좋다고 하니까. 달달
한 게 생각보다 맛있다.

"야. 사과 더 깎아라."

"더 먹고 싶음 누나가 깎아 먹지."

"네 조카가 먹고 싶대. 너의 사랑스러운 조카가."

재인이 당당하게 배를 가리키며 말하자, 재현이 억울하다는
표정을 지으며 사과를 깎았다.

❀   ❀   ❀

오늘 낮, 유난히도 정신없이 바빴던 피크 타임을 끝내고 돌
아온 오후 3시 반. 애매한 시간에 먹는 점심 식사는 꿀처럼 달
고 맛있기만 했다.

"주말에 상견례 끝나고 나면 이래저래 바빠지겠네."

점심을 먹기 전에 재인에게 문자를 보내 놓고 답장을 기다
리느라 핸드폰만 뚫어져라 바라보고 있던 여준이 성호의 질문
에 고개를 끄덕였다.

"응. 그렇지. 예식장에 혼수용품에 드레스에."

순간, 여준은 하얀 드레스를 입고 반짝이는 조명 밑에 서 있을 재인을 떠올렸다. 백옥 같은 피부를 더욱 빛나게 해 줄 화려한 드레스를 입으며 환하게 웃어 줄 그녀를 하루라도 빨리 보고 싶은 심정이 간절했다.

"이래저래 정신없고 바빠지겠지."

"제수씨가 홀몸이 아니라서 더 힘들고 피곤하겠다."

"응. 그래서 너무 걱정도 되고, 미안하고."

여준은 아직도 재인에게서 답장이 오지 않는 핸드폰을 만지작거렸다.

"휴가 줄까?"

"휴가?"

"어. 제수씨 홀몸도 아닌데, 네가 여기 나와서 하루 종일 얽매여 있으면 더 힘들 거 같아서. 한 달 정도 주면 되나?"

"한 달씩이나?"

"내가 배포가 남다르고 쿨 한 남자잖아."

"그래도 돼? 나 없으면 좀 힘들 텐데."

여준이 여유롭게 말하자 성호가 미간을 팍 찌푸리고선 야무지게 대답했다.

"대신 조건이 있어."

"조건?"

"애들 똑바로 잘 가르쳐 주고 가고, 평생 내 레스토랑에 셰프로 남아 주기. 어때?"

"그 정도의 조건이라면 고맙게 받아들여야지."

"고맙기는. 언제 한번 시간도 만들고. 제수씨 밥 한번 사 주고 싶다."

"응. 좋아. 우리 부부에게 밥 사 줄 영광을 곧 만들어 볼게."

"영광이란다."

성호가 싫지 않게 비아냥거렸다. 지잉, 짤막하게 울린 핸드폰 액정에 재인이 보낸 답장이 떴다.

[네. 행운이 아빠도 점심 맛있게 드세요.^^]

"아차, 나 형한테 보여 줄 거 있는데."

"어떤 거?"

여준이 지갑에 소중하게 넣어 둔 태아 사진을 꺼내 들었다.

"우리 행운이야. 진짜 예쁘게 생겼지?"

"어디어디. 하나도 안 보이는데?"

"왜 안 보여, 이렇게 선명하게 잘 보이는데. 여기 오뚝한 코, 작은 얼굴에 길쭉한 팔다리."

여준은 태아 사진을 한 곳 한 곳 가리키며 열심히 설명하느라 바빴다. 아무리 봐도 여준이 말하는 오뚝한 코와 작은 얼굴을 알아볼 수 없었던 성호가 못 말린다는 표정으로 고개를 내저었다.

"콩깍지 제대로 씌었구나, 너."

"안 보여? 이렇게 잘 보이는데?"

"그렇게도 좋냐."

넌지시 묻는 성호의 질문에 여준의 입꼬리가 예쁘게 말려 올라갔다. 까칠하고 상처투성이인 손으로 사진을 연신 어루만지는 여준의 눈빛은 하염없이 다정하기만 했다.

"형. 나 진짜 무지 행복하다."

"그래 보인다, 그래 보여."

"나 평생 이 표정 지으면서 살 거야. 애 엄마도 평생 이 표정을 지으면서 살게 해 줄 거고."

"그래. 난 네가 잘 살 거라고 믿는다. 남편으로서도. 아빠로서도."

'아빠'라는 단어가 언급된 순간, 여준은 오늘 아침에 통화했던 재인과의 대화가 떠올랐다.

"아참! 형 나 잠깐 나갔다 올게. 시간 맞춰서 올 테니 걱정마."

"어디 가는데!"

다급하게 물어보는 성호의 질문에도 곧 끝나 가는 쉬는 시간의 압박으로 대답할 여유도 없이 여준은 부지런히 가게를 나섰다.

여준의 발걸음이 가벼웠다. 뛰다가 걷다가를 반복하며 도착한 서점이 너무 오랜만이라 낯설기만 했다.

여준은 한참을 두리번거리다가 찾은 태교를 위한 동화책을 집어 들었다. 귀여운 아기 동물들이 오순도순 모여 앉아 있는 그림이 참 마음에 들었다.

"태교하시려나 봐요."

그가 유심히 책 표지를 들여다보고 있자 직원이 붙임성 좋은 미소를 띠며 말을 걸어왔다.

"네? 네."

"태교하실 때, 그냥 국어책 읽듯 읽는 것보다는 생동감 있게 읽어 주는 게 훨씬 효과가 좋대요."

"아, 그래요?"

"네. 애기는 좋겠어요. 아빠가 책도 읽어 주고."

여준이 뿌듯한 미소로 화답해 주고 그림이 마음에 드는 이 책으로 계산을 마쳤다.

서점 밖으로 나와 올려다본 하늘이 아직도 환한 낮이라는 게 여준은 아쉽기만 했다.

"얼른 저녁이 왔으면 좋겠네."

그래서 이 책을 재인과 행운에게 읽어 주고 싶었다.

"생동감 있게……라."

잠깐 훑어본 내용에는 돼지가 하는 말도 있고 강아지가 하는 말도 있고 소가 하는 말도 있던데.

"행운아, 안녕."

돼지 소리도 내 보고.

"행운아, 안녕."

강아지처럼 귀엽게도 소리를 내 보았다. 지나가는 사람이 이상하다는 눈길로 힐끔거려도 여준은 알지 못했다.

"행운아, 안녕."

부끄러운 줄 모르고 앙칼진 고양이 소리를 중얼거리며 걸어온 길을 다시 되돌아가던 여준의 시야로 액세서리를 파는 노점이 보였다. 예전에는 보여도 그냥 지나치는 것들이었고 잘 보이지도 않았던 것들이었다.

이전에는 관심조차 없었던 많은 것들에 관심이 가고 눈길이 간다. 여자들과 아기들에게 관련된 모든 것들이 여지없이 여준의 발목을 잡아끌고 눈길이 가게 만든다.

여준은 볼까 말까 하는 고민도 없이 본능적으로 발걸음을 꺾었다. 대신 진열대 앞에서는 한참을 고민했다. 한참을 들여다본 끝에 네 잎 클로버의 모양으로 큐빅이 박혀 있는 머리핀을 집어 들었다. 얼굴을 반쯤 가릴 정도로 흘러내리는 머리카락을 쓸어 넘겨 꽂아 주면 예쁘게 잘 어울릴 것 같았다.

귀엽고 아기자기한 봉투에 담긴 머리핀을 받고 다시 걸음을 옮겼다. 그녀가 마음에 들어 하기를 바라면서.

❖   ❖   ❖

[미리 들어가 있어. 비밀번호는 0712.]

재인이 문자에 적혀 있던 대로 비밀번호를 꾹꾹 누르고 아무도 없는 여준의 집으로 들어섰다. 집 안은 며칠 전에 왔던 그대로 변함없이 깔끔했다. 재인은 들고 온 반찬 통을 식탁 위에 올려놓았다.

"30분 뒤쯤 도착한다니까……."

자신을 위해 조금 일찍 퇴근한다는 그가 돌아오면 바로 식사를 할 수 있도록 미리 준비해 놓는 것이 나을 것 같았다. 부엌으로 간 재인은 깔끔한 접시에 싸 가지고 온 반찬을 정성스럽게 담아 식탁 위에 늘어놓았다. 보온병에 가지고 온 국은 냄비에 부어서 가스레인지에 올리고 불을 약하게 켰다.

어느 정도 준비가 끝났는데 시간은 고작 10분이 흘렀다. 고요한 정적이 공기 중에 뒤섞여 지루함을 견디지 못한 재인이 조심스럽게 걸음을 옮겼다.

일전에 와 본 적은 있어도 구경을 제대로 해 보지는 못한 집이었다. 거실 구석에 자리를 잡고 있는 아무 무늬도 없는 깔끔한 화이트 장식장 앞에 섰다.

아기자기한 피규어들이 줄지어 서 있는 아래칸에는 손바닥보다 조금 큰 액자에 사진이 담겨져 있었다. 어린 시절의 여준이었다.

교복을 입고 찍은 사진, 유치원 생일 파티 때 찍은 것으로 보이는 사진, 이건 배경이 불국사인 걸 보니 수학여행 단체 사진인 것 같았다. 그 옆에는 초등학교 정도로 보이는 그가 운동회 때 달리기를 하고 있는 모습을 찍은 사진 같았다.

"진짜 똑같다."

지금하고 별로 다르지 않지만 귀여운 이목구비였다. 재인은 여준의 귀여운 모습을 간직하고 싶어 휴대폰으로 사진을 찍었다. 사진 속의 여준을 보고 있으니, 현재의 여준이 보고 싶어졌다.

"보고 싶어서, 빨리 왔으면 좋겠다."

그 뒤로도 사진 속의 여준을 보며 얼마나 기다렸을까. 디잉
동, 초인종이 울렸다.

"누구지?"

여준이라면 비밀번호를 누르고 들어왔을 텐데, 어리둥절해
하며 현관문으로 다급하게 나섰다.

"누구세……."

비디오폰으로 확인한 얼굴은 분명 여준이었다. 재인이 서둘
러 문을 열고선 비밀번호를 누르는 도어록을 쳐다보자, 여준이
히죽 웃으며 안으로 들어섰다.

"그냥. 안에 너 있는 거 티 내고 싶어서."

"잘했어요."

여준이 신발을 벗고 들어섰다.

"뭐 하고 있었어?"

"어……."

몰래 사진 찍었다고 하면 행여나 지우라고 할까 싶어서 재
인은 주방에 들어와 밥을 푸고 적당히 따뜻해진 국을 담아 식
탁 위에 올려놓았다.

"식사 아직 안 하셨죠?"

"응, 아직. 너는?"

"저도요. 같이 먹으려고 밥 차리고 있었어요."

"진짜?"

여준이 입고 있던 재킷을 소파에 벗어 두고 이미 앉아 있는
재인의 맞은편에 앉았다.

"이렇게나 많이 차렸어? 몸에 무리 간 거 아니야?"

"무리 하나도 안 갔어요. 제가 한 거라고는 그릇에 담는 일밖에 없거든요."

"그럼 이 반찬들은 누가 한 거야? 설마……."

"맞아요. 엄마가 가져다주라고 하셨어요."

여준은 잠깐 꿈을 꾸고 있나 생각했다. 그리고 이것이 꿈이 아니라는 것에 주체 못 할 행복을 느꼈다.

재인은 예쁘고 착하고 말이 잘 통하는 예비 아내이고, 장인 어른은 아빠처럼 편하고 따뜻한 분이시고, 장모님은 자신의 건강을 챙겨 주시는 배려심 있는 분이시고, 처남은 귀여운 동생 같았다.

어머니의 사업 때문에 오랫동안 어머니와 떨어져 지내야 했던 여준의 빈 외로움과 고독함을 그녀와 그녀의 가족들이 차근차근 채워 주고 있다는 포근함을 느꼈다.

고개를 들자 바로 앞에 숨죽여 자신을 빤히 바라보고 있는 재인의 모습이 보였다.

"왜?"

"무슨 생각 하고 있나 싶어서요."

"어머니한테 감사해서 오늘 전화 드려야 되겠다는 생각. 그리고……."

"그리고요?"

"너랑 매일 이러고 있었으면 좋겠다, 하는 생각도 했어. 이 시간에 단둘이 이렇게 마주 보고 밥 먹고 있으니까 너무 좋다."

여준이 장조림을 하나 집어 재인의 밥 위에 얹어 주었다.

"얼른 먹자, 식겠다. 맛있게 먹어."

"있잖아요. 저도 이렇게 같이 밥 먹고 있으니까 좋아요."

재인 역시, 장조림 반찬 하나를 집어 들어 살포시 여준의 밥 위에 얹어 주었다.

"맛있게 드세요."

재인이 밥을 먹기 위해 머리를 수그린 순간, 앞으로 머리카락이 쏟아져 내려왔다. 부드러운 머리카락이 사락거리며 쏟아져 뒤로 넘기는 재인의 손길이 바빴다. 그때 여준이 자리에서 일어났다. 소파 위에 올려 놓았던 가방으로 향하는 그를 재인이 놀라 바라보았다.

가방에서 작은 봉투를 꺼내 온 그는 어느새 또 흘러내린 재인의 머리카락을 조심스럽게 쓸어 넘겼다. 여준이 흘러내린 머리를 봉투에서 꺼낸 예쁜 핀으로 고정시켜 주었다.

"보이기에 샀어. 너한테 어울릴 거 같아서."

"아…… 고마워요. 절대 잃어버리지 않을게요."

"그래 주면 고맙지만 잃어버려도 괜찮아. 또 사 주면 되니까."

도란도란 대화를 나누며 밥을 먹고 난 후 씻고 나온 여준의 앞에 재인이 불쑥 그릇 하나를 내밀었다.

"약이에요. 저희 엄마가 해 주신."

"아."

여준은 그릇을 건네받고 단숨에 약을 들이켰지만 입안 가득 퍼지는 쓴맛을 버틸 수는 없었다. 미간을 확 찌푸리고 죽을상이 된 여준의 입 앞으로 재인이 사탕을 내밀었다. 사탕까지 냉큼 받아먹은 여준이 입안에서 이리저리 굴렸다.

"책 읽어 줄게."

재인을 소파에 앉히고 여준은 비장한 표정을 하고 바닥에 앉았다. 그러고는 허리를 꼿꼿하게 세우고 동화책을 폈다. 돼지가 그려져 있는 캐릭터가 반갑게 인사를 하는 말풍선이 그려져 있었다.

"큼큼."

여준은 목을 가다듬었다. 만반의 준비를 하고 꽤나 신중한 표정을 짓는 여준을 보며 재인이 터져 나오려는 웃음을 간신히 참아 냈다.

"아, 괜히 긴장되네. 읽을게."

재인이 고개를 끄덕이며 파이팅 하는 제스처를 취했다.

"행운아, 안녕! 나는 아빠야!"

"풉."

돼지 흉내를 내는 여준이 귀엽고 재미있어서 재인이 참고 있던 웃음을 결국 터트리고 말았다.

"생동감 있게 읽어 줘야지 효과가 좋대. 많이 웃겨?"

"네, 많이 웃겨요. 그래서 아마 행운이도 배에서 이렇게 웃고 있지 않을까 싶네요."

"그래? 그럼 더 잘 읽어 줘야지. 행운아, 우리가 너를 만나려고……."

　동화책에 나오는 동물들을 흉내 내며 최선을 다해서 읽는 여준의 목소리에 재인은 조심히 눈을 감고 몸을 소파에 기대었다. 잠이 쏟아진다. 그와 함께한다는 편안함에. 이 한가로움에.

❈　　　　❈　　　　❈

　기말고사를 앞둔 혜은이 전날 너무 열심히 공부해서 머리가 터질 것 같다며 아침부터 재인의 집으로 놀러왔다. 게으른 코알라처럼 잠에서 깬 지 얼마 안 되어 뭉그적거리는 재인의 어깨에 팔을 야무지게 두른 혜은이 해맑게 말했다.

　"밖에 날씨 좋던데, 오랜만에 인사동 쌈지길 갈까?"

　"인사동?"

　"응! 이렇게 화창한 날엔 인사동 쌈지길이 데이트 코스로 짱 아니겠어?"

　데이트라는 말이 나오자, 재인의 머릿속엔 어느새 여준으로 가득해졌다. 지금은 비록 칼바람이 불기 시작하는 초겨울이지만 따뜻한 봄이 오면 바람을 맞으며 함께 손을 잡고 거리를 걷고, 아기자기한 액세서리들이 가득한 가게를 구경하고, 달콤한 아이스크림을 함께 먹고, 사진을 찍는 흔하지만 그와 함께 하면 특별한 하루하루를 보내고 싶었다.

　"데이트? 그건 남자랑 해야지."

　재인이 놀리자 혜은의 얼굴이 뾰루퉁해졌다.

"곧 결혼할 남자 있다고 자랑하는 거야?"

"그래."

"얄미워."

"좀만 기다려. 금방 준비하고 나올게."

귀찮기는 했지만, 집에 있는 것이 답답하다고 느낀 재인이 씻고 나갈 채비를 했다. 화장을 끝내고 신발을 신으면서 핸드폰을 들여다보았다. 여준의 문자가 와 있었다.

[아직도 안 일어나셨나용?]

귀여운 존댓말이었다. 재인이 싱글벙글했다. 현관문을 붙잡고 빨리 나오라고 재촉하는 혜은의 목소리도 듣지 못하고 재인이 곧바로 답장을 보냈다.

[아침부터 혜은이가 놀러 왔어요. 같이 인사동 가기로 했어요.^^]

답장 대신, 전화가 왔다.

– 오늘 혜은씨랑 잘 놀고 저녁에 전화해. 전에 내가 혜은씨 밥 한 번 사 주겠다고 했잖아. 오늘 가자.

"네. 그렇게 할게요."

– 신나게, 대신 조심해서 놀고.

"네. 저 만나기 전까지 뭐 할 거예요?"

혜은이 계속 성화를 부리는 바람에 재인이 통화를 이어 나가며 집에서 나와 문을 잠그고 함께 버스 정류장으로 향했다.

옆에서 질투 반, 부러움 반으로 밉지 않게 노려보는 혜은의 시선에 재인은 멋쩍어하면서도 전화를 끊고 싶지 않아 대화를 이어 갔다.

"휴가 낸다고 했던 거 기억하지?"

"네. 기억나요."

"어제는 직원들 교육시키느라 좀 바빴고 오늘은 휴가 끝나고 다시 나갈 때 내놓을 새로운 메뉴 구상이랑 집 청소를 좀 할까 해."

"새로운 메뉴요? 그때 해 주셨던 거 맛있었는데. 생각하고 있는 다른 메뉴 있어요?"

어지간히 심심했던 모양인지 혜은이가 재인이의 팔꿈치를 살짝 꼬집었다. 야무지게 꼬집힌 살이 아파 그만 휴대폰에다 대고 아픈 비명 소리를 내 버렸다.

– 왜 그래?

"아, 혜은이가 옆에서 있어서. 새로운 메뉴는 둘이 있을 때 말해 주셔야 될 거 같아요. 근데 몇 시쯤에 전화하면 될까요?"

– 혜은씨랑 저녁 밥 먹고 싶다, 하는 생각이 들 때쯤 해 줘.

"한 5시쯤 전화할게요."

– 그래. 좀 이따가 봐.

전화를 끊자, 혜은이 기다렸다는 듯이 볼멘소리를 냈다.

"솔로 친구 옆에서 남편 있는 거 그렇게 티 내지!"

"좀 이따가 여준 씨가 우리 저녁 사 준대."

"정말?"

재인이 고개를 끄덕이자 방금 전까지만 해도 서운해하던 혜은이가 단순하다고 느껴질 정도로 생기발랄하게 웃었다.

"사실 내가 가장 친한 친구인데, 미리 인사 안 시켜 줘서 섭섭할 뻔했어."

"오늘 만나서 맛있는 거 먹자."

혜은과 인사동 쌈지길에 도착한 재인은 군것질을 하고, 정처 없이 걸으며 구경을 했다. 열심히 보다 보니 어느새 시간이 5시에 가까워졌다.

약속했던 시간에 맞춰 여준에게 전화를 하고 두 사람은 차가운 바람을 피해 실내에 나란히 앉았다. 그렇게 기다린 지 얼마 안 돼서 여준이 도착을 했다.

"안녕하세요."

여준이 미소를 머금고 먼저 혜은에게 인사를 했다.

"안녕하세요. 재인이한테 말씀 많이 들었어요."

"저도 얘기 많이 들었어요. 제일 친하고 좋은 친구라고."

혜은이 뿌듯하게 웃으며 쑥스러웠는지 재인을 어깨로 툭 쳤다.

"스테이크 좋아해요?"

여준의 물음에 혜은이 단박에 고개를 끄덕였다.

"내가 스테이크 맛있게 하는 가게 아는데, 거기로 갈까?"

이번엔 재인을 바라보며 여준이 말했다. 혹시 재인이 내켜하지 않을까 봐 물어 오는 배려였다. 하지만 재인은 워낙 부지런히 돌아다닌 터라, 지금 상황이라면 가끔가다 자신을 괴롭히는 입덧이고 뭐고 다 먹을 수 있을 것 같았다.

"스테이크 맛있겠다. 먹으러 가요. 혜은이 너도 괜찮지?"

"당연하지!"

셋은 가볍게 발걸음을 옮겼다.

"그날, 유난히도 날씨가 좋았는데 점심 반찬으로 상추무침이 나왔어요. 잠이랑 사투를 벌이고 있는데, 갑자기 앞에서 쿵! 소리가 나더니 선생님이 최재인! 하고 고함을 지르는 거예요. 화들짝 놀라서 보니까, 재인이가 맨 앞자리에 앉아서 졸다가 머리를 책상에 쿵 하고 박은 거예요. 선생님이 '재인이 너 그런 모습 처음 봤다. 예쁘장하게 생겨서 입은 헤 벌리고 침까지 흘리고, 깬다 깨!' 이러시는데, 애들이 다 웃었어요."

고등학교 어느 화창한 봄날 벌어졌던 해프닝을 신나게 설명하는 혜은 옆에서 재인이 창피해서 어색하게 웃었다. 스테이크를 다 먹고 후식으로 케이크와 커피를 먹는 동안 혜은은 쉴 틈도 없이 떠들었다. 원래 낯을 가리지 않고 누구든지 간에 금방 친해지는 혜은의 쾌활한 수다를 여준은 꽤 흥미로워하며 듣고 있었다.

"진짜 엄청 피곤했었나 보다."

"그랬나 봐요. 근데 얘가 책상에 그렇게 머리 박고 쫓겨났으면서도 뒤에 가서 또 졸고 있는 거예요."

"하하하하."

여준이 시원하게 웃었다. 그 뒤로도 혜은의 수다는 멈추지 않았다. 여준은 열띤 호응을 보내고 적극적으로 혜은의 말에 귀를 기울여 주었다.

계산을 하고 차를 가지러 간 여준이 자리를 비운 틈에 혜은이 기분이 좋은지 재인에게 다정하게 팔짱을 꼈다.

"놓지? 나를 그렇게 팔아먹고."

재인이 싫지 않게 투덜거렸다.

"팔아먹다니! 너 말 되게 섭섭하게 한다? 누가 들으면 진짜 줄 알겠어."

혜은이 재인의 팔을 꽉 잡고 흔들었다.

"재인아."

재인을 부르는 혜은의 목소리가 한없이 다정해졌다.

"응."

"여준 씨, 잠깐 봤지만 진짜 좋은 사람 같아. 얼굴도 잘생겼고, 말도 기분 좋게 잘해 주고. 아까 밥 먹는 내내 너 쳐다보면서 불편한 거 있나 없나 봐 주던 것도 멋있었고, 너를 바라보는 눈빛도 정말 따뜻했어."

재인이 흘러내린 머리를 귀 뒤로 넘기면서 잔잔하게 웃었다.

"그리고 무엇보다도 네 얼굴도 정말 편안해 보이고 좋아 보였어. 너 모르지? 너도 자꾸만 밥 먹으면서 여준 씨 보고 혼자 계속 웃은 거."

"내가?"

"그래. 너무 티 나더라."

부정할 수는 없는 대목이었다. 정말 여준만 보면 자꾸만 웃음이 비집고 나오는 건 사실이니까.

그를 바라만 보고 있어도 마음이 벅차고 좋다. 웃는 모습, 밥을 먹는 모습, 가끔 눈썹을 올렸다가 내리면서 대화 내용을 다시 한 번 되새겨 보는 모습, 전부 다. 놓치고 싶지 않을 만큼 좋다.

"네가 결혼하고 나서 정말 행복하게 지낼 수 있을 것 같아서, 나 너무 기분 좋다. 친구로서, 정말."

혜은이 진지하고 따뜻한 말을 하며 포근하게 웃어 주어 재인도 마주 웃었다. 그새 여준이 차를 끌고 왔다. 재인은 다정하게 혜은과 뒷좌석에 올라탔다.

"오늘 정말 잘 먹었습니다!"

"다음엔 재인이랑 같이 내가 일하는 가게 놀러 와요. 맛있는 음식 해 줄게요."

"네!"

혜은을 데려다 주고 나서 재인이 조수석으로 옮겨 앉았다. 혜은과 함께 있을 때도 즐거웠지만 여준과 단둘이 남으니 마음이 한층 더 들뜬다.

"피곤하지?"

바뀐 신호로 잠시 멈춘 차 안에서 여준이 녹녹한 목소리로 물었다.

"아니요. 하나도 안 피곤해요."

자신의 집으로 가는 길이라는 것을 알고 있던 재인은 이렇게 그와 헤어지고 싶지 않아 저도 모르게 아쉬움이 목소리에 묻어났다. 아쉬웠고 단둘이서 더 오래도록 함께 있고 싶다는 생각이 들었다.

"있잖아요, 행운 아빠."

"응? 왜요, 행운 엄마."

"피곤하죠?"

"나? 나, 안 피곤해. 오늘 하루 종일 집에서 뒹굴다시피 해서."

"그럼, 이제 겨우 8시인데, 우리 드라이브 좀 하다가 가면 안 돼요?"

재인은 말을 내뱉고도 자신이 이렇게까지 속마음을 잘 드러냈던 아이인가 싶어서 내심 놀랐다. 하지만 말을 번복할 생각은 없다. 여준과 함께 있고 싶은 마음을 감추고 집에 들어가는 것은 정말 아쉬운 일이 될 것 같으니까.

"그럴까? 사실 나도 이렇게 헤어지는 거 무지 아쉬워하고 있었는데."

"괜히 피곤한데 제가 더 놀자고 하는 건 아니죠?"

"어. 아니야. 지금 집에 들어가면 심심해서 어쩔 줄 몰라 했을 거야. 대신, 지금 장모님한테 전화 드리자. 나랑 같이 있고, 좀 늦을 거라고."

"알겠어요."

"그래도 11시 전까지는 들어간다고 말해."

"네."

핸드폰을 누르는 재인의 손가락이 꽤 발랄했다. 재인이 숙자와 통화를 끝내고 핸드폰을 가방에 집어넣자, 여준이 손을 내밀었다. 그의 손에 자신의 손을 겹쳐 꽉 잡은 재인이 창밖 멋있는 야경을 눈에 담았다. 그와 함께하고 있는 이 순간이 더없이 따뜻하고 좋다.

08.

한껏 긴장하면서 기다리던 '그날'이 다가왔다.

여준은 어머니가 도착하시는 비행기 시간에 맞추어 마중을 나가기 위해서 아직 해도 뜨지 않은 시퍼런 새벽에 일어나 쉴 틈도 없이 분주하게 움직였다.

씻는 동안 재인에게 전화를 해 볼까 했지만 이른 시간이라 포기하기로 했다. 간단하게 아침을 먹는 순간에는 문자를 보내 볼까 생각했지만 혹시나 잠귀가 예민해서 문자 알림 소리만으로도 깰까 봐 조금만 참아 보기로 했다.

장모님이 사 주신 한약을 데워서 마실 때에는 재인이 사탕을 넣어 주던 모습이 떠올라 좋았지만 한편으로는 또 함께하지 못하고 있는 게 씁쓸했다.

어제 미리 준비해 놓은 옷을 입기 위해 막 상의를 벗던 참이었다. 디잉동, 하는 초인종 소리가 울렸다. 아침 6시가 되지도 않은 시간. 누군가가 찾아오기엔 너무 이른 시간이라는 것을 알지만 분명 이 집의 독특한 초인종 소리였다.

여준은 반쯤 벗었던 상의를 다시 똑바로 입고서는 현관문으로 향했다. 누구세요, 하고 물음을 던지지도 않고 곧바로 현관문을 열어젖혔다.

"하, 아직 안 가셔서 다행이에요. 벌써 가셨을까 봐 걱정했는데."

가쁜 숨을 몰아쉬며 하얗고 큰 쇼핑백을 들고 있는 재인과 그 옆에는 불만이 가득한 표정의 재현이 서 있었다.

"들어와."

재인과 재현이 동시에 안으로 들어섰다. 재현은 피곤한지 반쯤 감긴 눈으로 늘어지게 하품을 하며 집 안을 살폈다. 여준이 자신의 옆에 서서 쇼핑백을 내려놓고 안에서 부지런하게 무언가를 꺼내는 재인을 의아하게 바라보았다.

"아빠는 깨울 수가 없어서요. 혼자 택시 타고 오는 게 무서워서 재현이랑 같이 왔어요."

그런 여준의 마음을 읽었는지, 재인이 말을 이어 가며 쇼핑백에서 꺼내 든 옷들을 그에게 내밀었다.

"어서 갈아입고 오세요."

"이거 내 거야? 네가 직접 고른 거야?"

"네. 시간이 없어요. 얼른 갈아입고 오세요."

재인은 감동해하는 여준의 등을 서둘러 떠밀었다.

여준이 안에 들어가고 나서야 재인은 안도의 한숨을 내쉬었다. 진작 가져다주려고 했는데, 이놈의 정신머리는 어디에 팔려 있었는지, 내내 까먹고 있었던 것이다. 오늘 새벽잠에서 깨어난 순간 극적으로 생각이 나 부리나케 달려온 길이었다.

"매형 집 좋다. 나도 나중에 이런 집에서 살고 싶다. 일 끝나면 우아하게 와인도 한 잔 하고. 와, 진짜 낭만이다. 남자들의 낭만."

뒤에서 산만하게 왔다 갔다 하면서 구경에 한창인 재현에게 가만히 앉아 있으라고 한마디 하려던 재인은 불평 없이 따라와 준 동생이 고마워 말을 아끼기로 했다.

"어? 매형 어머니이신가 보다."

재현의 말에 재인이 반사적으로 쪼르르 달려갔다. 분명 그때 살펴봤던 장식장이었는데, 발견하지 못했던 세 번째 칸에 있는 사진이었다. 젊어 보이는 여자의 얼굴과 앳된 얼굴에 조리사복을 입고 있는 여준의 모습이었다.

"꼭 영화배우 같다. 매형이 사돈어른 닮았나 보다."

"그러게. 진짜 미인이시네."

고급스러움과 우아함이 배어 있는 여준의 어머니 사진을 뚫어져라 바라보던 재인은 온몸에 스며드는 긴장감에 마른침을 꼴깍 삼켰다.

반면, 재인이에게 떠밀려 드레스 룸으로 들어온 여준은 잠시 동안 넋을 놓고 손에 들고 있는 옷을 들여다보았다. 그러고는 피어오르는 웃음을 굳이 감추지 않았다.

혼자 짝사랑을 할 때도 좋았고 그녀가 다시 찾아온 순간에도 좋았지만 지금 이 순간의 그녀가 가장 좋고 사랑스럽다. 재인은 시간이 흐를수록 더 좋아지고 더 보고 싶어진다. 그런 그녀와 함께하고 있는 이 모든 순간이 여준은 무엇과도 바꾸고 싶지 않을 정도로 행복하기만 했다.

"다 갈아입었어요?"

밖에서 재촉하는 재인의 목소리가 들려왔다.

"어! 잠깐만! 거의 다 입었어."

여준이 허겁지겁 옷을 갈아입었다. 밖으로 나온 여준은 앞에서 기다렸다는 듯이 넥타이를 둘러 주는 재인의 손길에 숨을 멈추었다. 재인은 능숙하게 넥타이를 매 주고 뒤로 물러섰다.

"음. 잘 어울린다."

재인이 만족스런 표정과 함께 다시 여준에게 다가와 어깨 주위를 툭툭 털어 내 주었다.

"조심히 잘 다녀오시고, 어머니 잘 모시고 점심에 만나요."

"응. 고마워. 옷 진짜 마음에 든다. 앞으로 옷 살 땐 너랑 같이 가야겠어, 무조건."

"마음에 든다니 정말 다행이에요."

"가자. 집에 데려다 줄게."

"아니에요. 저희 택시 타고 가면 돼요. 신경 쓰지 마시고 얼른 출발하세요."

"내가 신경 쓰는 게 싫어?"

"당연하죠."

여준이 양손으로 재인의 볼을 부드럽게 감쌌다.

"그럼 데려다 주고 갈게. 어머니 모시러 가는 내내, 행운 엄마랑 처남 신경 쓰여서 운전에 집중을 못 할 거 같거든."

손으로 감싼 얼굴을 살살 옆으로 흔들자, 재인이 수줍게 웃으며 여준의 손에 자신의 손을 살포시 얹었다.

"저 먼저 나가 있겠습니다."

둘만의 세계에 빠져 있던 여준과 재인은 갑작스럽게 끼어든 다른 목소리에 흠칫 놀랐다. 뒤에서 그런 둘을 음흉한 눈빛으로 바라보며 재현이 서둘러 집에서 빠져나가자 재인과 여준의 얼굴이 동시에 붉어졌다.

"처남 있는 걸 깜빡했네."

"저……도요."

닫힌 문을 보며 여준과 재인이 서로의 눈을 마주 보며 머쓱한 웃음을 지었다.

"어머니!"

여준은 게이트 안에서 쏟아져 나오는 수많은 사람들 틈에서 자신을 찾느라 주위를 두리번거리는 미영을 쉽게 발견할 수 있었다.

그의 부름에 이쪽을 돌아보는 여자는 예순의 나이가 무색할 정도로 잘 관리된 몸매와 세련됨을 유지하고 있었다.

남편과 사별을 한 그녀는 패션디자인의 전공을 살려 미국으로 넘어가 작게 사업을 시작했다. 그것이 눈에 띄게 번창하면서 중소기업이지만 어느 유수의 기업 못지않은 신뢰성과 매출을 가지게 되었다. 그 기업의 엄연한 회장인 미영은 그에 걸맞은 기품을 가지고 있었다.

여준이 반갑게 미영에게로 달려갔다.

"오랜만이구나."

미영이 여준을 마주 보며 입가에 미소를 걸치고 물었다.

"네. 오시느라 힘드셨죠?"

여준이 미영의 짐을 대신 받으며 넌지시 물었다. 원래 살가운 성격이 되지 못하는 아들이라서 거의 3년 만에 만난 아들임에도 볼 한 번 매만지기가 어려웠다.

"힘들 게 뭐 있나. 하나밖에 없는 아들 장가 때문에 오는 일인데, 뭐."

어린 나이에 아버지가 돌아가시고 난 후에도 응석 한 번 부리지 않고 잘 자라 준 듬직한 아들이었다. 비록 먼 타지에 있어서 자주 만나지 못하는 사이였어도 언제나 그리움이 쌓여 있던 아들이 이제 다 커서 장가를 간다고 하니, 미영 또한 뿌듯하고 가슴이 벅찼다.

"갑작스럽게 연락 드려서 놀라셨죠?"

"그러기는 했다만 그래도 책임을 지려는 네가 오히려 나는 대단하다고 느꼈어."

미영은 여준을 부드럽게 바라보았다.

"당연한 일을 한 거뿐인데요, 뭐."

"당연한 일이라고 생각하지 않고 후회를 먼저 하는 사람들도 있어. 그런 사람들에 비하면, 넌 내 아들이라서가 아니라, 진짜 대단한 거야."

미영이 여준의 어깨를 어루만졌다.

"얘기는 천천히 가면서 하고 어서 출발하자. 사돈 기다리시겠다."

"네."

미영은 주차장으로 향하는 여준을 따라나섰다.

생각보다 빨리 약속 장소에 도착한 여준과 미영은 직원의 안내에 따라 미리 예약해 놓은 룸 안으로 들어섰다. 숲을 연상케 하는 인테리어가 미영은 참 마음에 들었다. 여준이 미영이 앉을 의자를 빼 주었다.

"고맙구나."

여준이 막 미영의 옆자리에 앉으려던 찰나에 전화가 걸려 왔다. 재인이었다.

"응. 어디쯤이야?"

– 지금 가고 있는데 차가 밀려서요. 일찍 출발한다고 했는데 좀 늦을 거 같아요. 죄송해요.

"괜찮아. 천천히 조심히만 와."

– 어머니 오셨어요?

떨리는 목소리로 조심스럽게 묻는 재인의 질문에 여준은 차분하게 물을 들이켜는 어머니를 바라보았다.

"응. 오셨어."

- 첫 만남부터 늦었네요. 죄송해서 어떡해요.

"괜찮아. 우리가 좀 일찍 도착한 것도 있는데 뭐."

- 최대한 빨리 갈게요. 배고프실 텐데 식사는 미리 주문하세요.

"응."

재인과 전화를 끊고 여준은 직원을 불러 식사를 부탁했다.

"많이 늦는다고 하니?"

"아니요. 거의 다 왔대요."

언제나 늘 여유로운 분이신데, 그래도 오늘 처음 마주하는 사돈과의 만남이 긴장되는지 미영은 굳은 표정으로 물만 연신 들이켰다. 여준과 미영이 나란히 앉아서 기다리기를 몇 분, 똑똑, 정중한 노크 소리가 들려왔다.

"일행분께서 오셨습니다."

직원의 안내에 따라 재인과 가족들이 룸 안으로 들어왔다. 앉아 있던 미영은 자리에서 일어나 재인의 가족들을 반겼다.

"어서 오세요."

"늦어서 죄송합니다."

"괜찮습니다. 얼마 기다리지도 않은걸요."

미안해하는 동봉에게 그렇게 말한 미영은 뒤를 따라 들어오는 재인에게로 시선을 돌렸다. 뽀얀 피부, 작지도 크지도 않은 적당한 키, 또랑또랑한 눈망울, 오뚝한 콧날, 도톰하고 인위적이지 않은 분홍빛이 감도는 입술. 미영이 재인을 대면한 첫인

상은 이루 말할 것도 없이 마음에 쏙 들었다. 재인은 정중하게 고개를 숙여 인사했다.

"안녕하세요, 어머니. 기다리시게 해서 죄송합니다."

모든 가족들이 자리를 잡고 앉자 여준이 미소를 지었다.

"저희 어머니십니다."

여준의 소개에 미영이 살짝 목례를 했다.

"저희 아버지, 저희 어머니십니다."

이번에 재인이 양손으로 동봉과 숙자를 차례로 가리켰다. 세 부모님들은 서로 공손하게 악수를 나누었다.

"그리고 이쪽은 제 남동생이구요."

"안녕하세요, 사돈어른!"

재현의 명쾌한 인사에 미영이 소리 내어 웃었다.

"사돈총각이 참 활발하네요. 아직 학생이라고 들었는데. 공부 열심히 해야겠어요. 나중에 방학하고 시간 날 때, 미국 한 번 놀러 와요. 재밌는 구경 많이 시켜 줄게요."

"와, 미국이요? 감사합니다!"

미영이 이번엔 숙자에게로 시선을 돌렸다. 무미건조하게 굳어 있는 숙자와 눈을 마주친 미영은 묘하게 싸한 기분이 들었지만 애써 웃으며 고개를 살짝 수그렸다.

"이야기는 식사가 끝나면 하도록 하고 우선, 식사부터 드시죠."

"네. 그렇게 하도록 하죠."

긍정적으로 대답하는 동봉과는 달리, 숙자는 아까부터 계속 표정이 좋지 못했다. 그것에 미영은 내내 마음이 편하질 않았다.

"진짜 맛있다."

재현이 애피타이저를 작은 입에 쑤셔 넣으며 중얼거리자, 여준이 앞에 놓인 물컵을 건넸다.

"천천히 먹어, 처남. 부족하면 말하고."

"네."

"어머님 아버님. 식사 맛있게 드세요. 행운 엄마도 맛있게 먹고."

"네. 어머니도 식사 맛있게 드세요."

재인이 살갑게 미영에게 말하자, 미영이 옅게 고개를 끄덕였다. 평소 낯을 좀 가리는 재인의 성격을 아는 그녀의 부모님은 서로를 마주 보았다. 마음을 굳게 먹고 잘하기 위해 애쓰는 딸의 모습이 보기 좋았다.

"그래. 너도 맛있게 먹으렴. 태명을 행운이라고 지었구나."

"네."

"귀엽고 좋은 태명이네."

미영이 우아하게 샐러드를 먹고 입술 주위에 묻은 소스를 디너냅킨으로 톡톡 닦아 냈다. 그 모습을 바라보던 재인은 생각했다. 여준에게서 느낄 수 있는 그 우아함은 분명 어머니를 닮은 게 확실하다고.

"얼른 먹어."

미영을 넋 놓고 바라보고 있던 재인에게 여준이 속삭이듯 말했다. 오고 가는 대화가 별로 없이 식사는 금방 끝났다. 앞에 디저트를 두고서야 본격적으로 결혼에 대한 이야기를 시작했다.

"저는 결혼을 집안과 집안이 결합하여 만나는 아주 중요한 의식이라고 생각합니다. 아들이 하나밖에 없어서 그런지, 저는 이 결혼식에 제가 할 수 있는 모든 것을 해 줄 생각입니다."

미영은 정중하지만 단호하게 자신의 의견을 말했다. 동봉은 연신 고개를 끄덕였지만 숙자는 여전히 말없이 앞에 놓인 커피만 홀짝였다. 여준은 밥을 먹을 때부터 이어진 숙자의 그러한 모습이 마음에 걸려 계속 눈길이 갔다.

"결혼식장부터 신혼여행까지 비용이 들어가는 것은 다 저희 쪽에서 부담하도록 하겠습니다. 물론, 애들이 살게 될 신혼집도 저희 쪽에서 준비하도록 하겠습니다. 혼수 같은 경우에는 형편에 맞게 조금이라도 하는 것이 도리라고 생각하지만 저는 새아기가 혼수보다 배 속에 더 좋고 소중한 선물을 가지고 있기 때문에 몸만 와도 좋을 것 같습니다."

동봉과 숙자는 아무 말도 할 수 없었다. 가진 사람들의 여유에 감히 말을 더 얹을 생각을 못 하게 된 것이다. 순간 겨우겨우 모은 적금에 약간의 대출까지 받아 마련한 2천만 원 정도로 딸을 시집보낼 생각을 한 자신들이 초라하게 느껴지기도 했다.

그런 사돈들의 마음도 모른 채, 미영은 자신이 진짜 하고 싶었던 말을 마지막에 살짝 꺼내 놓았다.

"그래서 그런데, 전 아이들이 좀 더 넓은 세상을 보길 원해서…… 미국에 신혼집을 차리는 건 어떨까 합니다."

여준 또한 예기치 못한 미영의 발언에 놀라 숙자를 바라보았다. 여태 무언가를 꾹꾹 참고 있던 숙자가 마지막 말을 듣고는 생각을 잴 것도 없이 손을 내저었다.

"그건 안 됩니다."

"왜 안 되는지 구체적으로 말씀해 주실 수 있으신가요, 사돈?"

"그럼 사돈은, 아직 어려서 친정집을 가까이 두고 이것저것 배우고 의지해야 할 애를 굳이 미국으로 데리고 가셔야만 하는지, 구체적으로 말씀해 주실 수 있으신가요?"

아직 미간을 찌푸릴 정도는 아니었지만 두 사람 사이에 냉기가 감돌기 시작했다. 미영이 다시 지체하지 않고 입을 열었다.

"아까도 말씀 드렸다시피, 더 넓은 세상을 보여 주고 싶습니다. 제 손주에게도, 그리고 며느리에게도. 사돈이 말씀하신 것처럼 아직 며느리가 어리니까 애를 낳고도 충분히 자기가 하고 싶은 공부를 할 수 있을 거라 생각합니다. 저는 그걸 할 수 있는 여건을 충분히 제공해 줄 수 있구요."

동봉과 숙자는 가진 것이 없어 딸에게 많은 것을 해 주지 못했던 과거가 떠올라 자존심이 상했지만 딱히 반박할 수는 없었다.

"아들하고는 오랜 시간 동안 떨어져 지내서 그런지, 이제 함께하고 싶은 마음도 있습니다. 그래서 아들네를 제 곁에 두고 좀 더 풍요로운 삶을 살게 해 주고 싶은데, 안 되겠습니까?"

하지만 나이 어린 딸아이의 갑작스런 결혼이 생이별처럼 느껴지는 와중이었다. 거기다 미국으로 아예 가 버리면 정말 보지 못할 것 같아서 숙자는 있는 힘껏 고개를 내저었다.

친척 하나 없는 낯선 땅에서 의지할 거라고는 남편뿐일 것이다. 그런 상황에 혹시나 말 못 할 사정이 생기거나 서러운 일을 당하고 힘들 때 아무것도 못 하고 재인이 혼자서 괴로워하는 일이 생기지는 않을까 생각하니, 숙자는 억장이 무너져 내렸다.

"아직 어린애 시집보내는 것도 마음 아픈데, 엄마 없는 곳에서 있게 할 수는 없습니다."

"사돈. 지금 뭐라고 말씀하셨어요? 마음이 아프다니요. 제가 지금 결혼에 대한 의미를 잘못 알고 있는 건가요?"

순식간에 찬물을 끼얹은 것 같은 분위기가 되어 버려 여준과 재인은 입이 텁텁 말라 가는 기분이었다. 여준이 무슨 오해가 있으신 거 같다고 말을 하기 위해 막 입술을 떼어 내는 순간, 동봉이 고개를 내저으며 여준을 제지시켰다.

"결혼은 축복해 줘야 할 일 아닌가요? 사돈 말씀은 마치, 새아기가 저희 집으로 시집을 오는 게 행복한 일이 아니라는 말씀이신 거 같은데요."

"아이고, 사돈. 저희 집사람이 너무 놀라서 말이 다 헛 나온 거 같습니다. 죄송합니다. 그런 뜻은 전혀 없었습니다."

동봉이 아니라고 넉살 좋게 웃으며 변명했지만 구겨진 미영의 얼굴은 펴질 기미를 보이지 않았다.

"정 내키지 않으시다면 애들 의견을 물어보도록 하죠. 어떻게 했으면 좋겠니? 여준아, 그리고 새아기."

미영의 살짝 날카로워진 시선이 재인에게로 향했다. 재인은 얼어붙어 버린 입을 쉽게 떼어 낼 수가 없었다.

마음 같아서는 아기를 낳고 아기가 조금 자랄 때까지만이라도 엄마 곁에 있기 위해 한국에 있고 싶다고 대답하고 싶었지만 시어머니가 저렇게까지 밀어붙이니, 괜히 하고 싶은 말을 했다가 밉보일까 싶어 걱정이 되었다.

"신혼집은 한국에 장만하겠습니다, 어머니."

그때였다. 어쩔 줄 몰라 하는 재인을 안타깝게 바라보던 여준이 고민할 여지도 없이 강건하게 말했다.

"여준아."

"미국으로 가서 제가 없을 땐, 누구 하나 의지할 사람 없이 재인이 혼자 있게 될 것을 생각하면 마음이 편치 않습니다. 어머니께서 좋은 의도로 말씀해 주셨으니 행운이가 태어나면 휴가 때마다 저희가 미국으로 가서 지내도록 하겠습니다."

미영은 여준의 의견도 여전히 못마땅했지만 자신이 한 말을 번복할 수는 없었기에 애써 태연한 척 고개를 끄덕였다.

"그래. 그럼 그렇게 하도록 하자."

미영의 말이 떨어지기가 무섭게 동봉과 숙자는 알게 모르게 안도의 한숨을 내쉬었다. 어떻게 보면 딸아이에게 기회일 수 있다는 것을 알면서도 아이를 임신한 어린 딸을 곁에 두고 싶은 건 부모의 간절한 소원이었다.

"예식장은 제가 알고 있는 청담동에 있는 호텔로 잡을 겁니다. 새아기는 결혼식을 위해서 내가 미리 예약해 놓은 샵에 가서 관리를 받도록 하고, 산부인과도 바꿨으면 좋겠구나. 내가 알고 있는 병원이 있는데 의사가 아주 좋은 분이란다."

"네. 그렇게 하도록 하겠습니다."

재인은 무거워진 이 분위기가 싫어서 얼른 대답하며 습관처럼 또다시 손톱을 톡톡, 매만졌다. 그런 재인을 발견한 여준이 살며시 손을 뻗어 재인의 손을 꽉 잡아 주었다. 그의 보드라운 손길이 닿자, 그나마 안정감이 찾아오는 것 같았다.

"그리고 나는 네가 요리 수업을 좀 다녔으면 좋겠는데, 아무래도 여준이가 밖에서 일을 하다 보니 집에서 먹는 식사만큼은 새아기가 꼬박꼬박 잘 챙겨 줬으면……."

"사돈."

또다시 미영의 말이 끊겼다. 미영이 고운 미간을 보란 듯이 찌푸렸지만 말을 끊은 숙자는 의식도 하지 않았다.

"지금 우리 애는 임신 중입니다. 그렇다고 해서 집안일을 내팽개치라는 말은 아니지만, 그래도 지금 당장은 휴식은 취해야 한다고 생각하는데, 그게 딸 가진 엄마의 마음으로 이기적인 건가요? 가뜩이나 저 어린 거, 누려 볼 거 제대로 못 누려 보고 덜컥 애 임신해서 시집보내는 것도 안타까워 죽겠는데."

탐탁지 않은 목소리로 잇는 숙자의 말에 미영의 미간에 새겨진 골이 더 깊어져 버렸다.

"사돈. 계속 듣다 보니 서운한 말씀하시는데. 배 속에 저 애는 우리 여준이 혼자 만들었습니까?"

"어머니."

여준이 곤란해하며 미영의 손을 잡았지만 미영은 거칠게 내팽개쳤다.

"이건 마치 내가 내 아들 팔고 있는 심정이구나. 네가 뭐가 모자라서 이런 대접을 받아야 하는지, 나는 도통 이해를 할 수가 없구나. 내가 너 이런 대접 받으라고 요리하게 놔두고 한국에서 사는 거 허락한 줄 아니?"

사업적인 면에서는 언제나 침착하고 냉철했던 미영이라 지금 스스로가 이성을 잃고 있다는 생각이 문득 들었다. 더 버티고 있다가는 지금 하고 있는 나쁜 생각이 입 밖으로 튀어나올지도 몰랐다.

애는 낳아라, 애 한 명쯤 키울 형편은 되고도 남는다. 대신 이 둘의 결혼은 무르자 하고 말이다.

미영은 목까지 차오르는 뜨거운 숨을 토해 내며 옆에 두었던 핸드백을 집어 들었다.

"이 상황에서 더 이상 무슨 말을 할 수는 없을 것 같군요. 상견례 다시 잡도록 하죠."

"어머니!"

뒤도 돌아보지 않고 룸을 빠져나가는 미영을 여준이 다급하게 따라나섰다. 분위기는 완전히 풍비박산이 나 버렸다. 미영이 나가자마자 동봉은 들고 있던 디너냅킨을 거칠게 집어 던졌다.

"그거 잠깐 못 참아서 말을 그렇게 해!"

"그럼 어떻게 참아요? 듣자 듣자 하니까, 우리 집 못산다고 은근히 무시하는 거 같은데!"

"사위 말 못 들었어? 미국에서 지내다 보니, 아들하고 오래도록 떨어져 지내서 그런 거 같은데, 왜 그걸 그렇게 삐뚤어지게 받아들여서 혼자 땅을 파고들어!"

동봉의 윽박에 숙자는 터져 나오려는 눈물을 참지 못하고 손으로 얼굴을 감싸 쥐었다.

"뭐 해? 얼른 네 시어머니 따라나서지 않고."

재인이 어쩔 줄 몰라 하며 발만 동동 구르고 있자 동봉이 나무랐다. 재인은 초조한 눈길로 엄마를 바라보다가 자리에서 일어나 여준이 빠져나간 곳을 따라 나갔다.

09.

　레스토랑을 빠져나온 미영이 탄 엘리베이터를 놓쳐 버린 여준은 비상구를 이용해 1층으로 내려왔다. 정문을 빠르게 나가 택시를 잡으려는 미영을 간신히 세운 여준은 가쁜 숨을 몰아쉴 여유도 없이 미영을 달래야 했다.

　"어머니. 이렇게 가시면 마음 편하지 않으실 거 알아요. 장모님하고 장인어른도 마찬가지이실 거예요."

　돌아서서 다시 그곳으로 가겠다는 마음이 전혀 없어 보이는 냉담한 미영을 잡고 있는 여준의 손이 간절해 보였다. 미영은 굳게 다문 입을 뗄 생각을 하지 않자, 여준의 마음은 타들어 갔다.

　"어머니."

　"하지만 지금 들어가서 좋은 소리만 나올 것 같지는 않구나."

미영은 거칠게 여준의 손을 뿌리치고 막 이쪽으로 오고 있던 택시를 잡아 세웠다.

"어머니!"

여준이 다급하게 문손잡이를 잡았지만 문은 벌써 미영에 의해 잠긴 후였다. 간절한 마음으로 창문을 두들겼지만 미영은 쳐다보지 않고 택시를 출발시켰다.

"어머니!"

정신없이 길게 뻗은 복도를 지나 밖으로 나온 재인은 이미 출발한 택시를 따라서 뛰어가다가 결국 놓쳐 허탈하게 멈추는 여준의 뒷모습을 발견했다. 힘겹게 한숨을 몰아쉬며 한동안 그 자리를 쉽게 떠나지 못하고 있는 여준의 모습이 안쓰럽기만 했다.

이제 행복할 일만 남았다고 생각한 때에 다가온 난관 앞에 어떤 위로를 하고 얼마나 버텨 내야 하는지, 모든 것이 혼란스럽기만 했다. 재인이 걸음을 떼어 여준과의 거리를 좁혔다.

"죄송해요."

재인의 시무룩한 목소리에 택시가 완전히 사라져 버린 방향을 아쉽게 바라보던 여준이 몸을 틀어 재인을 바라보았다.

"네가 왜 죄송해."

"어머니께서는 분명히 저희 생각하시고 말씀하셨을 텐데, 저희 엄마가 오해하셔서 이런 일이 생긴 거 같아요."

"아니, 내가 장모님 입장이라도 그렇게 말했을 거야. 그러니까 네가 죄송해하지 않아도 되고 장모님 탓으로 돌리지 않아도 돼."

"어머니 많이 화나신 거죠?"

"화나시기보다는 섭섭해서 그러실 거야. 저렇게 가셨어도 분명 마음 편치 않으실 거고."

재인은 세상이 무너진 것처럼 한숨을 후 하고 내쉬었다. 여준은 재인이 걱정하고 속상해하며 속앓이하는 것을 지켜보는 것만으로도 괴로웠다. 사태가 이 지경이 된 게 순전히 제 탓인 거 같아 스스로가 한심할 정도였다.

그렇다고 같이 심각하게 머리를 맞대고 해결을 하고 싶은 마음은 없다. 그녀에게 약속하지 않았는가. 언제나 지켜 주고 행복하게 웃게만 해 주겠다고. 여준은 웃었다. 그래야지만 그나마 재인이 마음을 편하게 먹을 것 같았기 때문이다.

"행운아. 엄마 한숨 쉰다. 그래서 아빠가 진짜 속상한데 어떡하냐?"

웃음을 머금은 여준이 재인의 배를 바라보며 묻더니, 살며시 상체를 수그려 귀를 가져다 댔다.

"뭐라고? 그럴 땐 꽉 안아 주라고?"

재인이 소리 없이 여준을 바라보았다.

"행운이가 안아 주라는데?"

그럴 리가 없다는 것을 알면서도 반박하지 않고 잠자코 있는 재인을 꽉 품에 끌어안고 부드럽게 머리를 쓰다듬어 주었다.

"아무 일도 일어나지 않아. 내가 있으니까 너는 아무 걱정할 필요 없어. 알았지?"

재인은 여준의 품에 안겨 작게 고개를 끄덕였다. 여준의 말대로 아무 일도 일어나지 않을 것이고 지금 하고 있는 이 걱정도 금세 사라질 것이다. 여준이 있으니까. 이 사람이 내 곁에 있으니까. 여준이 다시 고개를 수그려 재인의 배에 제 귀를 가져다 댔다.

"엄마 안아 줬어. 뭐? 뽀뽀 정도는 해 줘야 한다고?"

여준이 힐끔 위를 올려다보았다.

"지금 방금 행운이가 뭐 하라고 했다구요?"

"뽀뽀."

여준이 망설임도 없이 입술을 슬쩍 내밀고 개구진 표정으로 말했다.

"뽀뽀요?"

"어. 내가 분명히 들었어. 행운이가 뽀뽀해 주라는데?"

능청맞게 몸을 일으키며 말하는 여준을 재인이 믿지 않게 흘겨보았다.

"여기서요?"

"잠깐만. 다시 물어볼게."

여준이 다시 재인의 배에 귀를 가져가 대더니, 연신 고개를 끄덕였다.

"어. 여기서. 지금 몰래 하라는데, 주위에 사람 없다고. 그리고 꼭 뽀뽀를 해 줘야지 엄마 기분이 나아질 거라는데?"

"그럴 리가."

의구심이 가득한 재인이 고개를 살짝 내저으며 부정하자, 여준이 능청스럽게 웃어 보이다가 재인의 손등 위에 쪽 하고 입을 맞추었다.

"어때? 기분이 좀 나아진 것 같아?"

"누구 기분이요?"

"물론, 내 기분이지."

"네. 그런 거 같네요. 아빠 기분이 좋아지면 엄마 기분도 좋아진다는 걸, 행운이가 아나 봐요."

자신을 위해 노력하는 여준에게 여전히 걱정하는 마음을 보여 주고 싶진 않았다.

"어서 안으로 들어가자. 장모님이랑 장인어른도 놀라셨겠다."

여준의 품에 안겨 레스토랑으로 다시 들어가면서도 재인은 찝찝한 마음에 미영이 떠난 곳에서 눈을 뗄 수가 없었다.

재현의 부축을 받으며 안으로 들어가는 장모를 근심스럽게 바라보던 여준의 눈동자가 힘없이 툭 바닥에 떨어져 버렸다.

"장모님, 죄송합니다. 저 가 보겠습니다."

"매형! 잘 가요!"

숙자는 대답도 없이 집 안으로 사라지고 현관문은 야속하게 쾅, 닫혀 버렸다.

"죄송합니다, 아버님."

"자네가 죄송할 건 없지. 어른들이 어른답지 못해서 우리가 미안한 거지."

동봉이 고개를 푹 숙인 여준의 어깨를 다독여 주었다.

"그래서 사돈은 지금 어디 계시나?"

"호텔에 계시는 거 같아요. 지금 바로 가 보려고 합니다."

"그래. 먼 길 오시느라 힘드셨을 텐데, 서로 얼굴만 붉히고 헤어져서 내가 사돈을 볼 면목이 없구만. 뵙고 나거든 전화 좀 주게."

"네. 들어가서 쉬세요, 아버님."

집으로 들어서는 동봉에게 꾸벅 인사를 하던 여준은 이제 막 차에서 내려 자신에게 다가오는 재인의 손을 꽉 잡았다.

"집에서 푹 쉬어."

"네. 지금 바로 어머니한테 가시는 거예요?"

"응. 그러려고."

"같이 갈까요?"

"아니야. 너 오늘 너무 무리했어. 그래서 좀 쉬어야 돼. 만약 내 말도 통하지 않으면 그때 너를 부를게. 네가 와서 애교 보여 드리면 100% 먹힐 거 같으니까."

재인은 순간, 자신이 지난주에 여준에게 부렸던 애교가 떠올라 얼굴이 붉어져 버렸다. 유난히 하얀 얼굴이 붉어지는 것이 눈에 확연하게 드러나는 재인이 귀여운 여준은 이 순간에도 함께 있고 싶은 강한 바람을 억지로 잠재우며 힘들게 돌아섰다.

"들어가. 어머니 마음 상하지 않게 잘 달래 드리고. 전화할게."

"네. 가시는 거 보고 들어갈게요."

"행운아. 아빠, 할머니 달래 드리러 갈게. 응원해 줘."

재인은 여준이 차에 올라타 후진을 하는 것까지 놓치지 않고 바라보았다. 골목을 막 빠져나가기 직전에 손짓을 하는 여준에게 함께 손짓으로 인사를 하고서는 차가 완전히 시야에서 사라지고 나서야 차디찬 기운을 느끼며 집으로 들어섰다.

"애들 보는 앞에서 창피하지도 않아?"

집에 들어오자마자 들리는 찢어질 것 같은 동봉의 고함 소리에 재인이 화들짝 놀랐다. 재현은 숨죽인 채로 안방 앞에서 안절부절못하고 있었다.

"엄마 아빠 싸우셔?"

"싸우시기보다는 엄마가 일방적으로 아빠한테 혼나고 있는 중."

심려가 다분한 얼굴을 하고서는 재인이 안방으로 조심스럽게 들어섰다. 숙자는 침대에 반쯤 누워서는 이마를 손으로 쥐어 싸매고 있었고 동봉은 그 앞에서 화를 주체하지 못하고 큰소리를 내고 있었다.

"사위 보기 미안하지도 않냐고! 세상에 그렇게 반듯하고 착한 사위가 어디 있다고!"

"내가 몇 번이나 말해요! 그 여자가 우리 집 없는 집이라고 은근히 무시하는 거 같았다고!"

숙자도 일이 이렇게 되라고 그랬던 건 아니다. 이미 엎질러진 물이니 모든 것을 받아들이려고 했다. 하지만 자신을 은근히 무시하는 사돈의 태도에 없던 오기까지 생겨난 것이다.

"사돈한테 그 여자라니! 그 여자라니! 우리 애가 가서 예쁨 받으려면 우리도 잘해야 하는 거 몰라? 그리고 있는 집이니까 해 줄 수 있는 만큼 해 주고 싶다는 거잖아. 우리도 돈 있어 봐. 뭐든 해 주려고 난리 쳤겠지!"

재인은 다급하게 동봉에게 다가가 말렸지만 이미 흥분할 대로 흥분한 동봉은 화를 누그러트릴 기미를 보이지 않았다.

"애들 위해서 잘해 주려고 하는 사돈 뜻을 왜 그렇게밖에 못 받아들여! 당장 사돈한테 전화해서 사과 드려!"

"당신은 지금 내 자존심보다 그 여자 자존심을 더 지켜 주려고 하는 거예요?"

"사돈이나 우리나, 끔찍하게 아끼고 목숨보다 더 소중한 자식들 서로 믿고 결혼시키는 건데, 자존심이 어디 있어. 자식들 위한 건데 그깟 자존심 내세워서 뭐에 써먹게! 그리고 자존심 이 상하더라도 참아야지. 애들 일인데!"

숙자가 잠시 말을 잃고 입술을 꾹 다물다가 몸을 거칠게 휙 돌렸다. 그러고는 드러누워 이불을 머리끝까지 뒤집어썼다. 한 마디 더 하려고 입을 떼어 낸 동봉에게 그만하라고 재인이 사 정하듯 매달렸다.

"나, 원 참! 어이고!"

속이 갑갑한지 가슴을 텅텅 치며 동봉이 안방을 빠져나가자, 재인은 숙자의 등 뒤로 다가가서 조심스럽게 누웠다. 움찔하는 엄마의 허리를 두 팔로 꽉 끌어안았다.

"엄마, 너무 속상해하지 마."

이불을 뒤집어쓴 숙자의 어깨가 살짝 들썩거리는 것이 느껴졌다. 코끝이 시큰거렸다. 임신한 어린 딸을 낯선 땅에 혼자 두는 것이 걱정되어 한 말을 아무도 몰라주고 핀잔이 되어 돌아와 숙자를 억울하게 하는 상황이 재인은 속상하기만 했다.

"엄마……."

"나는 네가 우리 집 못사는 집이라고 시댁 가서 무시당할까 봐, 그게 걱정돼서 죽겠어."

이불 속에서 들려오는 숙자의 목소리는 눈물에 잔뜩 잠겨 있었다.

"어머님도 엄마처럼 오해를 했거나 마음에도 없는 소리 하신 걸 거야. 서로 살아온 문화가 다르고 서로 생각하는 것이 다르니까. 그러니까 조금만 이해해 줘, 엄마. 응? 엄마 사위 보면 모르겠어?"

숙자는 재인의 말에 대답이 없었다. 오래 알아 오지는 않았지만 그만큼 훌륭한 사위도 없으니 말이다. 그러자 금세 후회가 몰려왔다. 사위 봐서라도 참는 거였는데……라고.

"그러니까 너무 속상해하지도, 걱정도 하지 말아요. 네?"

재인은 숨죽여 우는 숙자를 더욱 꽉 끌어안았다.

❖　　　❖　　　❖

텅 비어 있는 큰 VIP 객실 안에서 미영을 하염없이 기다린 시간도 벌써 2시간이 훌쩍 넘어가고 있었다. 뉘엿뉘엿 넘어가던 해도 어느새 까만 하늘에 모습을 감춘 후였다.

아침에 미영과 함께 호텔에 들렀을 때 받았었던 카드키로 안에 들어와서 기다리고 있었지만 그녀는 그가 왔을 때 이미 옷을 갈아입고 나간 상태였다. 어디로 갔는지 전화도 받지 않았다.

애가 타는지, 벌써 재인에게서 2번이나 전화가 걸려 왔다. 아무 걱정 하지 말라고 신신당부를 했지만 자신이 온 걸 알면서도 여전히 보러 오지 않은 미영에 여준도 염려가 되기 시작했다.

초조했던 마음이 조금씩 답답하게 느껴져 어수선하게 주위를 돌아다니다 다시 소파에 앉았을 때, 마침내 객실 문이 열리고 미영의 모습을 드러냈다. 미영이 오자, 여준은 자리에서 반사적으로 일어났다.

"어머니."

"아무 생각도 하기 싫어서 수영을 하느라, 좀 늦었다."

미영이 자리에 앉자, 여준이 따라 자리에 앉았다.

"잘하셨어요."

"많이 기다렸니?"

"아니요. 얼마 안 기다렸어요."

미영은 2시간이나 기다려 놓고서는 얼마 안 기다렸다고 배려 깊게 말하는 여준을 보니, 자기 아들이라지만 너무 바보 같기만 했다.

"뭘 좀 마시자꾸나. 수영을 했더니 갈증이 나서."

미영은 인터폰을 눌러 생과일주스 두 잔을 주문했다. 주스가 올라오기까지 둘 사이에는 무거운 침묵만이 깔려 있었다. 꽤 오랜 시간이 지나고서 주스가 올라왔고 미영은 그중 한 잔을 단숨에 들이켜 갈증을 해소했다.

"호텔이 혼자 묵기에는 너무 넓어. 김 실장은 이렇게까지 큰 룸 예약할 필요 없다니까 괜한 고집을 피우더구나."

오랜만에 만난 아들하고의 침묵을 깨기 위해 실없는 소리를 내뱉었다. 여준의 표정에는 근심이 가득했다. 저런 표정을 보려고 저 먼 나라 미국에서 여기까지 온 건 아닌데, 미안한 나머지, 미영은 그다지 중요하지도 않는 얘기부터 꺼내 본 것이다.

그때, 여준이 약간 작은 크기의 케이크 상자 하나를 테이블 위로 올렸다. 상자를 열고 꺼낸 것은 티라미슈 케이크였다.

"어머니 기분 우울할 때 늘 드시던 거잖아요."

얼마 전에 흘리듯 말한 것을 기억하고 케이크를 사 온 여준에게 미영은 미안한 마음이 들었다.

여준이 플라스틱 포크를 건넸다. 작게 조각내어 한입 먹으니, 달달하고 부드러운 것이 입안에 사르르 녹아내렸다. 기분이 조금, 아주 조금 풀리는 느낌이었다.

"새아기가 많이 놀랐겠구나."

"네. 놀라기도 하고 속상해하기도 하고 그랬어요. 여기 따라와서 어머니 봬야 한다는 거 간신히 말렸어요."

"애한테는 타격이 있으면 안 될 텐데."

"어머니."

나지막하게 자신을 부르는 여준을 미영은 덤덤하게 바라보았다.

"어머니 말씀, 무슨 뜻인지 다 알아요. 저희 위해서 말씀해주신 거 감사하게 생각하고 있습니다."

미영도 호텔로 돌아오는 내내, 자신이 왜 그렇게까지 했는지 후회스럽기만 했다. 분위기를 그렇게 만들 생각은 전혀 없었는데, 룸을 들어오는 순간부터 탐탁지 않아 하던 사돈의 표정이 마치, 자신의 아들을 미워하고 원망하고만 있는 것 같아서 참을 수가 없었다. 그래서 자신도 모르게 오기를 부리게 된 것이었다.

미영은 눈을 지그시 감고 손을 이마에 가져다 댔다. 난해한 일들로 머리가 복잡할 때 나오는 습관이었다.

"하지만 장모님 입장도 조금만 헤아려 주셨으면 좋겠어요. 대학 졸업도 하지 못한 딸이 평생 딱 한 번 입을 수 있는 웨딩드레스도 배가 불러서 입게 되었잖아요. 친척들 입에 오르락내리락하게 될 것도 많이 속상하시고 아쉬우셔서 그러신 거예요."

"얘, 여준아."

"제가 더 잘할게요, 어머니. 어머니도 섭섭하지 않게 제가잘할게요. 그러니까 조금만 이해해 주세요. 오는 내내 마음 편치 않으셨을 거 알아요. 어머니 마음 편치 않으셨을 걸 생각하니까. 저도 마음이 아파요. 이렇게 서로 마음 아픈 거, 남한테 상처 주는 거 싫어하시잖아요, 어머니."

미영은 하얀 플라스틱 포크를 만지작거렸다.

"장모님도 많이 속상해하고 계세요. 그런 뜻으로 말씀하신 게 아니신데, 서로 간에 오해가 생긴 거 같아서 이 오해 꼭 풀었으면 좋겠어요. 그래야 재인이도 저도, 행운이도 편안해지고 어머니도 장모님도 편해지실 거 같아요."

"그러기야 하겠지."

"어머니도 마음 여리시고 장모님도 마음 여리신 거 알고 있어요. 제가 앞으로 살면서 평생 사랑해 드려야 하는 두 분이서 서로 상처받고 계시니까 마음이 너무 편하질 않아요."

차분하게 자신의 상한 마음을 쓰다듬어 주는 위로에 꽝꽝 얼려져 있던 미영이 마음이 조금씩 녹아내렸다. 축 처졌던 입술이 슬그머니 제자리를 찾았다.

여준은 금세 눈치챌 수 있었다. 미영이 마음이 조금 풀렸다는 것을. 그 틈을 타 여준이 자리를 옮겨 미영의 옆에 척 앉았다.

그리고 조금은 쑥스럽지만 미영의 팔에 팔짱을 꼈다. 아버지가 돌아가신 10살 이후로는 단 한 번도 해 본 적도 할 기회도 없던 말도 조심스럽게 꺼내었다.

"제가 사랑하는 거 아시죠, 어머니?"

미영은 대답 대신 저에게 딱 달라붙어 있는 여준의 팔을 아프지 않게 툭 쳤다.

– 어머니 괜찮아지셨어.

재인은 심정이 편하지 않아서 침대에 눕지도 못하고 산만하게 이리저리 돌아다니다가 걸려 온 여준의 전화에 그제야 안도의 한숨을 내쉬었다.

"정말 다행이네요. 내일은 제가 어머니 직접 찾아뵐게요."

– 네가? 왜?

"어머니잖아요. 이제 제 어머니. 그래서 같이 샵도 가고, 쇼핑도 하고, 점심도 먹으면서 많이 친해지고 며느리로서 예쁨 좀 받으려구요."

– 그럼 나도 내일 사위로서 예쁨 좀 받으러 가야겠다.

"저희 집 오실 거예요?"

– 나도 우리 장모님 모시고 쇼핑하고 점심 먹고…… 샵? 그거 미용실 말하는 거지? 거기도 갈 거야. 근데 너 너무 무리해서 돌아다니는 건 안 돼. 알지?

"네. 그럼 지금 집에 가고 계시는 거예요?"

– 어, 집에 다 왔어. 와, 하늘에 별 진짜 예쁘다.

"하늘에 별 많이 떴어요?"

감탄이 섞인 여준의 말에 갑자기 두 눈으로 별을 확인하고 싶어진 재인이 창문을 벌컥 열었다. 순식간에 찬 바람이 얇게 입은 옷 사이로 사정없이 비집고 들어왔다. 그러나 그런 추위

따위는 금세 잊혀지고 말았다. 그녀의 두 눈에 들어온 익숙한 인영이 그녀의 가슴을 떨리게 만들고 있었기 때문이다.

"어……."

그는 집 앞에 세워 둔 차에 기대어 재인이 연 창문을 지그시 올려다보고 있었다. 여준이 핸드폰을 들고 있지 않은 손을 들어 흔들었다. 보고 싶었던 그가, 소리 없이 항상 서 있던 그 자리를 지키고 서 있었다.

– 혹시 안 열어 보면 어쩌나 걱정했는데. 이 시간에 초인종 누르는 진상 될 뻔했어.

"다 왔다는 그 집이, 우리 집이었어요?"

– 응. 네가 있는 집.

재인이 살포시 웃으며 창문 난간에 팔을 대고 턱을 받쳤다. 그가 조금, 아주 미세하게 더 가까워진 거 같았다.

"어머니랑 무슨 대화 했는지 자세하게 말해 줘요. 궁금하니까."

– 음. 어머니가 그러는데, 넌 눈이 너무 예쁘대. 그래서 손주 눈은 널 닮았으면 좋겠대.

"정말 그런 말씀을 하셨어요?"

– 응. 그리고 얼른 너의 웨딩드레스 입은 모습도 보고 싶다고 하셨어. 그건 나도 마찬가지지만. 아들 턱시도보다 며느리 웨딩드레스가 더 기대된다고 하시면서. 마치 어머니 젊었을 때를 쏙 빼닮은 거 같다면서 엄청 좋아하셨어.

"기분이 많이 풀리신 거 같아서 다행이네요."

- 장모님은 좀 어떠셔? 많이 속상해하시지?

"아빠한테 혼나셨어요."

- 장인어른한테? 얼마나? 그래서 우셨어, 설마?

"네. 아주 펑펑 우시다가 지쳐서 잠드신 거 같아요."

여준이 깊게 한숨을 내 쉬었다.

- 너무 죄송해서 어떡하지. 뵐 면목이 없다.

"그래도 그 상황에서도 제가 사위는 좋지, 하니까 고개를 살짝 끄덕이시더라고요."

- 진짜?

"네. 제가 분명히 느꼈어요."

- 내일 진짜 재밌게 해 드려야겠다.

더 궁금한 것도 있었고 물어보고 싶은 것도 있었다. 하고 싶은 대화들이 많았다. 하지만 모두가 잠들어 있는 고요한 새벽이라 재인은 그를 더 이상 붙잡고 있을 수는 없었다.

"늦었어요. 얼른 들어가서 씻고 자야죠."

- 가기 싫다. 더 있고 싶어. 여기서 이렇게 널 더 보고 싶어.

"그러다가 정말 밤새겠어요."

- 난 괜찮은데. 이러고 밤새는 것도.

장난기가 다분한 표정으로 괜찮다고 말하고 있지만 바깥바람은 매우 차가웠고 눈을 느슨하게 감았다가 뜨는 여준의 얼굴에는 피로함이 역력했다.

"잠깐 올라올래요?"

– 아니, 가야지. 어른들 다 주무실 텐데.

아쉽지만 그가 그렇게 하겠다고 한다면 더 붙잡고 있을 수는 없었다.

"조심히 가요. 절대 졸지 말고. 내 생각도 하지 말고 운전에 집중해야 돼요. 알았죠?"

– 응. 조심해서 갈게.

여준이 운전석으로 향하다가 다시 고개를 돌려 재인을 올려다보았다. 핸드폰 너머로는 그의 숨결이 귀를 간질일 정도로 조그맣게 들려왔다.

– 재인아.

재인은 그의 잔잔한 이 목소리가 좋다.

"네."

– 행운 엄마.

재인은 그의 입술 사이로 살며시 피어오른 저 웃음이 좋다.

"네. 행운 아빠."

"우리 잘 살자. 아주아주 잘 살자. 싸우지 말고 오순도순, 잘 살자."

재인은 평생 깨지지 않고 변하지 않을 것만 같은 그의 굳은 약속이 좋다.

10.

　단둘만 마주 앉은 레스토랑의 테이블에는 어색한 기류만 맴돌았다.

　이른 아침, 미영에게서 걸려 온 전화에 숙자는 서둘러 준비를 했다. 자신이 먼저 전화를 하려고 몇 번이고 망설이고 있는 와중에 온 전화가 반갑지 않을 수가 없었다. 만나게 되면 어제 일은 죄송하게 되었다고 사과도 하려고 했는데, 막상 만나니까 그 말이 잘 튀어나오질 않았다.

　미영과 숙자는 말없이 뜨거운 커피만 홀짝이다가 커피 잔의 바닥이 보일 때쯤에야 서로 피하기만 바빴던 눈을 마주했다. 살가운 눈빛은 아니었지만 어제처럼 서로 못 잡아먹어 안달인 눈빛도 아니었다.

　"제가 이 나이 먹었어도 애가 하나다 보니까 처음이라 조금 서툴렀나 봅니다. 그래서 사돈들께 안 좋은 꼴을 보인 거 같습니다. 어제 일에 기분이 상하셨다면 죄송합니다, 사돈."

"아닙니다. 저도 처음이라 어떻게 해야 할지 몰라서 그랬던 거 같습니다. 오해가 생긴 거 같아서 죄송합니다, 사돈."

서로 공손하게 고개를 수그리며 화해를 하고 나니, 무거웠던 둘 사이의 공기가 한층 가벼워짐을 느낄 수 있었다.

"사실 저는 새아기가 들어오자마자 너무 예뻐서 눈을 뗄 수가 없었습니다. 지금 생각해 보니, 새아기의 외모가 안사돈을 닮은 거 같군요."

"감사합니다. 사돈도 훤칠한 아들 두셔서 좋으시겠어요. 그런 훤칠한 총각이 제 사위가 된다는 게 자랑스럽기만 합니다."

미영의 얼굴에도 숙자 얼굴에도 조금씩 웃음꽃이 피어나기 시작했다.

"결혼식장은 사돈이 알아보신 곳으로 하도록 하겠습니다. 그럼 결혼 날짜는 언제쯤으로 하는 것이 좋을까요?"

"바깥사돈께서는 언제쯤이 좋을 거 같다고 하셨나요?"

"그이는 사돈과 저에게 모든 것을 맡기겠다고 했어요."

"그럼, 최대한 빨리 잡는 것이 좋을 거 같아요. 새아기 배가 더 불러 오기 전에."

"네. 저도 그게 좋은 것 같네요."

둘은 한참 동안 대화를 주고받았다. 누구의 언성도 커지지 않았고 누구의 표정도 찌푸려지지 않았다. 어제와는 사뭇 다르게 최대한 서로에게 조심했고 서로를 존중했다. 웨딩 촬영, 결혼 날짜를 정하기 위해 오고 갔던 얘기가 마무리되고 점심시간이 가까워 올 때쯤, 숙자의 핸드폰이 울렸다.

"사위네요."

"여준이요?"

의아해하는 미영에게 '네.' 라고 가볍게 대답하고서는 전화를 받았다.

"여보세요."

– 어머니. 지금 어디세요?

"나 지금 잠시 사돈 뵈러 왔는데, 무슨 일이라도 있니?"

지난 일주일 사이에 여준에게 마음을 많이 열게 된 숙자가 부드러운 목소리로 대답했다.

– 아, 그럼 지금 저희 어머니랑 같이 계세요?

"응. 지금 사돈이랑 같이 있어."

숙자의 말이 떨어지기가 무섭게 핸드폰 너머에서 재인의 목소리가 미세하게 들려왔다.

– 지금 저희 엄마, 어머니랑 같이 계시대요?

– 어. 잠깐만. 어머니. 저 지금 재인이랑 같이 있는데요.

"우리 재인이랑? 아침 일찍 볼일 있다면서 나간 게 자네하고 데이트하려고 나간 거였어?"

– 음. 저하고의 데이트는 아니구요. 재인이는 저희 어머니랑 데이트하러 가는 길이었고, 저는 지금 어머니랑 데이트하러 가는 길이었거든요.

221

숙자가 미영을 바라보았다. 무슨 일이냐고 묻는 의미로 눈썹을 살짝 치켜 올리는 미영을 보며 숙자는 여준이 말한 상황을 설명해 주었다. 그러자 미영이 흐뭇한 표정으로 웃으며 들고 있던 찻잔을 내려놓았다.

"애들이 예쁜 짓만 골라서 하네요. 그럼 점심은 다 같이 먹는 게 어떨까요?"

"네. 그게 좋겠네요."

미영의 말에 숙자가 두 사람이 있는 레스토랑의 위치를 설명해 주었다. 그리고 전화를 끊은 지 채 20분도 되지 않아 여준과 재인이 레스토랑 안으로 들어왔다.

"어머니 저희 왔습니다."

여준과 재인이 꾸벅 인사를 하고 자리에 앉았다. 웨이터가 다가와 메뉴판을 건네주자, 미영은 냉큼 그 메뉴판을 돌려 재인에게로 건넸다.

"입맛이 어떨지 모르니, 새아기가 먹고 싶은 걸로 고르도록 해라."

재인은 메뉴판을 펼쳐 들고 한참을 눈으로 훑어보았다. 낯선 단어들이 즐비한 메뉴판으로 도저히 주문을 할 수가 없어서 앞에 앉은 여준을 힐끔 쳐다보았다.

"브로콜리 수프 괜찮아?"

"브로콜리요?"

"응. A코스가 브로콜리 수프에 유자소스 샐러드, 메인은 안심스테이크고 후식은 티라미슈인데 꽤 괜찮아."

"네. 좋아요."

여준이 웨이터를 불러 주문을 했다. 웨이터가 물러나고 나자, 어제 걱정이 되어 잠을 제대로 못 잔 탓에 목과 어깨 부근이 쑤셨던 숙자가 주먹으로 툭툭 쳤다. 그것을 눈치 빠르게 본 여준이 자리에서 벌떡 일어나 그녀에게로 걸어갔다.

미영과 재인의 의아한 눈길을 받으며 장모의 뒤에 선 여준은 어깨를 손에 올려놓고 꾹꾹 눌러 안마를 시작했다. 그 시원함에 숙자는 자신도 모르게 '아이고, 아이고' 하는 옅은 신음을 냈다.

"근육이 많이 뭉치셨어요. 제가 매일 이렇게 안마해 드릴게요."

여준의 꼼꼼하고 정성스런 안마에 숙자는 뭉클했다. 여태 무엇 때문에 이렇게 착한 사람을 그렇게 무시하고 미워만 했는지, 마음고생을 했을 그에게 살짝 미안해졌다.

"고마워."

숙자는 손을 올려 자신의 어깨를 주무르고 있는 여준의 손등을 곱게 어루만졌다. 처음이었다. 여준은 비로소 자신이 정말 공식적으로 재인의 남편이 되고, 숙자의 사위가 된 것 같아 뿌듯하고 기뻤다. 그 모습을 인자한 표정으로 바라보던 미영이 못 말린다는 표정으로 고개를 내저었을 때였다.

"왜 일어나니, 새아가?"

재인이 자리에서 일어나자 미영이 화들짝 놀라 물었다.

"저도 어머니 어깨 주물러 드리고 싶어서요."

"안 그래도 돼. 너는 예뻐서 보는 것만으로도 피로가 풀린다. 호호."

미영의 만류에도 불구하고 재인은 그녀의 뒤로 가 어깨를 꾹꾹 주물렀다.

"어머니. 시원하시죠?"

마주 보고 서서 정성스럽게 꾹꾹 어깨를 주무르는 재인과 여준은 화사한 미소를 지으며 서로를 바라보았다.

4명이서 도란도란 데이트를 하는 내내, 여준의 안색이 안 좋았다. 제인이 보기에도 그의 얼굴은 하얗게 질려 있었고 눈을 감고 뜨는 것조차도 버거워 보였다.

그럼에도 웃음을 잃지 않고 아픈 티를 내지 않으려고 유난히도 애쓰는 여준은 재인이 속상할 정도였다.

미영을 호텔 앞까지 태워다 준 후 여준은 두 여자를 집까지 모셔다 드리기 위해 다시 운전대를 잡았다.

"오늘 데이트 재밌었습니다, 어머니."

"나도 재밌었어. 그리고 음식들 전부 다 맛있게 잘 먹었어."

"매일매일 맛있는 것만 사 드릴게요, 어머니."

데려다 준 집 앞에서 숙자는 여준의 손을 붙잡고 살갑게 말했다.

"고마워. 집에 조심히 들어가고."

"네. 들어가세요, 어머니!"

숙자가 다정하게 끝까지 인사를 하며 집으로 들어갔다.

"들어가. 잘 자고."

여준이 재인의 허리에 살짝 팔을 둘러 감싸며 말했다.

"어디 아프죠?"

재인이 자연스럽게 여준의 이마를 손으로 짚어 보았다. 너무나 차가운 온기가 그대로 손에 스며들었다.

"몸이 차요."

"겨울이니까."

"여태 따뜻한 차 안에 있었잖아요. 어디 아프죠?"

"아니. 하나도 안 아파."

"아프잖아요."

"나 진짜 안 아파. 내가 얼마나 튼튼한데."

여준이 팔에 꽉 힘을 주며 만져 보라는 시늉을 냈지만 재인은 무서울 정도로 얼굴이 굳어져 있었다.

"거짓말하는 거예요?"

장난이 아니라는 것을 깨달은 여준이 저를 쏘아보는 재인의 눈을 슬쩍 피했다.

"아프면서 아프다고 말도 안 하고."

"괜찮아. 집에 가서 약 먹고 쉬면 돼."

재인이 보기에는 아까 점심 먹은 후부터 얼굴이 하얗게 질리고 가끔 안 보이는 곳에서 명치 부근을 꾹꾹 누르면서 고통스러워하는 게, 체했을 때 나타나는 증상 같아 보였다. 그의 손을 잡아 올려서는 손을 펴 엄지와 검지 사이를 꾹 눌렀다.

"아."

어린아이처럼 투정 섞인 여준의 목소리가 터져 나왔다.

"아파."

여준이 손을 빼려고 했지만 재인이 완강하게 붙잡으며 더욱 꽉 눌렀다.

"여기 아픈 거 보니까. 체했네요."

슬쩍 다시 빼내 보려고 시도했지만 재인이 아예 손깍지를 끼워 버리는 바람에 실패했다. 그런데 몸이 차고 속이 울렁거리고 머리가 깨질 것처럼 아픈 이런 상황에서도 깍지를 끼고 있는 재인의 손길이 너무 부드럽고 좋아서 여준은 히죽 웃어 버리고 말았다.

"안 되겠어요. 안으로 들어와요."

"왜?"

그러다가 문득, 자신을 집으로 끌어당기는 재인에게 불안감을 느낀 여준의 표정이 금세 굳어져 버렸다.

"손 따게요."

"나 진짜 안 아파. 괜찮아, 진짜."

"얼른요!"

자신을 저렇게 엄하게 대하는 건 처음이었다. 여준은 끝까지 손은 따기 싫다고 버티고 싶었으나, 이미 절대로 놓아주지 않을 거라고 단단히 마음먹은 재인의 고집을 꺾을 수는 없었다.

울며 겨자 먹기로 재인에게 끌려 들어간 여준은 식탁에 옹

기종기 앉아 있는 처가댁 식구들에게 눈인사를 했다.

"엄마. 바늘하고 소독약 좀."

"왜? 강 서방 체했어?"

"어. 그런 거 같아요."

"그럼 따야지. 기다려 봐."

여준이 고개를 살짝 내저으며 도와 달라는 SOS의 눈빛을 보냈지만 숙자는 재인만큼 냉담하게 돌아섰다. 여준이 이번엔 동봉과 재현을 애처롭게 바라보았지만 그들 역시, 외면해 버리고 말았다.

곧 바늘과 소독약이 재인의 옆에 척 놓아지고 숙자가 실로 여준의 엄지를 꽉꽉 동여맸다. 실 때문에 꽉 막힌 엄지손가락 끝마디가 땡땡 부어오르는 느낌이었다.

"이쪽 보지 말아요."

재인이 바늘을 소독하며 비장한 표정으로 말했다.

"아프지 않게 찔러 줘."

"걱정 말아요."

여준이 두 눈을 찔끔 감았다. 크고 무거운 칼보다 무서운 것이 바늘이었다. 이상할 만큼 끝이 얇고 뾰족한 것은 잘 보지 못했던 여준이었다.

톡, 하는 소리가 들리고 엄지손가락에 따끔한 통증이 느껴졌다.

"피 까만 거 봐."

찔끔 눈물이 맺힌 눈을 슬쩍 들어 보니, 정말 까만 피가 샘

물처럼 퐁퐁 솟아나고 있었다. 재인이 거즈에 소독약을 살짝 묻혀 피를 닦아 냈다.

"속 좀 어때요?"

막혔던 피가 돌며 손가락 끝이 얼얼하고 고함을 지르지 않으려고 꽉 다문 턱이 아려 왔지만 그거 하나만은 확실하게 대답할 수 있었다.

"속 좀 편안해진 거 같아."

그녀의 따뜻한 배려와 사랑 속에서 여준의 마음이 편안해지는 것처럼.

"좀만 기다려. 내가 죽 쒀 줄게. 가져가서 내일 아침에 먹어."

숙자가 자리에서 끙 하는 소리를 내며 일어나자 여준이 얼른 붙잡았다.

"아니에요. 안 그러셔도 돼요. 이제 저 정말 괜찮아요."

"내가 해 주고 싶어서 그래, 내가. 한 번만 더 거절하면 내 정성 무시하는 걸로 생각할 거야."

"감사합니다, 어머니."

부엌으로 향하는 숙자를 훈훈하게 바라보던 재인이 여준의 팔을 쭉 뻗게 한 뒤 부드럽게 쓸어내려 주었다.

"아프면 안 돼요. 절대로."

"알았어. 앞으로 절대 안 아플게. 절대."

여준이 다른 한쪽 손을 뻗어 새끼손가락을 내밀자, 재인이 그 손가락에 자신의 새끼손가락을 끼웠다. 그리고 꼭 엄지를 맞댔다.

❖　　　❖　　　❖

　"프러포즈는 했어?"

　어수선했지만 결국 훈훈하게 마무리된 상견례가 있고 나서 며칠이 지났다. 오랜만에 와인을 들고 집으로 찾아온 성호가 와인잔 세팅을 준비하는 여준에게 넌지시 물었다. 여준은 치즈를 썰던 손을 멈추고 아차 싶은 표정으로 돌아섰다.

　"프러포즈!"

　"안 했어?"

　"어. 아직 안 했어."

　"어쩔 수 없던 상황이긴 했지 뭐."

　"원래 상견례 전에 프러포즈 하는 거지?"

　"대부분 그렇게 하기는 하는데, 요즘 아예 안 하고 예식장까지 데리고 가는 남자들도 많다더라."

　여준이 다 썬 치즈를 가지고 와 내려놓자, 성호가 능숙하게 와인을 오픈해서 빈 잔에 기울였다. 콸콸콸, 붉은 와인이 예쁜 빛깔을 내며 잔을 채웠다.

　"어떻게 하지, 프러포즈?"

　여준이 평소에 자신과 어울리지 않게 약간 호들갑을 떨며 다급하게 물었지만 성호는 대답 대신 와인 잔을 공중에 들어 올렸다.

"일단 건배는 좀 하고."

여준이 성호의 잔에 자신의 잔을 맞추었다. 성호는 와인을 한 모금 마시고 눈을 감고 음미하다가 말캉거리는 치즈 한 조각을 집어 들었다.

"좀 감동적이면서도 흔하지 않고 특별하면서도 럭셔리 하면서도 오글거리지 않는 거. 그런 프러포즈."

"티냐넬로. 이태리 최고급 와인의 대명사 '슈퍼 토스카나'로 불리며 한국인이 죽기 전에 꼭 마셔 봐야 할 와인 베스트 10위 안에 들어가 있는 와인. 맛 어때?"

"형. 나 지금 진지해."

와인병을 들고 딴짓을 하는 성호의 옆으로 자리를 옮긴 여준이 기어코 와인 잔을 뺏어 버렸다.

"그런 프러포즈 없을까?"

"어. 분명하게 말하지만 없어."

성호는 몸을 쭉 뻗어 여준의 뒤에 놓인 와인병을 다시 잡으며 단호하게 말했다. 환상적인 프러포즈를 해 주고 싶어 꿈에 부풀어 있는 여준의 산통을 홀라당 박살 내 버리는 성호였다.

"왜 없어?"

"프러포즈는 다 거기서 거기니까."

"없으면 만들면 되잖아. 같이 생각이라는 걸 좀 해 달라고."

"내 여자한테 하는 프러포즈도 아닌데, 내가 꼭 그럴 필요 있나?"

성호가 얄밉게 말하며 치즈를 막 집으려 할 때, 냉큼 여준이 접시를 뺏어 버렸다.

"치사하게 먹을 거로."

"그러는 형은 자기 일 아니라고 그렇게 막 말할 거야? 치사하게?"

"감동적이면 흔하고, 특별하고 럭셔리 하면 오글거려. 둘 중에서 하나 골라 봐. 감동적이면서도 흔한 거 아니면 특별하고 럭셔리 하면서 오글거리는 거."

여준이 실망스런 기색을 보이자, 소파에 대충 앉아 있던 성호가 몸을 바로 세웠다.

"강여준."

"어."

시큰둥하게 대답하는 여준이 귀여웠는지 성호는 자신의 송곳니까지 드러내 보이며 웃었다.

"네가 여자를 많이 안 사귀어 봐서 모르나 본데."

"뭘?"

"세상 모든 여자들은 자기 남자가 무릎을 꿇는 순간, 감동적이게 되고……."

여준은 자신이 재인의 앞에서 무릎을 꿇는 것을 상상했다. 놀라서 휘둥그레진 눈으로 자신에게서 시선을 떼지 않는 재인의 모습을 눈앞에 그려 보았다.

"반지를 내미는 순간 럭셔리 해지고……."

하얀 케이스에 담긴 반짝이는 반지를 조심스럽게 꺼내 고운 그녀의 손가락에 끼워 준다. 자신의 손가락에 끼워져 있는 반지를 바라보는 그녀의 눈에서 조금씩 눈물이 차오른다.

여준은 심장이 극도로 떨리기 시작했다. 상상만으로도 이렇게 떨리는데 실전에는 얼마나 떨릴까?

이미 아이를 가졌고 결혼 이야기가 오가는 사이지만 정말 그녀가 자신의 여자이고 자신이 그녀의 남자가 된다는 것을 완벽하게 증명하는 프러포즈는 생각만으로도 여준을 설레게 만들고 있었다.

"결혼을 하자는 소리를 들으면 내가 이 남자한테서 사랑을 받고 있구나, 내가 이 남자의 전부구나, 하고 느끼게 되는데 그 순간 자신이 가장 특별하다고 생각해. 그러니까 너무 많은 걱정을 하지는 마라."

마지막 말과 함께 성호가 자기 주머니에서 쓱 하니 꺼낸 열쇠를 건넸다. 의아한 눈길로 바라보던 여준의 입가에 환한 미소가 번졌다.

"이거 가게 열쇠잖아."

"하루 써. 공짜는 아니야. 언젠가 가게 빌려 준 값 톡톡히 받을 거다."

"고마워, 형!"

여준이 성호의 목을 꽉 끌어안았다.

"징그럽게 왜 이러냐!"

성호가 웃으면서 여준을 세차게 밀어냈다. 거칠게 밀려 소파 끄트머리로 내동댕이쳐졌어도 여준은 여전히 싱글벙글하기만 했다.

"그렇게 좋냐?"

"그렇게 좋다!"

"아주 팔불출 나셨구먼."

"내가 멋진 형을 뒀네. 하하!"

여준이 성호를 보며 끊임없이 웃고 또 웃었다.

"누가 보면 너 로또 당첨이라도 된 줄 알겠다."

"그깟 로또 당첨된 기분이 지금 내 기분을 못 따라가. 로또
가 대수야? 난 재인이 로또 맞았는데? 아, 맞다."

혼자 신나서 크게 웃다가 갑자기 벌떡 일어나 주방으로 달
려가는 여준이 성호의 눈엔 제정신으로 보이질 않았다. 평소의
그와는 많이 다른 모습이 어리둥절할 정도였다.

가스레인지를 켜고 프라이팬에 오일을 두르는 여준을 보니,
성호는 자기가 가게를 빌려 줘서 맛있는 파스타라도 해 줄 모
양인가 보다 생각하며 흐뭇하게 바라보았다.

"뭐야, 형 배고픈 줄 어떻게 알았어?"

"배고파? 그럼 치킨 시켜 먹을까?"

"뭐? 지금 요리하는 거 형한테 해 주려고 하는 거 아니야?"

"아닌데."

여준이 눈매를 예쁘게 휘면서 웃었다.

"그럼!"

"우리 재인이한테 프러포즈 하면서 줄 요리 만들어 보는 건
데?"

"하, 또 재인 씨야. 또 제수씨야?"

"그럼. 나한테 재인이밖에 없지. 누가 있어."

"두 손 두 발 다 들었다!"

뒤로 벌러덩 누워 두 손과 두 발을 공중에 들어 올리는 성호에게는 눈길도 주지 않은 여준의 손길은 오로지 재인을 위한 요리를 위해 바쁘기만 했다.

11.

  샤워를 하고 나온 재인은 여준이 부재중 전화를 남긴 것을 보고 전화를 걸었다. 신호는 몇 번 울리더니 달칵 하고 전화가 연결되었다.

  "여보세요?"

  ― 어. 제수씨?

  분명 핸드폰으로 전화를 걸었는데 전화를 받은 사람은 여준이 아닌 성호였다.

  "네, 안녕하세요. 잘 지내시죠?"

  ― 네. 전 잘 지내죠. 제수씨도 잘 지내고 계시죠?

  "저도 잘 지내요. 그런데 여준씨랑 같이 계시나요?"

  ― 아니요! 오늘 바빠서 오후 타임에 헬퍼로 불렀는데, 핸드폰을 두고 퇴근했네요.

"어머. 정말요?"

─ 네. 요즘 이래저래 정신이 없다더니, 핸드폰을 두고 퇴근할 줄이야. 집 전화도 없어서 연락도 안 되는데.

저녁 이후로 연락이 쭉 안 되었던 이유가 이것 때문이었나 보다.

"집에는 가 보셨어요?"

─ 네. 집에도 없더라구요. 이렇게 전화하신 거 보니 제수씨랑 같이 있는 것도 아닌가 보네요.

"네."

─ 아, 어떡하지. 저희 가게가 내일부터 휴일이거든요. 그래서 가게 문을 닫는데, 이 핸드폰을 어떻게 해야 하지.

핸드폰 때문에 난감해하는 성호의 말을 듣고 어떻게 해야 하나 한참을 고민했다. 하지만 아무리 머리를 굴려 봐도 자신이 나가서 그걸 받는 게 제일 나은 방법인 것 같았다.

"그럼 죄송하지만 조금만 기다려 주시겠어요? 제가 핸드폰 가지러 갈게요."

─ 그러시겠어요? 저도 마음 같아선 가져다 드리고 싶은데, 지금 손님이 와 계셔서 자리를 비울 수가 없네요.

재인이 전화를 끊고 서둘러 준비했다.

외투를 입고 허겁지겁 방에서 빠져나오자 어딘가를 나갈 모양인지, 점퍼를 입은 재현이 그녀를 보더니 앉아 있던 소파에서 일어났다.

"너 어디 가?"

"누나는 어디 가는데?"

"나? 잠깐 볼일 있어서."

"무슨 볼일? 매형 핸드폰 가게에 두고 와서 그거 가지러 가는 거지?"

"어? 어떻게 알았어?"

"매형이 오늘 아침……. 아, 방금 들었어. 누나 방에서 통화하는 거. 얼, 얼른 나와! 택시 잡아 두고 있을게. 이 시간에 혼자 가는 거 위험하잖아."

괜히 혼자 당황해서는 허겁지겁 뛰어나가는 재현을 보고 의아해하던 재인도 서둘러 밖으로 나섰다. 차가운 바람이 부는 한산한 밤이었다. 나간 지 얼마나 됐다고 벌써 택시를 잡고 기다리고 있는 재현이 그녀를 향해 손짓했다.

"빨리 와, 누나."

재인이 고개를 갸웃하며 재현과 함께 택시에 올라탔다. 이제 슬슬 차의 수가 줄어들고 있는 도로를 달리는 택시 안에서 재현이는 누군가와 끊임없이 문자를 주고받고 있었다.

"너 여자 친구 생겼어?"

재인이 호기로운 눈빛으로 슬쩍 보려고 하자 재현이 얼른 몸을 틀어 버려 핸드폰을 방어했다.

"몰라도 돼! 볼 생각 하지 마!"

재인은 별로 볼 생각도 없는 자신에게서 필사적으로 핸드폰을 사수하고 있는 재현을 어이없어하다가 시선을 창밖으로 던졌다. 까만 물감을 칠한 캔버스에 금가루를 뿌려 놓은 것처럼 반짝이는 세상이 찬연했다. 그렇게 한참을 달려 레스토랑 앞에 도착했다.

"여기서 좀만 기다려. 핸드폰 얼른 가지고 올게."

성의 없게 고개를 끄덕이는 재현을 뒤로하고 얼른 핸드폰만 받아 가지고 나올 생각에 close 푯말이 달려 있는 레스토랑 문을 힘차게 열었다.

"저, 아무도 없나요?"

레스토랑 안은 무서울 정도로 적막했고 어두웠다. 자신의 숨소리와 걸음걸이 소리가 으스스하게 들려왔다. 별안간 공포 영화의 귀신들 얼굴이 떠오르면서 재인의 온몸에 소름이 돋았다.

"재현이를 데리고 올 걸 그랬나?"

재인은 마른침을 꼴깍 삼키며 자신의 배를 부여잡았다.

"괜찮아. 행운이가 있어서 엄마는 괜찮아. 저…… 아무도 없나요!"

또 한 번 재인이 소리쳤지만 돌아오는 대답은 없었다.

"설마, 가신 건 아니겠지?"

혼잣말을 내뱉는 순간 불이 다 꺼져 있어 한 발자국도 움직일 수 없을 정도로 컴컴한 복도 끝에 위치한 홀에서 탁 하고 작은 빛이 생겼다.

"저기 계신가 보다."

재인이 긴장하느라 잔뜩 찌푸리고 있던 얼굴을 펴며 불이 켜져 있는 곳으로 다급하게 향했다. 그리고 그 안으로 들어가려는 순간, 재인의 걸음이 멈춰졌다.

문 앞을 화려하게 장식한 장미들, 테이블 주위에 켜 놓은 찬란한 촛불들, 천장을 가득 채우고 있는 알록달록한 풍선들, 은은하게 홀을 감싸는 클래식 음악이 불 밝힌 공간을 가득 채우고 있었다.

　어느새 재인을 사로잡고 있던 공포가 완전하게 사라졌다고 느꼈을 때, 사이드에 있는 불이 켜지더니, 쇼를 위해서 마련해 놓은 바 안에 들어가 있는 여준이 보였다. 다부진 몸에 잘 어울리는 세미정장을 입은 그는 입가에 미소를 걸치고 서 있었다.

　"이걸 다 언제 준비하신 거예요?"

　"오늘. 더 예쁘게 해 주고 싶었는데."

　"충분히 예뻐요."

　재인에게 천천히 다가온 여준이 손을 조심스럽게 내밀었다. 어떤 말도 오고 가지 않았지만 주위의 온화한 온기를 느끼며 재인이 여준의 손바닥 위에 작은 제 손을 올렸다.

　여준은 천천히 재인을 리드해 테이블 앞에 앉힌 후, 다시 오픈 주방으로 향했다. 그리고 능숙하게 프라이팬에 오일을 붓고 요리를 시작했다.

　아찔하게 시선을 압도할 정도의 거친 불길도 마다하지 않고 완성한 요리를 여준이 접시에 예쁘게 담아 냈다.

　재인은 한순간도 여준에게서 시선을 떼지 않았다. 구운 관자와 버섯을 담고 그 주위를 바질 소스로 마무리한 요리를 재인에 앞에 놓아 주었다. 보기에도 먹음직스러웠고 냄새 또

한 향긋했다.

"내가 제일 잘하는 게 요리고 제일 좋아하는 것도 요리야."

잔잔하게 홀에 스며든 클래식에 잘 어울리는 목소리였다.

"그런데 이제 바뀌었어."

자신이 한 요리에서 시선을 뗀 여준은 자신의 두 눈에 재인을 가득 담았다. 조금의 빈 공간도 없이 그렇게 꽉 담아 냈다.

"제일 잘하고 제일 좋아하는 게, 요리가 아니라고 다른 걸로."

여준이 조금씩 재인에게로 가까이 다가갔다.

"너랑 같이 밥을 먹고 같이 얘기를 하고 같이 마주 보고 앉아 있는 게 더 좋고, 너의 얘기를 들어 주고 너를 바라보고 너를 아껴 주는 걸 더 잘하게 됐어. 그래서 고마워. 내가 좋아하고 내가 잘할 수 있는 게 요리 말고 또 있다는 것을 알려 준 너한테."

재인은 남자들이 프러포즈를 할 때 우는 여자들을 이해할 수 없었다. 느끼한 멘트와 오글거리는 행동들은 레퍼토리가 하나같이 비슷했다. 자신이 저런 프러포즈를 받는다고 해도 별로 와 닿지 않을 거라고 생각했고, 자신은 울지 않을 거라고 단언했다.

하지만 막상 진심이 느껴지는 내 남자의 목소리와 오로지 자신에게만 향해 있는 아련한 눈빛을 보고 있으니, 자신도 모르게 울컥해져 버렸다.

"내 핸드폰 가지러 온 거지?"

240

뜬금없는 여준의 물음에 재인은 눈에 눈물이 한가득 고인 채로 고개를 끄덕였다.

"그럼 내 핸드폰 가지러 온 김에, 내 반지도 가지고 가 줘."

여준이 재킷에서 반지 케이스를 꺼냈다. 멍한 얼굴로 자신을 보고 있는 재인에게 한 번 웃어 준 후 케이스에서 반지를 꺼내 재인의 손가락에 쓱 끼워 주었다. 허전했던 손가락이 꽉 차는 느낌이었다.

"매일, 아침에 눈을 떴을 때 네가 내 옆에 누워 있고, 아침을 함께 먹고, 너의 배웅을 받으며 출근을 할 수 있게 해 준 거. 하루 종일 너랑 전화를 하고 문자를 하고, 집으로 돌아왔을 때 나를 반겨 주는 너와 저녁을 먹고 함께 누워 잠들 수 있도록 해 준 거. 그렇게 내 옆에 있어 주는 걸 결심해 준 거. 나랑 결혼해 주는 거. 전부 다 고마워."

"저도…… 저도 고마워요."

제 손가락에서 반짝거리는 반지를 어루만지던 재인이 결국 눈물을 터트리고 말았다. 작고 여린 어깨를 들썩이면서, 반지를 매만지며 우는 재인을 여준이 꼭 끌어안아 주었다. 그렇게 고요하고 아늑한 밤이 서서히 지나가고 있었다.

프러포즈를 받고 집으로 돌아 온 재인이 대충 씻고 침대에 드러누웠다. 말똥말똥했다. 다시 자리에서 벌떡 일어나 불을 켜고 네 번째 손가락에 있는 반지를 어루만지며 혼자 히죽거렸다.

왕관 모양 반지에 박혀 있는 조그마한 다이아몬드가 형광등 밑에서 빛났다. 그 빛이 마치 자신을 바라보던 여준의 눈빛을 연상케 했다.

"보고 싶어."

문득, 그가 보고 싶어졌다. 새벽 12시가 조금 지난 시간. 이제 막 자신의 집에 도착했을 그에게 참지 못하고 문자를 넣었다.

[집에 잘 도착했어요?]

그의 답장은 오래지 않아 도착했다.

[응. 잘 도착했어. 아직 안 자고 뭐 해?]

[그냥, 잠이 안 오네요.]

[왜, 잠이 안 올까? 내가 보고 싶어서 안 오나?]

화면을 채우는 그의 문자에 재인이 소리 내어 웃었다. 하루에도 몇 번씩, 아니 몇 십 번씩 그로 인해서 피어나는 웃음이었다.

[네. 아마 그런 거 같아요.]

그에게서 답장이 없었다. 배터리가 다 닳았나? 아직도 운전 중인가? 아니면 너무 닭살스러워서 뭐라고 답장을 보내야 할지 고민 중인가? 혹시 무슨 일이 있는 건 아니겠지?

확정 짓기 어려운 추측들이 어지러이 재인의 머리를 헤집고 돌아다니기를 몇 분, 갑자기 핸드폰이 울렸다. 문자가 아니라 전화였다.

"행운 아빠!"

재인이 얼른 전화를 받았다.

– 잠깐, 창문 열어 봐 봐.

설마 하는 기대감에 창문을 열어 보니 여준이 손을 흔들고 있었다.

"뭐예요."

괜히 좋으면서도 걱정스러움에 살짝 타박하다 재인이 활짝 웃는다.

"보고 싶어서 왔지. 너 재우기도 하려고."

"갑자기 문자 없어서 놀랐잖아요."

"미안, 집에 도착하기 전에 문자를 봐서. 운전에 집중하고 오느라 답장은 못 했어."

재인이 창문틀에 얼굴을 살포시 기대고서는 여준을 두 눈에 가득 담았다. 하루라도 빨리 그와 함께하고 싶다. 이렇게 밤늦게 굳이 왔다 갔다 하는 번거로움 없이, 미안해하는 마음도 없이 그를 보고 싶을 때 보고 그에게 안기고 싶을 때 안기고 싶다.

"재인아."

한참 그런 생각에 빠져 있던 재인의 귓가로 여준의 목소리가 울렸다.

"네?"

"내가 보고 싶고, 나를 보고 싶어 하는 네가. 나는 정말 많이 좋다. 나는, 네가 정말 많이 좋아."

"저도요. 저도, 정말 많이 좋아해요."

정말 좋다. 보고 싶다고 할 때 달려와 주는 남자가. 좋다고 대놓고 말해 주는 남자가. 내 앞에서 저렇게 행복해하는 남자가, 나는 참 좋다.

"진짜?"

그가 반쯤 감겨 있던 눈을 동그랗게 뜨며 물었다.

"진짜."

"보고 싶으면 언제든지 말해. 언제든지 달려올 테니까."

"진짜죠? 내가 달나라에 있다고 해도. 달려와 줄 거예요? 음, 이건 좀 유치한가?"

"당연히 가지. 하지만 널 혼자 달나라로 보내지는 않을 거야."

오늘, 참 좋은 꿈을 꿀 것만 같은 기분이 들었다.

다음 날 아침 전화로 여준이 재인과 함께 꼭 가야 할 곳이 있다는 말을 건네어, 재인은 오전 내내 설레는 마음으로 시간을 보냈다.

여준은 점심시간 이후에 그녀의 집으로 찾아왔다. 그의 차에 올라타는 순간, 뒷좌석에 놓인 하얀 국화꽃이 눈에 띄었다. 재인이 의아해하며 바라보자, 여준이 아주 연하게 미소를 지었다.

"우리 아버지한테. 너랑 행운이 보여 주고 싶어서."

"아……."

재인이가 부드럽게 고개를 끄덕였다. 전에 여준의 아버님이 이미 돌아가셨다는 것을 동봉과 숙자가 하는 대화를 통해서 얼핏 들었던 기억이 났다.

재인의 마음이 한층 가라앉았다. 그리고 동시에 얼른 자신이 입고 나온 옷을 체크했다. 화려하지 않은 갈색 원피스였다. 이 정도면 괜찮겠다 싶어 살며시 안도했다.

"어제 잘 잤어요?"

"응. 잘 잤어. 너는?"

"저도 잘 잤어요. 점심은 드셨죠?"

"응. 먹고 왔어. 넌?"

"저도 먹었어요."

재인의 기분 탓인지는 모르겠지만, 오늘따라 여준이 유독 말이 없었다. 표정을 보았을 때, 딱히 감정이 언짢거나 우울하기보다는 그는 조금 쉬고 싶어 하는 것 같았다. 재인은 그런 그에게 맞춰 주고 싶었다.

한참을 달려 경기도 양평에 위치한 납골당에 도착했다. 자갈이 깔려 있는 주차장에 차를 멈추고 여준과 재인이 나란히 안으로 들어갔다.

깔끔한 납골당엔 무거운 침묵이 내려앉아 있었다. 여준의 품 안엔 새하얀 국화 다발이 안겨져 있었다. 자연스럽게 3층으로 올라가 오른쪽으로 꺾어 직진을 하던 여준의 걸음이 멈추었다.

"여기 계셔."

중앙에 위치하고 있는 유골함에는 고인을 뜻하는 '故' 자와 함께 한자 세 개가 적혀 있었다. 옆에서 여준이 작은 목소리로 '강정우'라고 쓰여 있는 거라고 알려 주면서 희미하게 미소 지어 주었다.

그 뒤엔 환하게 웃고 있는 남자의 사진이 놓여 있었다. 어딘가 모르게 여준과 닮은 얼굴이었다. 그 옆의 사진에는 여준의 집에서도 본 적 있는 어린 시절의 여준이 있었다. 아빠와 야구복을 입고 이가 빠진 입을 크게 벌려 웃으며 V를 그리고 있었다.

여준이 준비해 온 국화꽃을 안에 넣어 주고서는 옆에 서 있는 재인의 어깨에 살포시 손을 얹었다.

"아버지. 아버지 며느리예요."

"안녕하세요, 아버님."

재인은 공손하게 허리를 굽혀 인사를 했다.

"어때? 아버지. 내 신부 예쁘지?"

재인은 느낄 수 있었다. 자신의 어깨를 잡은 여준의 손이 조금씩 떨려 오고 있다는 것을. 여준의 목소리가 조금씩 잠기고 있다는 것을 느끼고 있으나, 애써 모르는 척하며 너무 작게만 느껴지는 서랍 안에 들어 있는 사진만을 가득 눈에 담았다.

"아버지가 나 어렸을 때 그러셨잖아요. 남자는, 남편은, 아빠는, 늘 한 발자국 뒤로 물러서서 자신의 여자를, 아내를, 자식을, 지켜 주고 양보해야 한다고. 9살이었던 내 볼을 꼬집으면서 그래도 넌 아직 그럴 날은 멀었어, 하고 말씀 하셨잖아요. 저 벌써 이렇게 컸어요, 아버지."

여준이 재킷에서 행운의 태아 사진을 꺼냈다.

"보이세요? 아버지 손주예요. 여기가 머리구요. 이쪽이 이마 구요. 그리고 이쪽이 눈, 코 입술……. 귀엽죠? 너무 귀엽……."

여준의 목이 멨다. 그는 더 이상 말을 잇지 못하고 뒤에서 숨을 죽이고 눈물을 가까스로 참아 냈다. 아버지를 그리워하는 그의 서글픔이 재인에게까지 고스란히 느껴져 코끝이 시큰해져 왔다.

재인이 뒤를 돌아서 한 손에는 태아 사진을 들고 한 손으로는 자신의 얼굴을 가린 채 흐느끼는 여준을 꽉 끌어안아 주었다. 재인의 어깨가 그의 눈물로 젖어 가고 있었다.

"소개시켜 주러 온 자리인데, 애같이 울기만 했네. 미안해."

아버지가 계신 납골당에서 나와 차에 올라탄 여준은 붉게 충혈된 눈으로 재인의 안전벨트를 채워 주며 말했다.

"행운 아빠."

그때, 재인의 벨트를 매 주고 거두어지던 여준의 손을 그녀 가 잡았다.

"전혀 미안해할 일 아니니까, 미안해하지 말아요. 우린 이제 부부가 될 사이인데 겨우 그런 걸로 미안하다고 하면 꼭 아무 것도 아닌 사이 같잖아요. 나, 그런 거 싫어요. 힘들면 울어도 되고, 나한테 기대도 돼요."

여준의 시선이 바닥으로 떨어졌다. 재인은 잡고 있던 손을 놓고 여준의 뺨을 살포시 감싸 다시 자신과 눈을 마주하도록 그의 고개를 들었다.

"나도 행운 아빠한테 그런 사람이 되고 싶다구요. 즐겁게 만들고 행복하게 만들어 주는 사람도 좋고, 살고 싶은 이유인 사람이라는 것도 좋지만, 때로는 울고 싶고 기대고 싶을 때 기대도 되는 사람이고도 싶어요, 나는. 당신이 내게 그런 사람이니까."

여준의 눈시울이 또다시 붉어지기 시작했다. 눈물을 참으려고 웃으면 웃을수록, 그의 눈에는 더 많은 눈물이 맺히고 있었다. 재인이 부드럽게 여준의 눈물을 손으로 닦아 주었다.

"제가 아까 아버님한테 약속하고 왔거든요. 꼭 행복하게 잘 살겠다고. 우리, 행복하게 잘 살아요."

여준이 고개를 나지막이 끄덕였다.

❖　　　❖　　　❖

요즘 꾸준히 하려고 무던히도 노력하고 있는 운동을 하고 집으로 돌아온 재인은 저녁을 먹고 난 뒤 책을 읽으면서 방에서 쉬고 있었다. 그때, 방문이 살짝 열리면서 동봉이 들어왔다.

"딸."

"네, 아빠."

뾰루퉁한 동봉의 표정을 보니 무언가를 말하고 싶어 하는 것이 분명했다.

"아빠. 무슨 일 있어요?"

"아니. 딴 일은 아니고."

동봉이 또다시 망설였다.

"말씀해 보세요. 무슨 일이신데요?"

"아니, 그 우리 사위 말이다."

"행운 아빠요? 왜요?"

"아니. 장모하고 밥 먹고 쇼핑하고, 너하고도 매일 데이트하고 프러포즈 하고, 하다못해 재현이한테 주말에 놀러 오라고 했던 약속도 지켰으면서……."

동봉이 잠시 입을 꾹 다물며 망설였다. 재인이 눈썹을 살짝 추켜세우며 다음 말을 은근히 재촉했다.

"나하고 같이 가기로 한 낚시는 왜 소식이 없는지……. 많이 바쁜가, 우리 사위?"

섭섭함이 역력한 동봉의 투덜거림을 보고 있자니, 재인은 모른 척할 수가 없었다. 그래서 핸드폰으로 여준의 번호를 꾹 눌러 신호가 가는 것을 확인하고 동봉에게 건넸다.

"혹시……."

"네. 맞아요. 아빠가 같이 낚시 가고 싶어 하는 사위예요."

재인의 말이 떨어지자마자 신호가 달칵, 소리를 내며 끊겼다.

– 안 그래도 내가 전화하려고 했는데, 나 보고 싶어서 전화한 거야?

동봉이 핸드폰을 들고 있을 거라고는 생각도 못 한 여준이 들뜬 목소리로 말하는 것이 민망해서 동봉은 큼큼, 헛기침을 했다. 핸드폰 건너편은 잠잠해졌다. 당황하고 민망해하고 있을 것이 분명했다.

― 아버님……?

조심스럽게 묻는 여준의 조바심 가득한 음성에 통화 볼륨이 높아 그의 목소리까지 듣고 있던 재인이 풉, 하고 웃음을 터트리고 말았다.

"맞아. 날세. 자네 장인어른."

― 네, 아버님! 식사하셨어요?

당황한 기색이 역력한 음색이었다.

"식사는 했네. 음, 근데 지금 자네 어딘가?"

― 아, 저 지금 집입니다.

"혹시 바쁜가?"

동봉이 재인의 눈치를 슬쩍 보며 물었다.

― 아니요. 하나도 안 바쁩니다.

"자네 그, 예전에 나랑 했던 약속 기억하나?"

― 어떤…….

재인은 지금 핸드폰을 들고 있을 여준의 표정을 상상했다. 뒤죽박죽 머릿속에서 뒤섞인 동봉과 함께한 대화들을 떠올리며 그중에 약속을 한 것이 뭐가 있었는지를 찾으려고 무던히도 애쓰고 있을 것이다.

"나랑 같이 낚시하러 가기로 한 거! 잊었나?"

– 아! 아닙니다. 제가 그 기대하고 있던 일을 어떻게 잊었겠어요, 아버님. 저 지금 바로 출발할까요?

눈치 하나만큼은 기똥차게 타고난 게 분명했다. 바로 오겠다는 여준의 말이 흡족했는지, 동봉이 싱글벙글해진 표정으로 핸드폰을 재인에게 건네고 낚싯대를 준비하겠다며 후다닥 재인의 방을 빠져나갔다.

"아휴! 집에서 쉬고 있는 사위를 기어코 불러내야 마음이 편하세요?"

동봉의 대답은 없었다. 재인은 동봉이 우물쭈물한 표정으로 서 있을 것을 상상하니, 풉 하고 웃음이 새어 나왔다.

"사위 술 많이 마시게 하지 말고! 당신도 술 많이 드시지 마시고요!"

밖에서는 엄마의 잔소리가 봇물처럼 터져 나왔다.

"저예요. 할 일 많으신데 저희 아빠 때문에 방해된 거 아니에요?"

– 아니야. 마침 심심했는데 잘됐어. 아버님 많이 섭섭해하셨어?

"네. 진짜진짜 많이 섭섭해하시더라구요."

– 정말?

"저녁 드시고 나서부터 계속 제 방 앞에 서성거리시더니, 엄마 밥 사 준 거, 재현이 가게에 데려가서 논 거, 저랑 데이트하는 거까지 질투하셨어요."

재인이 웃음기가 다분한 눈으로 거실에서 준비에 한창인 아빠를 사랑스럽게 바라보았다.

　– 그래? 장인어른께서? 기분 좋은데?

　"기분이 좋아요?"

　– 응. 장인어른 사랑 듬뿍 받는 거 같아서 기분 좋아.

　"아무리 기분 좋아도 술 절대로 많이 마시면 안 돼요. 알죠?"

　재인은 어느새, 숙자가 동봉에게 하는 것처럼 자신이 여준에게 똑같은 잔소리를 하고 있다는 것을 깨닫고 헛웃음이 터져 나왔다.

　전화를 끊고 얼마 지나지 않아 여준이가 집을 찾아왔다. 엄청난 속도로 준비를 마치고 달려온 듯했다.

　"왔어요?"

　"응."

　대답과 함께 여준이 부엌을 힐끔 살피더니 재인의 손등에 촉 하고 뽀뽀를 했다.

　"보고 싶었어."

　수줍게 웃는 재인의 볼을 살며시 쓰다듬은 여준이가 이번엔 허리를 굽혀 재인의 배에 살포시 입을 맞추었다.

　"너도 보고 싶었어, 행운아."

　여준의 말이 끝나자마자 하늘을 날아가기라도 할 것처럼 가뿐한 걸음으로 동봉이 뛰어나왔다.

　"어! 왔나! 내 사위!"

　"안녕하세요, 아버님! 어머니, 안녕하세요."

"잠잘 시간에⋯⋯. 철없는 장인어른 만나서 고생이 많아."

"아닙니다. 저도 낚시하러 가고 싶어서 마침 전화 드리려고 했습니다."

숙자의 말에 여준이 정중하게 손사래를 치며 대답했다.

"운전 조심히 하고! 내가 또 말하지만 술 많이 드시지 말아요!"

"예, 예. 알겠습니다, 마누라님."

"가 보겠습니다, 어머니."

"자네도 주는 술 다 받아 마시지 말고."

"네, 알겠습니다. 갈게."

숙자의 신신당부와 함께 여준과 동봉이 집에서 나와 차에 올라탔다. 숙자와 함께 두 사람의 배웅을 해 주고 들어온 재인은 서둘러 방으로 들어와 여준에게 보낼 문자를 찍었다.

[조심히 운전하세요. 도착하면 잘 도착했다고 연락 주세요. ^^]

전송 버튼을 누르려던 재인의 손이 잠시 허공에 맴돌았다.

허전해 보이는 공간 끝에 하트 하나를 넣어 전송 버튼을 눌러 놓고는 얼굴을 살짝 붉혔다.

답장은 오지 않았다. 운전 중인 데다가 아빠와 열심히 대화 중이겠지. 문자를 보내고 난 후, 잠자리에 누워 한참을 뒤척였다.

적요하게 깊어지는 밤에는 겨울이라 풀벌레 소리 하나도 들리지 않고 있었다. 몇 시간이 그렇게 무의미하게 흘러가다가 견딜 수 없어 침대에서 벌떡 일어난 순간, 미동도 없던 핸드폰이 울렸다. 액정을 보니 여준이었고 뜬금없는 영상 통화였다.

– 이거 봐!

받자마자 큰 화면에 비치는 것은 여준이의 환한 웃음과 옆에서 펄떡거리는 물고기.

"그거 뭐예요? 잡은 거예요?"

– 와서 10분 만에 잡았어.

"와! 진짜 크다!"

– 나 진짜 너무 감격했어. 행운이도 보여 줘. 행운아, 아빠 고기 잡았다.

화면 가득 좋아하는 여준의 얼굴을 보고 나니, 이제야 조금씩 그를 걱정하고 기다리느라 오지 않았던 잠이 쏟아지는 것 같았다.

– 고기 여러 마리 잡아서 가족들이랑 다 같이 먹기로 했어. 내일 아침 일찍 갈 거야.

빨리 내일 아침이 왔으면 좋겠다. 보고 싶은 그를 볼 수 있게.

"결혼 축하해!"

"남편 그렇게 잘생겼다면서? 혜은이한테 다 들었어."

"청첩장 줄 거지? 까먹지 말고 꼭 줘야 돼. 나 네 결혼식 꼭 갈 거야."

　오랜만에 약속을 잡아 만나게 된 친구들과 함께 온 카페 안에선 재인의 결혼 소식에 떠들썩했다.

　재인은 수줍으면서도 친구들의 부러움 가득한 말들에 은근히 어깨가 으쓱했다.

　처음엔 부끄러웠고 수치스러웠고 창피한 일이었지만 한 남자의 책임과 사랑으로 인하여 모든 것이 바뀌었다. 누군가가 부러워하는 여자가 되었고 사람들의 축복을 받는 엄마가 되었다.

　"이거야? 남편이 프러포즈 하면서 줬다는 반지?"

　"응. 예쁘지?"

　재인이 슬쩍 손을 내밀었다. 카페 조명 아래에서 그녀의 반지는 그 어느 반지보다 아름답게 빛이 났다.

　"너무 예쁘다, 진짜. 너 그거 알아? 너무 부러워!"

　"그러니까. 나도 빨리 결혼하고 싶다! 프러포즈 어떻게 해 줬어?"

　친구들의 질문에 재인은 또 그날을 떠올렸다. 그러자 여전히 가슴이 설레었고 얼굴엔 미소가 머금어졌다.

　"행운 아빠가 일하는 레스토랑에 핸드폰을 두고 갔다고 하기에 그거 가지러 갔었는데, 레스토랑에 불이 다 꺼져 있더라고."

　친구들은 기대감이 가득 찬 얼굴로 재인의 말을 경청했다.

　"그래서 이게 어떻게 된 일이지, 하고 어리둥절하고 있는데,

레스토랑 끝에서 불이 켜지는 거야."

"와! 레스토랑을 통째로 빌린 거야!?"

"사장님하고 친해서 빌려 주셨나 봐."

"대박. 완전 낭만! 진짜 부럽다!"

"그래서 들어갔더니, 직접 요리도 해 주고……."

"요리도 직접 했어? 요리 잘하는 남자 진짜 좋아하는데!"

친구들이 서로의 손을 맞잡으며 호들갑을 떨었다.

"반지를 주면서 앞으로 같이 살아 줄 나한테 고맙다고 그랬어."

"하, 진짜 부럽다. 난 언제 그런 프러포즈 받아 보나?"

"재인이 보니까 나도 빨리 결혼하고 싶다. 근데 애가 몇 주라고 그랬지?"

"16주 정도 됐어."

"봐 봐. 배가 조금 부른 거 같기도 하고."

"어디어디! 나도 만져 볼래!"

민진이 옷 속에 감추어진 재인의 배를 어루만지며 신기한 듯 말하자, 친구들이 너 나 할 거 없이 재인의 배를 쓰다듬었다.

"아직 아들인지, 딸인지는 모르지?"

"어. 아직은 구별이 안 된대. 다음 주에 검사받으러 가면 다시 보려고."

"아, 신기해, 진짜."

재인이가 싱긋 웃었다.

"근데, 혜은이는 왜 이렇게 안 오지? 아까 3분 전에 바로 요 앞이라고 그랬는데."

민진의 말이 끝나기가 무섭게 문을 열고 굳은 표정으로 씩 씩거리며 혜은이 들어왔다. 혜은은 주위를 두리번거리다가 마주친 재인에게로 다가와 앉았다. 그때까지도 어깨를 들썩거리며 화를 표출하고 있었다.

"하. 진짜!"

"왜 그래? 무슨 일 있었어?"

조심스럽게 묻는 재인에게 대답할 여유도 없이 앞에 놓인 음료수를 누구 거냐고 물어보지도 않고 집어 들어 벌컥벌컥 마신 혜은이 입가에 묻은 걸 손등으로 거칠게 닦아 냈다.

"아니, 오고 있는데! 바로 이 앞에서 임원용 딱 만났잖아!"

친구들이 약속이라도 한 것처럼 하나같이 동작을 멈추고 슬쩍 재인의 눈치를 살폈다. 난감해하고 어쩔 줄 몰라 하며 혜은의 옆에 앉은 민진에게 눈짓을 하느라 바빴다.

임원용. 떠올리기도 싫은 그 이름은, 재인이 제일 처음으로 사귀었던 남자친구의 것이었다.

눈동자에 미동도 없이 잠시 혼이 빠져 있는 재인을 미처 보지 못한 혜은의 흥분이 가라앉을 기미를 보이지 않았다.

"나한테 느닷없이 너 뭐 하고 지내냐고, 잘 지내냐고 물어보는 거 있지? 며칠 전에 전화를 했는데 안 받았다나 어쩐다나. 그래서 내가 재인이 이제 곧 결혼할 거니까 연락도 하지 말고 행여나 길 가다가 만나더라도 알은척도 하지 말라고 했어! 어이가 없어서. 지가 그렇게 좋다고 너 일 년 내내 쫓아다녀서 사귈 때는 언제고, 네가 나중에 지 완전히 좋아하게 되니까 마치 너 하녀처럼 부려 먹고! 바람피워서 헤어진 주제에 지금에 와서 왜, 느닷없이 너한테 관심을 보이냐고! 양아치 새끼."

민진이 팔꿈치로 혜은의 옆구리를 거세게 툭 쳤다. 그제야 혼란스러워하는 재인을 보게 된 혜은이 주책없는 제 입을 틀어막았다.

"아. 내가 미쳤나 봐. 어떡해. 미안해, 재인아."

금방이라도 울 것 같은 얼굴을 하고서 상황을 모면하려는 혜은에게 재인은 억지로 웃어 보였다.

"괜찮아. 뭐, 다 지나간 일인데."

"그렇지? 다 지나간 일인데, 절대 신경 쓰지 마. 임원용, 그 자식."

전 남자친구와 헤어지고 나서 재인이 얼마나 많이 힘들어했는지 혜은은 지독히도 잘 알고 있었다. 그래서 지금 여준을 만나고 행복을 되찾은 것이 얼마나 다행인지 몰랐다.

"진짜 지나가다 똥 밟았다고 생각해야 돼. 알았지? 행여나 길거리 지나가다가도 만나서 너 알은척하면 절대 대꾸하지 말고. 알았지?"

혜은이 재인의 손을 꽉 부여잡으며 우격다짐에 가까운 신신당부를 했다.

"응. 알았어. 걱정하지 마."

애들 앞에서 덤덤하게 대답을 했지만 자꾸만 초조함에 떨리는 가슴은 감출 수가 없었다. 끝난 일이고 더 이상 아무 관련 없는 사람이지만 재인은 원용이 어떤 인간인지 지독히도 잘 알고 있다.

어디로 튈지 모를 비열한 원용의 행동으로 여준과 가까스로 찾은 행복이 깨질까, 재인은 두렵고 또 무서웠다.

12.

대학 입학을 해서 가게 된 OT. 그곳에서 만난 원용은 첫 만남에서부터 줄기차게 재인을 쫓아다녔다. 강당에서 모여 앉을 때도 재인의 옆에 앉고, 밥을 먹을 때도 재인의 옆에 척 달라붙어 있고, 집으로 가는 버스 안에서도 재인의 옆자리는 원용의 차지였다.

OT가 끝나고 첫 개강을 하는 날에도 원용은 재인의 옆자리를 예약이라도 한 듯 앉곤 했었다.

'넌 처음 보자마자 반했어. 긴 생머리에 하얀 피부, 딱 내 스타일이야. 정말.'

하지만 노란 머리에, 시도 때도 없이 담배를 피우고 까불거리는 원용이 재인은 마음에 들지 않고 부담스럽기만 했다.

술을 마시고 전화를 하는 것도 마음에 들지 않았다. 몇 개월은 그렇게 자신이 좋다는 원용을 피해 다니고 도망 다녔다. 하지만, 정말 10번 찍어 안 넘어가는 나무 없다는 말이 있듯, 1년 동안 변함없이 자신을 쫓아다니고 좋아해 준 원용에게 어느 순간부터 마음의 문이 열린 재인이었다.

첫 남자, 첫 키스, 남자와의 첫 바다, 첫 커플링, 첫 관계를 모두 그와 했었다. 그만큼 재인은 그에 대한 자신의 마음을 믿었고 둘의 관계를 믿었다.

그러던 어느 날부터였을까, 그에게서 전화가 조금씩 잦아들더니 상대적으로 문자를 더 많이 보내는 쪽은 재인이 되었다. 어떤 날은 배가 너무 고프니 집에 와서 밥 좀 차리고 가라는 말도 스스럼없이 내뱉었다. 그뿐만이 아니었다. 재인과 데이트를 하기로 한 날엔 전날 밤새 술을 먹고 약속을 펑크 내기 일쑤였고 클럽과 나이트를 다니는 수도 점점 늘어났다.

'클럽이나 나이트 좀 그만 다녀. 술도 좀 그만 먹고.'

서운함이 쌓여 어렵게 말했지만 그는 도리어 뻔뻔하게 재인을 비웃었다.

'싫어. 난 다닐 건데? 내가 다니는 게 짜증나면 너도 다녀.'

단순한 권태기라고 생각했지만, 그의 자취방에 찾아갔을 때 안에서 함께 밤을 새고 나온 듯한 여자를 보고 재인은 충격과 상처를 받았다. 그리고 언제부턴가 그 여자가 당연한 듯 원용의 옆에 붙어 다니기 시작했다.

그렇게 헤어졌다. 매일 그와 함께 걸었던 거리와 공간을 혼자 거닐게 되었다. 하지만 그에게 주었던 몸과 마음이 추억이란 그림자에서 떨어져 나가질 않았다.

미련하고 한심스럽다고 생각도 들었지만 힘들어도 재인은 그리워하는 것을 그만두지 못했다. 남들이 잘 헤어졌다고 위로를 해 줘도 전혀 와 닿지 않고 소용없는 일이었다.

그리움에 다시 돌아와 달라고 매달리고 또 매달렸던 재인을 버렸을 때는 전화는커녕, 문자도 없었다. 자존심까지 다 버리고 매달렸던 것이었음에도.

보다 못한 혜은이 나섰다. 그러나 재인을 한 번만 만나 달라는 그녀의 간절한 부탁마저도 짓밟아 버리더니, 이제 와서 느닷없이 자신은 왜 궁금해할까. 또 며칠 전에 전화를 한 이유는 뭘까.

재인은 전 남자친구가 갑자기 나타난 이유를 헤아려 보려 했지만 답은 나오지 않았고 머리만 아파 왔다.

"생각하지 말자."

재인이 핸드폰 앨범을 열었다. 머릿속에 맴도는 전 남자친구의 얼굴을 지우기 위해서 핸드폰에 담아 두었던 여준의 어린 시절 사진을 빤히 쳐다보았다. 그러자 어느새 머릿속에는 전 남자친구가 아닌 여준의 얼굴로 가득 채워져 있었다.

재인은 친구들과 헤어져 요가 학원으로 오는 내내 마음을 뒤덮었던 심란함을 떨쳐 내기 위해 요가 수업에 온 심혈을 기울였다.

"호흡을 가다듬고, 내쉬고."

차분한 강사의 말을 따라서 숨을 들이마시고 뱉어 내기를 반복했다. 마음이 한결 편안해지고 있다는 것을 느꼈다.

"그럼, 다음 동작으로 넘어가겠습니다. 어머? 예비 어머니들 중에 남편분이 오신 거 같은데요?"

강의실 밖을 쳐다보며 말하는 강사의 시선을 따라 운동을 하고 있던 모두의 이목이 뒤로 향했다. 갑작스런 사람들의 관심이 쏟아져서 민망했는지, 난감한 표정을 짓고 있는 그 남편분은 다름 아닌 여준이었다. 재인은 휘둥그레진 눈으로 자리에서 벌떡 일어났다.

"아, 행운이 아버님이시군요. 굉장한 미남이시네요."

재인이 옅게 고개를 끄덕이고서는 재빠르게 강의실 뒷문을 열고 나갔다.

"여긴 웬일이에요?"

반가우면서도 갑작스러운 그의 방문에 당황해서 마치 왜 왔냐는 식의 말투가 튀어나와 버렸다.

"그냥. 지나가다가."

"아, 그래요? 근데 저녁은 먹었어요?"

"응. 성호 형이랑 간단하게 먹었어. 다 끝났나 싶어서 데리러 왔는데, 아직 수업 좀 남은 거지?"

"네. 좀 남았어요. 한 20분 정도?"

"수업 마저 하고 와. 나 앞에서 기다릴게."

여준이 막 재인의 옆을 스쳐 지나가려 할 때, 굳게 닫혀 있던 강의실 문이 열렸다.

"행운이 아버님."

나긋나긋한 강사의 부름에 여준이 발걸음을 멈춰 예의 바르게 인사를 건넸다.

"네. 안녕하세요."

"가시는 거예요?"

"아, 네. 아직 수업이 덜 끝났다고 해서."

"그냥 가시지 마시고 아내분이랑 같이 해 보시는 건 어때요?"

"네? 제가요?"

당혹한 표정이 역력한 자신의 얼굴을 가리키는 여준을 보며 강사가 고개를 끄덕였다.

"다른 남편분들은 간혹가다가 오셔서 아내분이랑 같이 요가 하시면서 아이와 교감도 나누시고 하시거든요. 오신 김에 하고 가세요."

강사가 힐끔 재인에게 눈짓을 보냈다. 재인도 마침 왜 왔냐는 식으로 자신이 말한 것 같아 마음에 걸렸던 터라, 강사의 제안이 마음에 쏙 들었다.

"그래요. 같이 하고 가요."

재인이 여준에게 팔짱을 끼고 강의실 안으로 끌어당기며 상냥하게 말했다. 재인의 부탁에 못 이겨 강의실 안으로 들어온 여준은 그의 등장이 반가워 환호와 함께 박수를 치는 다른 임신부들에게 꾸벅 인사를 했다. 가렵지도 않은 뒷머리를 긁적이며 들어온 여준은 재인의 옆에 자리를 잡고 앉았다.

"다음은 고양이 소 자세 변형해 보도록 하겠습니다. 엉덩이와 뒤쪽 허벅지 근육을 강하게 수축시키는 근력 강화에 적합한 자세입니다. 해 보겠습니다. 팔을 어깨 넓이만큼 벌려 주시고 무릎을 세웁니다."

강사를 따라 하는 움직임을 어설프지만 표정만큼은 비장한 여준 때문에 재인은 집중이 되질 않았다. 자세를 취하고 있는 수강생들을 쭉 살펴 주던 강사가 여준에게로 다가왔다.

"아버님은 어머니들보다 조금 무리하셔도 되니까. 다리를 더 높게 들어 주세요."

"아. 아아."

강사가 그의 다리를 하늘로 높게 올리자 반사적으로 튀어나온 앓는 소리에 강의실이 순식간에 웃음바다가 되고 말았다.

"행운 어머니. 아버님이 엄살이 좀 심하신데요?"

장난스럽게 말하는 강사의 말에 재인이 부정하지 않고 살짝 고개를 끄덕였다.

"그래도 다른 아버님들보다는 어느 정도 유연성은 있네요. 그 자세 유지하고 집중합니다."

강사가 걸음을 옮겨 가자, 여준이 꽤나 버거워하는 표정으로 재인을 바라보았다. 재인과 눈이 마주치자 여준이 허탈하게 웃었다.

"재밌죠?"

"응. 재밌다."

"쉬는 날에는 집에서 저랑 해요."

"……집에서?"

"네. 재밌다면서요."

"어……. 음. 아, 맞다. 아까 강사님이 집중하라고 했지?"

어쩔 줄 몰라 하던 여준이 얼른 고개를 앞으로 똑바로 하고서는 강사의 말에 따라 손을 쭉 뻗었다.

"귀여워."

재인은 아무도 들리지 않게 작게 속삭였다. 그래. 아무런 걱정 하지 말자. 지금 자신의 곁에는 저 사람이 있다. 저 사람이 곁에 있는 이상 어떤 일도 일어나지 않아. 괜히 쓸데없는 걱정으로 진짜 보고, 진짜 들어야 하는 것마저 놓치지 말자. 재인은 속으로 그리 중얼거렸다. 눈엔 여준을 가득 담아 놓은 채로.

수업이 끝나고 탈의실로 향했다. 옷을 갈아입던 다른 수강생들이 재인의 등장에 우르르 다가왔다.

"남편 멋있더라."

"그러게. 나이 차이가 난다고 해서 아저씨 같을 거라 생각했는데, 전혀 아니던걸?"

"맞아. 난 대학생인 줄 알았어. 피부도 좋아 가지고."

"근데 웃을 때 눈웃음 장난 아니던데. 행운이가 자기 아빠 웃는 거 닮으면 너무 귀엽겠더라."

너 나 할 것 없이 여준에 대한 평가를 늘어놓는 여자들의 말에 뿌듯함을 느끼며 옷을 갈아입고 나왔다. 학원 건물을 나서는 자신을 보며 눈이 먼저 웃는 여준을 보고 재인은 꼭 행운이의 웃는 모습이 자신의 아빠를 닮았으면, 하고 소망했다.

"가자."

항상 요가 학원을 나오자마자 눈에 띄던 분식 포장마차가 오늘도 결국 재인의 눈길을 사로잡더니 발목마저 잡아 버리고 말았다. 평소에는 잘 먹지도 않던 떡볶이였는데, 입에 군침이 돌고 눈을 뗄 수도 없을 만큼 먹고 싶은 충동이 들었다.

"저희 떡볶이 먹어요."

결국엔 그 유혹을 뿌리치지 못하고 한 걸음 앞서 가던 여준을 붙잡아 세웠다.

"떡볶이? 그럴까?"

포장마차 앞으로 다가가 떡볶이를 주문했다. 연기가 폴폴 나는 먹음직스러운 떡볶이가 나오고 여준이 이쑤시개로 떡볶이 하나를 콕 집어 재인에게 건넸다.

"잘 먹겠습니다."

떡볶이를 받은 재인이 이번엔 자신이 이쑤시개로 떡볶이를 집어 여준에게 건넸다.

"잘 먹을게."

재인과 여준이 동시에 떡볶이를 입에 쏙 집어넣었다.

"진짜 떡볶이 오랜만에 먹는다."

"저두요. 진짜 오랜만에 먹어요. 그래서 그런지 맛있는 거 같아요."

"천천히 먹어."

여준이 따뜻한 어묵 국물을 떠 주며 다정하게 말했다. 재인이 호로로 소리를 내며 국물을 마셨다.

"아, 근데 이렇게 떡볶이 먹으니까. 갑자기 생각난 건데. 저

20살 때 부산 놀러 간 적 있었거든요? 거기서 먹었던 씨앗 호떡이 진짜 맛있었어요."

"그래? 얼마나 맛있었는데?"

"음, 먹어도 먹어도 질리지 않고 또 먹고 싶을 만큼. 진짜 맛있었어요."

"그래서 3개나 먹었지?"

여준이 아무렇지 않게 물어보며 떡볶이를 한 개 집어 먹었다. 재인이 아리송한 표정으로 고개를 찬찬히 돌려 여준을 빤히 쳐다보았다.

"어떻게 알았어요? 나, 정말 씨앗 호떡 3개나 먹었었는데……."

"어. 아니, 나도 부산 놀러 갔었는데 그때 호떡이 너무 맛있어서 3개나 먹었거든."

"아, 그런 거였어요? 그렇구나. 근데 그거 양 은근히 많아서 3개 먹고 다른 맛있는 건 못 먹었어요. 아쉽게."

재인이 떡볶이 하나를 집어 입에 넣으려다가 소스를 턱에 흘려 버렸다. 여준이 휴지를 가져와 부드럽게 재인의 턱에 묻은 소스를 닦아 주었다.

"씨앗 호떡 지금도 먹고 싶어?"

"네. 갑자기 생각나서 그런지 먹고 싶네요. 거기 국밥도 진짜 맛있게 하는 데 있는데."

"그럼 갈까?"

"어디를요?"

"씨앗 호떡 먹으러."

재인의 턱에서 손을 떼어 낸 여준이 입술을 예쁘게 말아 올리며 대답했다.

"설마."

"맞아. 네가 생각하는 거기."

"부산이요?"

화들짝 놀라서 한 톤 높아진 목소리로 되묻는 재인에게 여준이 덤덤하게 고개를 끄덕였다.

"응. 가자. 지금."

"어떻게 그래요. 씨앗 호떡 하나 먹겠다고."

"그럼 이렇게 생각하는 건 어때?"

"어떻게요?"

"나랑 데이트한다고."

잠시 머뭇거리는 재인의 손을 여준이 꽉 잡았다. 보통의 커플들이 하는 것처럼 손에 깍지까지 끼운 여준이 떡볶이값을 지불하고 발걸음을 옮겼다.

"가자. 데이트하러."

"정말 지금 가자는 거예요?"

"응."

덤덤한 여준의 대답에 재인이 어이가 없다는 표정으로 고개를 내저었다.

"지금 가면 새벽쯤에나 도착할 거예요."

"어머니가 걱정하시겠지?"

"행운 아빠 피곤하기도 하시구요."

"난 상관없는데."

"제가 상관있어요. 피곤하면 안 돼요."

"그럼 못 가는 거야?"

"아니요. 누가 못 간다고 했어요? 내일이 있잖아요."

다정하게 대답하는 재인에 여준이 수긍하듯 고개를 끄덕였다.

"그래, 내일."

"네. 내일 아침 일찍 만나서 가요. 데이트하러."

"그래 좋아. 내일 아침 일찍 데리러 갈게."

여준이 내일 함께할 것을 생각하니 즐거운지 입가 가득 미소를 지었다. 그는 콧노래까지 흥얼거리며 꽉 잡은 재인의 손을 폭신하고 따뜻한 자신의 주머니에 쏙 집어넣었다.

❖　　　❖　　　❖

아직 모두가 잠에서 깨어나지 않은 고요한 새벽. 여준은 재인의 집 앞에서 몇 번이고 초인종을 누를까 말까를 망설이고 있었다.

재인과 부산을 가기로 한 오늘 때문에 기대되어 어젯밤에 잠 한숨도 못 이루고 서둘러 집을 나온 것이다. 그것은 마치 소풍을 하루 앞둔 초등학생과 비슷한 감정이었다. 근데, 서둘러도 너무 서둘렀나 보다. 시계가 5시 50분을 가리키고 있으니 말이다.

자신이 초인종을 누르는 순간부터 잠들어 있는 재인의 집 안 식구들을 다 깨우게 될 것이었다. 예의에 어긋나는 행동이기 때문에 여준은 힘겹게 돌아섰다. 차에 앉아 가지 않는 시계만 초조하게 바라보며 대충 시간을 때웠다.

지루하기 짝이 없는 시간이 흘러가고 6시 40분. 거실에 불이 켜지는 것을 발견한 여준이 얼른 차에서 내렸다. 그리고 오래도록 누르지 못하고 근처만 맴돌았던 초인종을 손으로 꾹 눌렀다. 잠에 잠긴 목소리가 들려왔다.

- 누구세요?

"저, 여준입니다."

- 어? 행운 아빠.

문을 열어 준 건 재인이었다. 부스스한 머리에 반쯤 눈을 뜨고 끔뻑이며 잠과 사투를 벌이고 있던 재인의 눈동자가 휘둥그레졌다.

"지금 시간이 몇 신데 벌써 일어났어?"

"그러는 행운 아빠는요. 지금 시간이 몇 신데 벌써 왔어요? 혹시 지금 벌써 부산 가자고 온 거예요?"

"설마, 행운 엄마도 나처럼 기대돼서 잠 못 잔 거야?"

"아마 그런 거 같아요."

두 사람은 서로 못 말린다는 표정으로 바라보다가 동시에 웃음을 터트렸다.

그들의 웃음소리에 잠에서 깬 숙자가 차려 준 아침을 간단하게 먹고 나온 두 사람은 가볍게 차에 올라탔다.

"셋이서 커플 티에 커플 운동화를 신고 놀이동산에 놀러 가는 거지."

"그러고 셋이서 사진 찍으면 진짜 예쁘겠어요."

"따뜻한 봄 날씨에!"

"주위에 알록달록한 꽃도 가득 펴 있고."

"나비도 막 날아다니고?"

"그렇죠! 그런 분위기. 그런 화사한 분위기. 와, 진짜 예쁘겠다, 우리 가족사진."

"나는 우리 가족사진을 퍼즐로 제작하고 싶어."

"와, 그런 생각은 어떻게 했어요? 너무 괜찮은데요?"

여준과 재인이 서로 주고받으며 즐겁게 재잘거렸다. 재인은 여준과 함께 이렇게 유쾌한 대화를 나눌 수 있다는 것 자체만으로 기분이 유쾌해졌다.

대화는 무르익었고 흥분을 하다 보니 더워졌다. 히터로 인해 답답한 차 안에 환기를 시키기 위해 창문을 열었다. 겨울이라 얼음장처럼 차가운 바람이 거침없이 몰아치며 피부에 까칠하게 맞닿았지만 재인은 꼼짝하지 않고 바람을 느꼈다.

"그러다가 감기 걸려."

"조금만요. 아주 조금만. 아직은 괜찮아요."

"안 돼. 바람이 차다. 창문 닫자."

"뭐? 행운아? 바람이 너무 좋다고?"

어설픈 재인의 연기에 여준이 빵 터졌다.

"행운이가 좋대?"

"네. 제가 분명히 들었어요. 행운이가 좋다고 그러는데요."

"어디, 그럼 나도 한 번 들어 볼까?"

고속도로를 달리는 중이라 전방에서 눈을 떼지는 못하는 여준이 재인의 배 쪽으로 귀를 기울이는 시늉을 해 보였다.

"뭐? 딱 1분?"

"행운이가 1분만 바람 쐬겠대요?"

"응. 딱 1분. 안 그러면 감기 걸릴 거 같대. 자기나, 엄마나."

"그렇게 나약했어, 행운이?"

배를 약하게 콕콕 찌르며 재인이 엄한 소리를 냈다.

"딱 1분만이야."

여준이가 못 말린다는 표정으로 재인 쪽으로 살짝 기울였던 고개를 바로 했다.

재인은 고개를 위험하지 않을 정도만 창쪽으로 살짝 내밀고 눈을 감았다. 바람에 따라 머릿결이 휘날렸고 숨통이 확 트였다.

지금 이 순간 이 모든 것을 그와 함께 누리고 있다는 것에 재인은 감사하고 또 감사했다. 차 안에서 여준과 나눈 대화는 즐거웠고 더 이상 둘 사이에 어색한 침묵 따위는 찾아오지 않았다.

그래서일까. 멀게만 느껴졌던 부산 국제시장에 금세 도착했다. 사람들로 북적거리는 시장에 재인과 여준은 서로의 온기가 온전히 느껴지는 손을 꽉 맞잡고 걸었다.

　사람들이 웃고 떠드는 소리, 엄마의 손을 붙잡고 호기심 가
득한 눈으로 시장을 살펴보고 있는 아이, 음식을 만들고 먹는
사람들을 구경하며 시장 안으로 쭉 들어갔다.

　"여기다, 여기!"

　재인이 반가운 목소리로 외치며 걸음을 멈추었다.

　"여긴 변한 게 없네. 2년 전에 와서 호떡 3개나 먹은 그곳
이에요."

　"많이 맛있나 보네."

　"네. 진짜 맛있어요."

　재인이 여준의 손을 끌고 가게 앞으로 성큼 다가갔다.

　"어서 오세요."

　곱슬머리를 한 60대 중반으로 보이는 주인아줌마의 상냥하
게 웃으면서 인사했다.

　"네. 안녕하세요. 저희 호떡 2개만 주세요."

　재인이 돈을 지불하자, 아줌마가 호떡을 반으로 접어 건넸
다. 재인은 받은 호떡을 여준에게 건넸다.

　"먹어 봐요. 진짜 맛있어서 매일 오자고 할지도 몰라요."

　한 입 베어 먹은 여준이 엄지를 치켜들었다.

　"진짜 맛있다. 매일 와야겠다, 너랑."

　여준이 순식간에 호떡을 먹어 치우고 휴지로 입가를 닦아
내며 열심히 호떡을 먹고 있는 재인을 지그시 바라보았다.

　"저 혹시 뭐 묻었어요?"

자신을 바라보는 그의 시선이 싫은 건 아니지만 혹시나 추한 모습을 보일까 싶어서 은근하게 물어보자 그가 기다렸다는 듯이 고개를 끄덕였다.

"뭐 묻었어요?"

재인이 입 주위를 얼른 손으로 닦아 냈지만 묻어 있는 것은 아무것도 없었다. 여준이 씨익 웃으면서 검지 손가락으로 재인의 볼을 콕 찍었다.

"예쁨이 묻었어."

"어머."

"어? 귀여움도 묻은 거 같은데?"

재인이 싫지 않은지 주먹을 쥐고 여준의 어깨를 콩콩 때렸다.

"느끼했어?"

"네. 그것도 무지무지요."

"그래도 어쩔 수 없어. 네가 예쁜 건 숨길 수 없는 사실이라서."

여준은 또 한 번 재인의 얼굴에 손가락을 가져다 대었다.

"온 김에 바다도 보고 갈까?"

"바다요?"

"응. 부산에 왔는데 바다를 안 보고 갈 순 없지."

"그럴까요? 저 바다 본 지 진짜 오래됐는데."

재인과 여준이 잠시 놓고 있던 손을 다시 맞잡고 차로 돌아왔다.

얼마 가지 않아 보이는 바다는 거센 겨울바람으로 거친 파도가 일고 있었다. 바다가 시야에 들어오고부터는 재인이 창문에 붙어 떨어질 기미를 보이지 않았다.

해변 근처에 차를 세우고 나와 모래사장을 밟았다. 지친 발을 달래 주기라도 하는 것처럼 보들보들한 모래를 밟고, 일렁이는 파도 소리를 듣고, 불어오는 시원한 바람을 만끽하는 이 여유가 좋았다.

끝이 보이지 않는 수평선에 걸쳐져 있는 뭉실뭉실한 구름을 바라보며 여준은 크게 숨을 들이 쉬었다. 바다 특유의 싫지 않은 비린내가 코끝에 닿았다.

"좋다."

"그러게요. 진짜 좋네요."

재인이 여준을 따라 크게 숨을 들이쉬었다.

"재인이랑 오니까 더 좋다!"

여준이 재인의 손을 잡고 만세를 하며 살짝 높은 톤으로 말했다.

"저도 행운 아빠랑 오니까 더 좋아요."

오직 여준만 들릴 정도로 도란거리는 재인의 목소리에 장난기가 발동된 여준이 고개를 갸웃했다.

"파도 소리 때문에 잘 안 들리는데?"

"저도! 행운 아빠랑 오니까! 더 좋다구요!"

방금 전보다 더 크게 말했고 제 귀엔 잘 들리는데도 여전히 여준은 무슨 말을 했냐는 표정이다. 눈빛엔 장난기를 가득 담고서는.

"뭐라고? 잘 안 들려!"

"다 들었으면서 모른 척하는 거죠?"

"뭐라고오?"

"참, 저도 좋다구요!"

"나 좋다고?"

재인이 수줍어하며 소리 나게 웃었다.

"그래. 나도 너 좋아."

여준은 장난기를 없앤 진지하고 다정하게 대답했다. 그리고 환하게 웃는 재인의 손을 잡고 흐뭇하게 미소 지으며 자신의 팔에 둘렀다. 두 사람이 막 걸음을 옮기려던 참이었다.

"저, 죄송한데 사진 한 번만 찍어 주실 수 있으세요?"

커플이 다가와 여준에게 공손하게 부탁했고 여준은 흔쾌히 허락을 했다. 파도를 배경 삼아서 서로 다정하게 어깨동무를 한 커플의 사진을 찍어 주고 핸드폰을 도로 건넸다.

"두 분도 찍어 드릴게요."

남자가 마침 재인이 들고 있던 핸드폰으로 손을 내밀며 말했다.

"저희요? 저희는 괜찮아요."

재인이 거절하자 머쓱하게 웃으며 돌아서려는 남자를 여준이 잡아 세웠다.

"죄송하지만, 사진, 부탁드릴게요."

여준이 남자에게 자신의 핸드폰을 건네며 말하고선 멀뚱히

서 있는 재인의 손을 잡고 파도 앞으로 향했다. 적당한 지점에 멈춰 서 사진 찍을 준비를 하고 있는 남자를 향해 돌아서자 여준의 팔이 단단하고 따뜻하게 재인의 허리를 감쌌다.

"나 화장 하나도 안 해서 이상하게 나올 텐데."

재인은 민낯인 얼굴을 쓱쓱 문지르며 투덜거렸다.

"아니야. 예뻐."

여준이 바람으로 인해서 흐트러진 재인의 머리카락을 귀 뒤로 넘겨 주고서는 손가락으로 크게 브이를 그렸다. 찰칵, 소리와 함께 화사하게 웃는 여준과 그런 여준을 즐겁게 바라보는 재인의 모습이 작은 핸드폰 안에 담겨졌다.

❖   ❖   ❖

바다를 다녀온 다음 날. 재인은 아침 일찍 일어나 부엌을 헤집고 돌아다녔다. 직접 도시락을 싸서 여준의 집으로 가 같이 아침을 먹을 생각이었다.

여준이 일전에 맛있다고 해 준 계란말이와 부족한 솜씨지만 정성을 다한 소시지 볶음과 엄마가 아빠를 드리려고 준비해 놨을 꼬막무침도 고스란히 여준에게 가져다줄 도시락 통으로 들어갔다.

"뭐 해? 아침부터."

쩍쩍 늘어지게 하품을 하며 부스스한 모습으로 나타난 재현이 고개를 빠끔히 내밀어 프라이팬을 들여다보며 물었다.

"오! 계란말이!"

재현은 말을 끝냄과 동시에 계란말이를 입에 집어넣었다가 한 번 씹지도 않고 퉤 하고 뱉어 냈다.

"이게 뭐야!"

"너 뭐하는 거야?"

"뭐하긴! 이거 계란말이 맞아?"

재인은 곤욕스러워하는 재현을 보며 이유를 알 수가 없어서 멍하니 쳐다보았다.

"무슨 계란말이가 이렇게 짜? 이건 계란말이가 아니라 소금말이야, 소금말이."

"그럴 리가 없는데? 그때 분명히 맛있다고 했는데? 그거랑 똑같이 만든 건데."

재인이 계란말이를 입에 넣었다가 재현과 똑같이 퉤, 뱉었다. 정말 짜다 못해 쓰기까지 했다.

"이, 이게 뭐야?"

당황해서 재현에게 되물었지만 그는 쯧쯧 혀를 차고 고개를 내저을 뿐이었다.

"이걸 그때 매형한테 해다 줬다고? 근데, 심지어는 매형이 이걸 맛있다고 했다고?"

재인이 절망한 표정으로 고개를 끄덕였다.

"내가 볼 땐, 매형은 이 두 유형의 사람 중에 하나야. 거짓말을 지독히도 잘하거나, 입에 감각이 없거나. 근데 셰프가 입에 감각이 없는 건 아닐 테니, 거짓말을 지독히도 잘하는 사람으로 결론을 내야겠네."

신랄하게 비꼬는 재현의 말에 화가 났지만 방금 맛본 계란말이의 맛이 충격적이라 아무 말도 하지 못했다.

"차라리 인스턴트 요리를 사다 줘. 그게 이 나트륨 덩어리보다 낫겠다."

얄미울 정도로 핀잔을 주고 사라지는 재현의 뒤통수를 있는 힘껏 노려보았다. 그러고 보니, 그때 여준이 계란말이를 입에 넣자마자 몸을 움찔한 것이 떠올랐다.

"아휴, 아휴!"

이런 형편없는 음식을 당당하게 먹이고 고맙다는 말까지 들은 것이 민망하고 부끄러웠다. 하지만 그와 함께 아침을 먹는 걸 포기할 수는 없고, 그렇다고 이 음식을 가지고 갈 수도 없었다.

재인은 안방 문을 조심스럽게 열고 들어갔다. 그리고 아직 잠들어 있는 엄마의 귀에 대고 미안하지만 망설이지 않고 SOS를 요청했다.

"엄마아. 나 좀 도와줘요."

당당하게 도시락 통을 손에 쥐고 여준의 집 앞에 도착한 재인이 옷매무새를 가다듬고 초인종을 눌렀다.

"누구세요?"

잠시 후, 문 너머에서 들려오는 아직 잠이 덜 깬 여준의 목소리가 귀여워서 재인이 히죽 웃었다.

"저예요."

벌컥 문이 열리고 나온 여준과 눈이 딱 마주쳤다. 피곤함이 조금 묻어 있는 그의 얼굴에 놀라움과 웃음이 적절하게 섞여 퍼졌다. 재인이 도시락 통을 불쑥 내밀었다.

"아침 식사 같이 하고 싶어서요."

"날 이렇게까지 감동시켜도 되는 거야?"

여준이 재인의 도시락 통을 받아 들고 현관문을 활짝 열어 주었다. 쪼르르 안으로 들어간 재인은 주방으로 가서 도시락 통을 가지런히 내려놓고 뒤따라 들어온 여준과 마주 보고 앉았다.

급한 마음에 빠른 손놀림으로 도시락 통을 열고 젓가락을 챙겨 온 재인이 계란말이 하나를 집어서 여준의 입가로 가져갔다.

"먹어 봐요."

잠시 머뭇거리던 그가 입가에 어정쩡한 미소를 걸치고 살짝 입을 벌려 받아먹었다. 전에 맛보았던 계란말이를 기억하는지 살짝 굳어 있던 그의 표정이 계란말이를 씹을수록 퍼지는 것이 보였다.

"맛있다. 진짜 맛있어."

숙자가 만드는 반찬을 어깨너머로 보기만 했던 재인은 흐뭇하면서도 어딘가 모르게 씁쓸해지는 순간이었다. 이번엔 여준이 소시지 하나를 들어 재인의 입가에 가져다주었다. 재인도 여준이 했던 것처럼 입을 벌려 받아먹었다.

"정말 맛있긴 하네요. 얼른 배워야 할 텐데."

아주 조그맣게 중얼거리는 재인의 말을 듣지 못한 여준이 순식간에 밥을 한 그릇 다 비웠다. 재인 역시 아침마다 입맛이 없었는데, 여준과 함께 먹는 밥은 꿀맛 같았다.

밥을 다 먹고 두 사람은 베란다 창문을 살짝 열어 놓아 슬며시 들어오는 바람과 따뜻한 햇볕을 만끽하며 거실에 앉았다. 한 잔씩 들고 있던 뜨거운 차를 몇 모금 마셨다.

"날씨 좋다. 어디 놀러 갈까?"

재인은 평소보다 훨씬 일찍 일어나기도 했고, 밥을 먹은 지 얼마 안 돼서 그런지 몸이 나른해지고 잠이 쏟아졌다. 그 바람에 여준의 물음을 잘 듣지 못하고 그대로 잠에 빠져들고 말았다.

여준이 앞으로 쏠리는 재인의 머리를 조심스럽게 손으로 받쳐서는 살며시 자신의 무릎 위에 올려놓았다. 그녀의 이마 쪽에 있는 솜털 같은 머리카락이 바람에 살포시 흔들렸다. 차를 입가에 다시 가져다 댔다.

13.

며칠 동안 재인과 여준은 예식장, 예물, 혼수 등을 알아보려고 분주한 나날을 보냈다. 그리고 드디어 웨딩드레스를 고르기로 한 설레는 날이 다가왔다. 아침 일찍 일어나 미영이 예약해 준 피부관리샵에 들러 피부 관리를 받은 재인은 서둘러 웨딩샵으로 향했다.

평생 동안 딱 한 번 입게 될 웨딩드레스를 고른다는 벅찬 기대감과 그곳에 여준이 있다는 설렘 때문인지, 재인의 발걸음은 깃털같이 가벼웠다. 웨딩샵으로 향하는 버스에 몸을 싣고 의자에 앉자마자 여준에게 문자를 넣었다.

[20분쯤 후에 도착할 거 같아요.]

[응. 조심히 천천히 와.]

문자를 확인하고 햇빛이 환하게 들어오는 창문으로 시선을 던졌다. 얼굴에 스며드는 따뜻한 햇살을 만끽하며 조용히 눈을 감았다.

그를 만나러 가는 이 시간의 한산함이 좋았다. 눈을 감고 그렇게 여유를 만끽하다 보니, 슬그머니 졸음이 찾아오기 시작했다. 정류장을 놓칠세라 눈을 번쩍 떴지만 무거운 눈꺼풀을 이겨 내지 못하고 다시 눈이 반쯤 감겨졌을 때였다. 재인의 손에 들려 있던 핸드폰에서 긴 진동이 울렸다.

"엄마야!"

재인이 화들짝 놀라며 몸에 스며들었던 잠에서 깨어났다.

잠깐이었어도 어찌나 달콤하게 졸았는지, 입 주위에 침까지 흘린 상태였다. 누가 보는 것도 아닌데 황급하게 침을 훔쳐 내고 울리는 핸드폰을 들여다보았다. 금방 도착한다는 문자를 보낸 게 10분도 채 되지 않은 거 같은데, 그새를 못 참아서 여준에게 전화가 걸려 왔다.

"네."

— 어디쯤이야?

재인이 창문 위쪽에 붙어 있는 버스 노선도를 보며 말했다.

"한 세 정거장 정도 남았어요."

— 버스 타고 오는 거 맞지?

"네."

— 알았어. 정류장 놓치지 말고 내릴 때 조심히 내려.

"네. 알겠습니다."

재인이 더 이상 졸지 않기 위해 늘어지게 기지개를 켜고 혹시 또 졸까 봐 미리 자리에서 일어났다. 버스가 두 번째 멈추고 다시 출발하자 재인은 카드를 찍고 창문을 통해 밖을 기웃거리며 내릴 준비를 했다.

내려서 웨딩샵까지 걸어가는 시간은 3분. 오는 내내 자신의 걸음을 재촉하게 하고 오는 길을 지루하게 만들지 않았던 그와 마주하게 될 것이다. 그 생각만으로도 재인은 얼굴 가득 화색을 드러냈다.

마침내 재인이 빨리 도착하길 바랐던 정류장에 버스가 멈추고 뒷문이 스르르 열렸다. 다 내리기도 전에, 그녀를 기다리고 있던 여준과 눈이 마주쳤다.

"안 헤매고 잘 찾아왔네."

여준이 다가와 버스에서 내리는 재인을 가볍게 에스코트했다.

"혼자 잘 찾아올 수 있다니까. 날씨도 추운데 왜 나와서 기다렸어요."

"혹시 졸고 있으면 데리고 내리려고 기다렸지. 마사지 받고 온 거야?"

"네. 피부 되게 부드러워진 거 같아요."

재인이 우쭐하며 뺨을 살포시 내밀자, 여준이 손끝으로 살짝 어루만졌다.

"잘 모르겠는데."

"그래요? 그럴 리가 없는데, 딱 만지자마자 평소보다 훨씬 부드러웠는데."

"그래?"

고개를 갸웃하며 이번에는 손가락 전체로 재인의 얼굴을 쓰다듬었다.

"어때요?"

"글쎄."

어리둥절한 표정으로 이번에는 아예 손바닥으로 재인의 얼굴을 부드럽게 감쌌다. 이제야 여준의 꿍꿍이를 알게 된 재인이 밉지 않게 흘겨보았다.

"설마 아직도 잘 모르겠다고 말할 거예요?"

"어떻게 알았어?"

"어쩔 때 보면 변태 같아요."

"뭐? 내가? 설마."

꽤나 충격적인 말이었는지, 가던 걸음까지 멈춘 여준이 고개를 내저으며 부정했다.

"정말 가끔 진짜 변태 같아요."

"아니야. 오해야, 그건."

"오해는 아닌 거 같은데, 지금도 계속 저 만지고 싶어 했잖아요."

"그건, 그러니까 그건……."

"그건 변태, 맞죠?"

"아니야. 변태랑 내 마음은 다른 거야. 나는……. 미치겠네. 이걸 뭐라고 설명해 줘야 돼."

버벅거리고 어쩔 줄 몰라 하며 당황해하는 여준의 반응이 재미있던 터라, 재인은 나란히 샵까지 도착하는 동안 간단없이 놀렸다.

"신부님 먼저 드레스 보시겠습니다."

재인은 샵에 들어서도 여전히 변태와 사랑하는 사람의 스킨십은 다르다는 정의에 대해서 열심히 변론하고 있는 여준의 옆자리에서 일어났다. 뒤에서는 아쉬움에 연거푸 탄식을 내뱉는 여준의 목소리가 들려오는 바람에 드레스가 진열되어 있는 룸까지 들어오는 동안 웃음을 참을 수가 없었다.

"예비 신랑분이랑 깨가 쏟아지시네요. 보기 너무 좋으세요."

"감사합니다."

"드레스 입을 거 생각하시니까 많이 기대되시죠?"

"네. 얼른 입고 싶어요."

"신랑님께서도 많이 기대하고 계실 거예요."

직원이 상냥하게 미소 지으며 말하자, 재인이 쑥스러워하며 문이 닫혀 보이지도 않는 여준이 앉아 있을 방향을 바라보았다. 밖에서 어떻게 하면 이 상황을 넘길 수 있을까 고뇌하면서도 재인의 드레스 입은 모습을 설레어하며 기다리고 있을 것이다.

"이쪽으로 오세요, 신부님."

그리고 자신은 그에게 세상에서 가장 예쁜 신부의 모습을 보여 주고 싶었다.

좋아서 자꾸만 손을 잡고 싶고, 한시라도 떨어지기 싫어서 어깨동무를 하고, 보면 안고 싶고 그녀의 보드라운 살결을 만지고 싶은 것은 잠깐의 욕구를 만족시키기 위함은 맹세코, 절대 아니었다. 그랬기에 재인이 그렇게 생각하고 있을 거라고는 생각해 본 적도 없는데 가히 충격이 아닐 수가 없었다.

아직도 작고 예쁜 입술에 어울리지 않은 '변태' 라는 말을 그녀가 자신에게 했다는 것이 충격이었다. 심지어는 드레스를 입으러 들어가는 순간까지도 '농담이었어요.' 라는 말을 해 주지 않는 재인 때문에 얼이 빠져 앉아 있었다.

"신부님 나가십니다."

안쪽에서 이명처럼 들리는 직원의 목소리에 잠시 허공을 맴돌던 여준의 시선이 와인색의 벨벳 소재로 만들어진 커튼으로 향했다.

양쪽으로 서서히 거두어진 커튼 안에서는 찬연한 조명을 한껏 받으며 하얀 웨딩드레스를 입은 고운 자태를 뽐내고 있는 재인이 서 있었다. 여태 그를 괴롭히고 있던 충격 따위는 전부 사르르 녹아내리는 순간이었다.

여준은 하늘에서 천사가 내려왔다는 말이 결코 유치한 말이 아니라는 것을 재인을 보고 깨달았다. 웨딩드레스를 입은 재인을 눈에 담고 있는 동안은 눈을 깜빡이는 것조차도 아깝다고 느낄 정도였다. 그 화사함에 숨이 다 멎을 것만 같았다. 그 어디에서도 보지 못한 우아하고 사랑스러운 여자가 자신의 여자라는 것이 믿겨지지 않았다.

"이 드레스는 엠파이어라인 드레스입니다. 예비 신부님의 배를 잘 커버하는 스타일이죠. 어떠세요, 신랑님?"

직원의 설명이 전혀 귀에 들어오지 않은 여준은 오로지 모든 신경을 재인에게만 쏟았다. 멍한 표정으로 자리에서 일어나 한 걸음 그녀에게로 다가갔다.

천천히 다가갈수록 그녀의 미소가 더 환하게 번져 가고 있다는 것을 느낄 수 있었다. 한 걸음 또 그녀에게로 향했다. 이번엔 그녀의 아름다움이 미소만큼이나 눈부시다는 것을 알 수 있었다. 한 걸음, 여준이 재인과 가깝게 마주했다.

"저 어때요? 잘 어울려요?"

재인이 가까이 다가와 저와 눈을 맞추고 있는 여준에게 부끄럽고 멋쩍은 얼굴로 물었다.

"어. 너무 예뻐. 정말. 너무 예쁘다."

"정말 예뻐요?"

"예쁜 정도가 아니야. 하늘에서 내려온 여신 같아, 여신."

눈 하나 깜빡이지도 않고 닭살스러운 말을 하는 여준을 보며 재인이 슬쩍 직원 눈치를 살폈다.

"여신이라니, 누가 들으면 비웃겠다."

재인이 싫지 않게 핀잔을 놓자, 여준이 얼른 고개를 내저었다.

"누가 비웃어? 다 수긍하지. 진짜 예쁘지 않아요?"

"맞아요. 너무 예뻐세요. 손님이라서가 아니라, 저도 이렇게 예쁜 신부님 처음 봬요. 피부도 너무 고우시고."

"봐 봐. 들었지?"

재인이 피식 웃으면서도 가볍게 고개를 끄덕였다.

"너 정말 예뻐. 정말 예쁘다. 이렇게 네가 매일 예쁠 수 있게, 이렇게 네가 매일 행복해할 수 있게 내가 잘 할게."

넋이 나갔지만 눈은 절대로 재인에게서 벗어나지 않는 여준은 연신 그리 중얼거렸다. 여준은 다음 드레스를 입어 보겠다는 직원의 말에 핸드폰을 꺼냈다.

"사진 한 장만 찍을게요."

"아, 네. 그렇게 하세요."

여준이 뒤로 성큼성큼 물러서서는 핸드폰을 치켜들어 사진을 찍었다. 화려하고 아름다운, 세상에 하나밖에 없는 자신의 그녀를.

"다 찍으셨죠? 그럼 다음 드레스 보도록 하겠습니다."

커튼이 다시 닫히고 여준이 아쉬운 마음에 그 자리를 쉽게 떠나지 못하고 서성거리다가 핸드폰에 찍힌 재인을 지그시 바라보았다. 그녀는 세상에서 가장 아름다운 모습으로 세상에서 가장 행복한 미소를 짓고 있었다.

"평생 이렇게 행복하게 웃을 수 있게 해 줄게, 내가."

여준은 혼잣말을 중얼거리며 재인이 자리 잡고 있는 핸드폰 화면을 부드럽게 어루만졌다.

❖   ❖   ❖

"뭘 그렇게 봐?"

웨딩샵에서 나와 저녁을 먹으러 오라는 장모님의 호출을 받고 재인의 집으로 향하는 길이었다. 잠시 바뀐 신호등으로 차를 멈춘 여준이 몸을 조수석으로 기울였다. 홑몸도 아닌 상태에서 몇 번이고 드레스를 입었다 벗었다를 반복해 고단할 만도 한데, 한시도 손에서 내려놓지 않고 들여다보고 있는 핸드폰 속이 궁금했기 때문이었다.

들여다보자 재인이 웨딩드레스를 입은 다음 턱시도를 입어본 자신의 모습을 담은 사진이 있었다.

"아무리 봐도 모든 턱시도들이 다 잘 어울려요. 이건 이거대로, 저건 저거대로. 너무 다 잘 어울리는 것도 고민이 되더라고요. 그렇죠?"

"맞아. 나도 행운 엄마가 입고 나오는 드레스마다 다 예뻐서 어떤 게 제일 잘 어울린다고 말해야 할지 몰랐어."

"사실, 아까 드레스 벗기 너무 싫었어요."

"왜? 너무 좋아서?"

"네. 너무 예쁘고, 진짜 공주가 된 것 같은 느낌?"

"내가 볼 때는 보통 공주들보다도 예뻤어. 내가 알고 있는 공주, 신데렐라, 백설공주, 인어공주, 그밖에 많은 공주들보다 행운 엄마가 훨씬 더."

"어디 가서는 절대로 그런 소리 하시면 안 돼요."

"왜?"

"남들은 그렇게 생각 안 할 테니까요."

"그래?"

"네. 그러니까 절대 밖에 나가서는 그러시면 안 돼요."

"자랑 많이 하고 싶은데."

"너무 그러시면 팔불출이라는 소리 들어요."

"그럼 듣지 뭐, 팔불출. 변태보다는 낫잖아."

입꼬리를 올려 싱긋 미소 지으며 말하고 있지만 분명히 보이는 뒤끝에 재인이 개구지게 웃었다.

"그거 아직도 생각하고 있는 거예요? 뒤끝 진짜 길다."

"아니, 이건 뒤끝이 아니라……."

"그렇게 소심한 사람인 줄 몰랐는데."

실망스럽다는 어투로 말하자 여준이 말문이 막혔는지 입을 살짝 벌리고 눈을 끔뻑였다. 사람 놀리는 게 이렇게 재미있는 일이라니, 하고 생각하다가 문득 이런 것에 희열을 느끼고 있는 자신이야말로 더 변태 같다는 생각이 들었다. 괜히 속으로 찔린 재인이 금방 표정을 풀고 웃으며 말했다.

"장난인 거 아시죠?"

"그렇지? 장난이지?"

얼른 정정했더니 금세 시무룩했던 얼굴을 환하게 편다.

"네. 당연히 장난이죠. 설마 내가 진짜 변태라고 생각했겠어요? 변태라고 생각했으면 만지지도 못하게 피하고 고함지르고 싫은 티를 팍팍 냈겠죠. 꼭 이렇게 말로 해야 알아듣나?"

"당연히 장난일 거라고 생각했어."

그렇게 생각하신 거 같지는 않은데, 라고 덧붙이려다가 신나는지 노래를 흥얼거리고 있는 여준의 기분을 깨고 싶지 않아

말을 아꼈다.

❖   ❖   ❖

"이것도 예쁘네."

"이것도 예뻐요."

"어디어디. 아, 이것도 예쁘네. 누구 집 딸내미인지는 몰라도 참 예뻐."

"맞는 말씀이십니다. 누구 아내 될 사람인지 몰라도 참 예쁘네요."

저녁을 준비하는 동안 동봉과 여준이 머리를 맞대고서 핸드폰 속 재인의 사진을 구경하는 데에 푹 빠져 있었다. 재인의 모습을 자랑하느라 들뜬 여준의 목소리가 집 안에 엔도르핀이 되어 퍼지고 있었다.

"못 산다, 못 살아. 저렇게 좋을까? 네 신랑은. 아주 입이 찢어진다, 찢어져."

콩나물무침을 그릇에 옮겨 담으며 숙자가 싫지 않게 투덜거렸다.

"그러게. 아까는 샵에서 나보고 여신이라고, 하늘에서 내려온 천사 아니냐고 말하는데, 창피해 죽는 줄 알았어."

"무뚝뚝하니 고개만 끄덕이고 괜찮다고 하는 남자보단 훨 낫지. 원래 여자는 대놓고 사랑해 주는 남자한테 끌리는 법이야."

"아빠도 그랬어?"

재인의 물음에 숙자가 기다렸다는 듯이 고개를 내저었다.

"언제 네 아빠가 엄마 예쁘다고 하는 소리 들어 봤니?"

"그러게. 그래도 속으로는 늘 그렇게 생각하시겠지, 뭐."

"그건 그렇고, 어땠어? 오늘 웨딩드레스 입어 보니까. 정말 시집가는 거 실감 나지?"

"응. 시집가는 것도 실감 나고, 사실 내가 이렇게 예뻤나 싶기도 했어."

"어이구."

"왜? 예쁜 건 사실이잖아. 그러니까 저 남자가 저렇게 정신 못 차리고 예쁘다고 하지."

재인은 자신이 내뱉고도 행여나 여준이가 들었을까 봐서 슬쩍 눈치를 살폈다. 다행히도 소파에 반쯤 엉덩이를 걸치고 앉아서는 자기가 봤던 재인의 모습을 동봉에게 설명해 주느라 흥분해서 듣지 못한 듯 보였다.

"나 왜 이렇게 예쁘게 낳아 줬어, 엄마아?"

재인이 숙자게 팔짱을 끼고 아양을 떨고 있을 때, 현관문이 열리는 소리가 들리더니 순식간에 거실이 어수선해졌다.

"다녀왔습니다. 어! 매형! 매형엉!"

학교에서 돌아 온 재현이 신발과 가방을 허겁지겁 벗고 여준에게 착 달라붙었다.

"재현아, 이거 봐라. 오늘 네 누나 웨딩드레스 입은 모습이다."

"어디어디. 와, 호박에 줄 그어서 진짜 수박 됐네? 이게 누나라고? 말도 안 돼!"

재현은 믿을 수 없다는 얼굴로 주방에서 숙자를 도와서 막 쟁반에 받친 반찬들을 가지고 나온 재인과 핸드폰 속의 재인을 번갈아 가며 비교했다.

"여자의 화장발과 사진발에 속지 말라는 게, 딱 누나보고 하는 소리인가 보다."

"이게!"

죽을라고! 하고 말을 덧붙이며 주먹질을 하고 싶은 걸 앞에 있는 여준 때문에 간신히 참아 넘기는 재인이었다.

"이제 좀 앉아 있어. 나머지는 내가 할게."

재인이 들고 온 쟁반을 받아 빈 밥상에 올려놓고 어깨를 잡아 자기가 앉아 있던 소파에 앉힌 여준은 무릎을 꿇고 반찬을 하나둘씩 밥상으로 옮겼다.

"전 괜찮아요, 행운 아빠."

"나도 괜찮아."

재인의 뿌듯한 시선을 받으며 여준이 빈 쟁반을 들고 부엌으로 향했다.

"장모님. 나머지는 제가 할게요. 가서 쉬고 계세요."

"아니야. 사위라도 내 집 온 손님인데, 손님한테 일을 시킬 수는 없지. 더군다나 오늘 피곤했을 텐데 가서 앉아 있어."

"저 정말 하나도 안 피곤해요. 저기 앉으셔서 재인이 찍은 사진이랑 제 사진 봐 주세요."

"아휴, 내가 자네 같은 남편을 만났어야 했는데."

부엌에서 크게 들리는 여준과 숙자의 목소리에 동봉이 들고 있던 핸드폰을 슬그머니 내려놓았다. 사위와 자신을 비교하는 아내 때문에 자극을 받은 것이었다.

"허험, 여보! 여보도 좀 쉬어!"

동봉이 부엌으로 얼른 달려가 아내의 어깨를 잡아끌고 와서 재인이 앉아 있는 옆자리에 억지로 척 앉혔다.

"당신이 웬일이래요? 평소 안 하던 행동을 다 하시고."

"사위처럼 안 해 주면 오늘 밤새도록 잔소리 들을 텐데, 그 잔소리 싫어서. 재현이 너도 거기 앉아 있지 말고 와서 도와라."

"예!"

재현이 절도 있게 자리에서 일어나 동봉을 따라 부엌으로 향했다.

"아버님! 김치는 제가 썰도록 하겠습니다."

"아바마마! 그럼 아구찜은 제가 그릇에 담도록 하겠습니다."

"그렇게 하도록 하여라. 그럼 나는 밥을 푸겠다."

재현의 '아바마마'라는 재미난 발언에 마치 신하들을 다스리는 왕처럼 동봉이 받아치며 순식간에 부엌이 웅성웅성해졌다.

"밥이 참 꼬들꼬들 잘도 익었구나. 아, 뜨거워!"

"아버님!"

"아버지!"

"나는 괜찮다. 어서 너희들 것을 마무리 짓도록 하여라. 배가 많이 고프구나."

"네! 알겠습니다!"

재인과 숙자가 기가 막혀 고개를 내저었을 때였다. 딩동, 하고 거실 가득 초인종이 길게 울려 퍼졌다.

"누구지? 지금 시간에 올 사람이 있어?"

의아해하는 재인에게 대답도 해 주지 않고 숙자가 반가운 기색으로 자리에서 벌떡 일어났다. 재인도 뒤를 쫓았다. 굳게 닫혀 있던 문이 활짝 열렸다.

"새아가."

"어머니!"

그리고 그곳엔 너무 반가운 손님, 미영이 서 있었다.

"사돈 덕분에 좋은 고기로 몸보신한 거 같습니다. 너무 잘 먹었습니다."

화기애애한 저녁 식사가 끝나고 가족들이 다 같이 오순도순 모여 앉아 차를 마시고 있었다. 동봉은 미영이 사 온 품질 좋고 맛도 좋은 한우를 떠올리며 흐뭇못하게 말했다.

"저도 너무 잘 먹었습니다. 미국에서 와 매일 혼자 밥 먹는 것이 심심했는데, 이렇게 초대를 해 주셔서 간만에 너무 즐겁게 식사를 한 거 같습니다."

"차린 것도 별로 없는데요, 뭐."

숙자가 쑥스럽게 말하자, 미영이 얼른 손을 내저었다.

"아닙니다, 사돈. 너무 잘 먹었는걸요. 웬만한 식당보다 훨씬 맛있었습니다."

"오호호. 감사합니다, 사돈. 종종 이렇게 같이 식사를 하는 기회가 많았으면 좋겠어요."

부모님들 사이에 오고 가는 살가운 대화를 흡족하게 지켜보던 여준이 옆에 앉아 있는 재인을 반짝 빛나는 눈동자로 쳐다보았다.

"아버님, 어머님."

여준의 나지막한 부름에 세 어른들의 이목이 한꺼번에 여준에게 쏠렸다.

"결혼식 예행 연습 한번 해 보면 어떨까요?"

"그럴까? 그거 좋네!"

동봉이 수락하며 자리에서 일어나 앉아 있는 재인에게 손을 내밀었다. 모두의 시선이 흐뭇하게 재인에게 집중되어 있었다. 재인은 부끄러운지 확 붉어진 얼굴을 하고 조심스레 제 손을 동봉의 손바닥에 올려놓았다.

동봉은 처음 걸음마를 하려고 제게 손을 내밀던 재인의 어린 모습이 떠올랐다. 쥐면 부서질 것만 같던 그 작고 여린 손으로 자신을 의지하며 아장아장, 걸음을 떼던 재인의 모습을. 벌써 이렇게 커서 시집을 가다니, 괜히 코끝이 시큰해지고 마음이 뭉클해졌다.

동봉은 모두가 보는 앞에서 눈물을 흘리는 주책을 보이고 싶지 않아서 얼른 고개를 내저었다. 재인의 손을 잡고 동봉은 거실 끝까지 걸어가 다른 이들이 앉아 있는 방향으로 돌아섰다. 여준도 자리에서 일어나 동봉과 재인을 바라보며 섰다.

"노래는 내가!"

재현이 두 손을 나팔처럼 만들었다.

"자, 시작합니다! 빰빠빠빠밤. 빰빠빠빠바. 밤빠빠빠바박. 바바바박."

동봉과 재인이 나란히 걸음을 옮겼다. 그러나 동봉이 긴장을 했는지 너무 빠르게 걸어 재인이 금세 뒤처졌다.

"여보! 그렇게 빨리 걸으면 안 돼요!"

숙자의 지적에 동봉과 재인이 다시 제자리로 돌아갔다.

"자. 우리 아버지, 긴장하지 마시고. 다시 시작합니다! 빰빠빠빠밤. 빰빠빠빠바. 밤빠빠빠바박. 바바바박."

동봉과 재인이 다시 걸음을 옮겼다. 이번에는 동봉이 너무 늦어서 재인이 앞서 걸었다.

"여보! 이번엔 너무 늦잖아요."

동봉이 민망했는지 목을 매만졌다.

"이거 은근 어렵네. 사위 말대로 연습해 보길 잘했네."

동봉과 재인이 다시 처음 섰던 자리로 돌아갔다.

"아빠. 너무 긴장하지 마세요. 그냥 연습인데요, 뭘."

"그러게. 연습인데 왜 이렇게 떨리는지."

재현이 다시 노래를 부르기 시작했다. 동봉은 아까의 실수를 만회하기 위해 최대한 신경 썼다. 빠르지도 느리지도 않은 걸음으로 모두를 만족시키며 재인의 손을 마침내 기다리고 있던 여준에게 건넸다.

재인의 손에 자신의 손에서 떨어지면서 느껴지는 씁쓸함은 이루 말할 수 없었지만 재인의 손이 무사히 여준의 손과 닿으니, 뿌듯함이 차올랐다.

"감사합니다. 아버님."

재인과 여준이 모두의 행복한 시선을 받으며 나란히 섰다.

"둘이 너무 잘 어울리네요."

"그러게요. 아무리 우리 자식들이라지만 선남선녀가 따로 없네요."

여준과 재인이 서로를 응시했다. 맞잡고 있는 손. 모두가 축복하고 즐거워하는 이 자리에서 두 사람은 감출 수 없는 웃음을 지으며 서로를 그렇게 한참 동안 마주 보고 서 있었다.

전화 한 통에 달려온 김 실장이 운전하는 차에 타고 호텔로 돌아간 미영을 배웅하고 들어오자마자 동봉은 기다렸다는 듯이 여준의 어깨에 척 하니 팔을 둘렀다.

"우리 사위는 오랜만에 나랑 한잔해야지?"

"아휴, 오늘 피곤했을 텐데. 얼른 가서 쉬게 해야죠!"

"맞아요, 아빠. 아쉬워도 다음에 하세요."

여준이 대답도 하기 전에 뒤에서 저를 핀잔하는 아내와 타이르는 딸에 동봉은 시무룩해졌다.

"피곤한가, 자네? 그래서 나랑 술 한 잔도 못 마실 정도인가?"

"아닙니다. 술 한잔 같이 하시죠, 아버님."

"거봐! 둘 다 방금 들었지? 들었지? 안 피곤하니까 나랑 술 한잔하자잖아, 사위가."

동봉은 단순할 정도로 금방 환해진 얼굴을 하고 재인과 숙자에게 확인을 시켜 주었다. 재인과 숙자가 못 말린다는 시선을 주고받으며 고개를 내저었다.

"그럼 아버님이 같이 술 마시자는데, 거기서 싫습니다, 저 오늘 너무 피곤합니다, 하고 말 할 사위가 어디 있어요!"

더 큰 목소리로 나무라는 숙자를 개의치 않고 동봉은 술을 담가 놓은 병들이 있는 베란다로 향했다. 여준은 그 틈을 타 자신의 방으로 들어가는 재인을 따라 들어갔다. 재인은 문을 닫으려는 참에 안으로 들어온 여준 때문에 화들짝 놀랐지만 그를 쫓아낼 생각은 없었다.

"오늘 피곤했지?"

"피곤하긴 했어도 잊지 못할 하루가 된 것 같아요. 근데 우리 아버지, 항아리 찾는 거 보니까 술을 간단하게 마실 거 같지는 않아요. 아빠가 계속 권하셔도 요령껏 드셔야 해요. 아셨죠?"

"응. 나 오늘 여기서 자고 가게 될 거 같아."

"제 생각도 그럴 거 같아요."

"그럼 내일 아침 같이 먹을 수 있겠다."

"좋은데요?"

"나도 좋아."

"대신 내일 아침 식사할 때, 술 많이 마셔서 속 쓰려 죽을상 지으면 안 돼요."

"알았어. 걱정하지 마. 이제 잘 거지?"

"네. 그래야죠."

"강 서방! 우리 사위 어디 갔지?"

밖에서 들려오는 동봉의 목소리에 오붓하게 대화를 나누던 재인과 여준이 동시에 아쉬워했다.

"나가 봐야겠다."

"네. 정말 조금만 드셔야 돼요."

"응. 잘 자."

여준이 재인의 이마에 살짝 입을 맞추고 방을 나갔다. 재인 역시 이마에 남은 온온한 온기가 아쉬워서 동봉과 여준의 술자리에 앉아 있을까도 생각해 봤지만, 온몸을 장악하고 있는 피로함을 이길 순 없을 것 같았다.

재인은 묶고 있던 머리를 풀고 잠옷으로 갈아입기 위해 윗옷을 벗었다.

그때였다. 화장대 위에 올려놓았던 핸드폰이 몸을 떨며 시끄럽게 울렸다. 액정을 확인하니 저장되어 있지 않은, 난생처음 보는 번호가 떠 있었다.

"누구지?"

아무리 떠올리려고 해도 낯선 번호였다. 저녁 8시라는 애매한 시간에 모르는 번호로 전화를 할 사람 없기에 받지 않기로 하고 다시 핸드폰을 내려놓았다.

별안간 몇 초 동안 끊길 생각을 하지 않던 핸드폰이 잠잠해졌다. 그리고 곧 짤막한 진동 소리가 다시 한 번 재인의 신경을 자극했다. 패턴을 풀고 문자 메시지 창을 눌렀다. 노란 말풍선 안에 드러난 선명한 몇 글자를 읽는 순간 재인의 심장이 벼랑 끝으로 곤두박질쳐 버렸다.

[전화 안 받아서 문자해. 나야, 임원용. 지금 너희 집 앞인데, 전화받는 게 좋을 거야.]

핸드폰은 금방 다시 울렸다. 더 이상 무시할 수가 없었던 재인이 잘게 떨리는 손으로 전화 버튼을 풀어 받았다.

"네가 우리 집을 왜 와?"

재인이 퉁명스럽게 말했다.

– 전화받네.

"네가 우리 집을 왜 왔냐고 물었어."

– 할 말이 좀 있어서 왔어.

재인은 원용의 어눌한 억양과 일정하지 않은 숨소리를 듣고 그가 술에 취했다는 것을 확신했다.

"난 할 말도 없고, 들을 말도 없어. 그러니까 그냥 가."

– 며칠 전에 전화했었는데 안 받더라.

"그걸 내가 왜 받아. 받아야 할 이유 있어?"

- 그 이유에 대해서 말해 줄 테니까. 잠깐 좀 나와.

"싫다고 말했어. 난 널 만날 이유가 없어. 그니까 그냥 가."

짜증과 피곤함이 섞인 목소리로 막 전화를 끊으려던 재인의 귀에 비열하게 느껴지는 원용의 목소리가 들렸다.

- 내가 안으로 들어간다고 말하면 네가 좀 나오려나?

"뭐라고?"

- 지금 보니까. 거실에서 너희 아버지랑 젊은 남자가 술 마시고 있는데, 그 젊은 남자가 네 예비 신랑인가? 어떡해? 나 지금 들어가?

원용은 술에 취했다. 정말 마음만 먹으면 들어올 수도 있는 놈일지도 몰랐다. 괜히 동봉과 여준의 좋은 분위기를 깨트리고 싶지 않아서 재인은 내키지 않은 발걸음으로 방 문고리를 잡았다.

문을 열고 방을 나오니, 거실에서 동봉과 술잔을 기울이고 있던 여준의 시선이 이쪽을 향했다.

"아직 안 잤어?"

다정하게 묻는 그의 말투가 지금따라 너무 애틋하게 느껴졌다.

"네. 아, 그게……. 집 앞에 친구가 왔다고 해서 잠깐 나갔다 오려구요."

"그래? 같이 나갈까?"

"아니요! 괜찮아요. 바로 집 앞이고 금방 들어올 거예요."

자리에서 반쯤 일어난 여준을 억지로 앉힌 재인은 허겁지겁 도망가듯 집을 빠져나왔다.

　집을 나오자마자 재인은 산란하게 주위를 살폈다. 그리고 동봉의 차를 주차시켜 놓은 방향에서 꿈틀거리는 검은 인영을 발견했다. 그 검은 인영이 이쪽을 보더니 서서히 재인에게로 향했다.

　비틀비틀. 술을 얼마나 마셨는지 추할 정도로 제 몸 하나 가누지 못하는 원용을 보며 재인은 분노에 두 주먹을 꽉 쥐었다.

　"일단 이쪽으로 와."

　재인이 원용과 대화를 할 때 언성이 높아져 집 안에까지 들릴까 걱정되어 앞장서서 그를 끌고 집과는 조금 떨어진 곳으로 향했다.

　"그래. 할 말이 뭔데."

　"너 결혼한다고 들었어."

　히죽거리면서 웃는 모양새가 소름 끼칠 정도로 비열해 보였다. 재인은 한때나마 이런 놈을 사랑한 것을 후회하고 스스로를 한심하게 여겼다. 없으면 안 된다고 울었던 그때의 눈물이 아깝다고 생각했다.

　"그래서 뭐 어쩌라고. 내가 결혼하는 거랑 네가 무슨 상관인데."

　"애 가져서 결혼하는 거라며."

　"네 주제에 그걸 가지고 따지려는 거야?"

　"묻는 말에나 대답이나 해!"

305

술에 절어 냄새를 풍기며 재인의 어깨를 거칠게 잡고 원용이 고함을 내질렀다. 너무 순식간에 일이라 겁이 났지만 지고 싶지 않아서 저를 무섭게 응시하는 원용의 눈을 절대로 피하지 않았다.

"하. 내가 왜 이럴까. 내가, 술을 좀 많이 마셨는데, 좀 취했나 보네. 흥분해서 미안."

그러자 그가 정신 나간 것처럼 웃더니 잡고 있던 재인의 어깨를 놔주고 자신의 이마를 아프지 않을 정도로 툭툭 쳤다. 자기 감정 하나 제대로 제어 못 할 정도로 취한 그가 위험해 보였다.

"술 취해서 하는 주정이라면 그냥 곱게 꺼져. 너 마주 보는 거 이젠 싫으니까."

재인이 갑작스런 그의 행동에 놀라 떨리는 손으로 벽을 간신히 짚으며 걸음을 옮기자, 원용이 거세게 잡아 세웠다. 언제나 다정하게 배려해 주는 여준과는 전혀 다른 거친 행동이었다.

"정말 왜 이래!!"

"그 애 얼마나 됐어?"

"뭐?"

"6개월? 그 정도 됐으면 그 애 아빠가 나일 가능성도 없는 건 아니지 않나?"

아무 행동도 취할 수가 없었다. 연애를 하면서 가졌던 관계를 이런 식으로 폭로하고 엮어 가는 원용의 치졸함에 놀라 버린 심장은 그대로 모든 신경을 마비시켰다.

"설마설마했는데, 어쩌면 가능성도 있겠구나. 내 애라는 거."

어이가 없어서 재인의 눈시울이 붉어졌다. 분노가 맺힌 가쁜 숨을 버겁게 몰아쉬었다. 그때 그렇게 헤어졌어도, 이 정도인 줄은 몰랐다. 임원용이라는 놈이 이렇게 대책 없고 개념 없고 몰상식한 인간인 줄은 미처 몰랐다.

"너 진짜 제대로 미쳤구나."

이제야 말문이 좀 트여 재인이 짓눌린 목소리를 냈다.

"기왕 미친 거, 한 번 더 미쳐 볼까?"

"이 애, 네 애 아니야. 이 애! 절대 네 애 아니야!"

"그 말을 지금 네 예비 신랑이나 시댁에서도 믿어 줄까? 시기가 비슷하면 그 애가 내 애일지, 지금 네 예비 신랑 애일지 어떻게 확신해? 그러고 보니, 얌전한 고양이가 부뚜막에 먼저 오른다고. 너도 참 건전한 애는 아니야. 그러니까 네가 나한테 미친 거니 뭐니, 지껄일 주제는 안 된다는 거야."

"웃기지 마. 이 애는 절대 네 애가 될 수 없어."

"왜? 어째서?"

"6개월이 안 됐으니까."

재인이 온몸을 부들부들 떨었다. 행여나 이 인간 같지도 않은 짐승 같은 놈이 미영을 찾아가 지금 같은 말도 안 되는 말을 할까 겁이 났다. 이 아이가 여준의 아이인 것은 확실하지만 과거에 다른 남자와 육체를 나누었다는 것을 알고 좋아할 시어머니는 없었다.

"너 이제 와서 왜 이래. 나한테 왜 이래!"

재인은 금방이라도 정신을 잃고 쓰러질 것 같은 것을 악착같이 견뎌 내고 있었다.

"내가 지금 돈이 필요해."

그리고 그 이유는 참으로 기가 막혔다. 지금 저 말도 안 되는 이유로 비겁한 방법으로 사람을 피 말리게 하고 벼랑 끝까지 몰고 가는 원용을 보며 더럽다는 표현조차도 과분하다고 생각했다.

"며칠 전에 차 사고를 하나 냈거든. 보증금을 뺄까도 생각해 봤는데, 보증금 빼면 내가 갈 데가 없잖아. 그래서 네가 돈 좀 줘. 네 신랑네가 좀 산다며."

"너 정말⋯⋯!"

그의 뻔뻔하고 좀스러운 행동에 기가 차서 말이 다 나오질 않았다.

"혜은이가 자랑스럽게 말하더라? 부잣집에 얼굴도 잘생기고 능력도 좋고 인성도 바른 남자한테 너 시집가니까 이제 관심 끄라고. 씨. 내가 듣는 내내 기분이 더럽게 나빴어."

"이 개자식아!"

머리끝까지 솟아오른 분노를 이기지 못하고 재인이 팔을 들어 휘두르려던 순간이었다.

"재인아!"

집 방향에서 들리는 여준의 목소리가 재인의 손목을 잡아

세우고 말았다. 공중에서 떨고 있는 앙상한 팔을 얼른 내려
야 했다.

"재인아!"

걱정이 담긴 여준의 부름이 점점 가까워지고 있음을 느낀
재인이 원용을 반대쪽으로 있는 힘껏 밀쳤다.

"가! 가라고! 좀!"

하지만 원용은 여준과 대면이라도 할 생각인지 꿈쩍도 하지
않았다. 처음이었다. 자신의 이름을 부르는 여준의 목소리가
반갑지 않게 느껴진 것은.

재인은 이제 바로 옆에서 들려오는 여준의 부름에 원용의
어깨를 밀고 있던 손을 힘없이 바닥으로 떨어트리고 말았다.

차갑게 불어오는 이 바람을 느끼고 있는 지금이 제발, 깨어
날 수 있는 꿈이었으면 하고 간절히 소원했다.

"재인아!"

재인이 사정을 하고 애원했지만, 원용은 끝끝내 골목을 꺾어
들어오는 여준과 마주하고 말았다. 여준과 원용의 시선이 맞부
딪히고 잠시 고요함이 흘렀다. 재인은 얼굴이 하얗게 질릴 정
도로 두려웠다. 얼른 여준에게 다가간 그녀가 그의 팔짱을 꼈
다.

"얘기 다 끝났어요. 저희 들어가요. 너도 집에 곱게 들어
가."

재인은 초조한 눈으로 원용을 대충 흘겨보며 말하고 여준을
집 방향으로 잡아당겼다. 재인을 무시하며 꿈쩍하지 않던 원

용과는 다르게 여준은 재인이 이끄는 대로 순순하게 집으로 향했다.

"저 친구 많이 취한 거 같던데, 친한 친구야?"

"신경 안 쓰셔도 돼요."

머릿속에서 소동을 일으키고 있는 두려움들 때문에 재인이 차갑게 대답했다.

"재인아."

"아무것도 아니라구요!"

신경이 지나치게 예민해져 버린 재인이 자신도 모르게 여준에게 날카롭게 고함을 내질렀다. 둘 사이에 쉽게 접근할 수 없을 정도의 첨예하고 차가운 정적이 흘렀다.

모든 것을 털어 놓을 수는 없었다. 방금 당신이 본 사람은 내 전 남자친구이고 그놈이 지금 내 배 속에 있는 아이가 어쩌면 자신의 아이일지도 모른다는 말도 안 되는 추측과 협박을 지껄였다는 말을 어떻게 꺼낼 수 있을까. 그래서 그 모든 것을 알게 된 당신이 나에게 실망을 할까 봐서 무섭고 불안하다고, 어떻게 말할 수 있을까.

"미안해. 말하기 싫어하는 걸 물어보는 게 아니었는데. 미안해, 내가."

화를 낸 것도 자신이고 걱정을 시킨 것도 자신인데 미안하다고 먼저 말하는 여준을 보니, 재인은 지금 자신이 얼마나 미련한 짓을 했는지 후회했다.

"아니에요……. 아니에요……."

재인이 같은 말을 반복하며 고개를 힘껏 내저었다.

"제가 죄송해요. 사실 친구랑 좀 싸웠어요. 나 걱정한 거 뻔히 알면서 말 안 해 주고 화부터 내서 미안해요."

울컥 눈물이 터져 나왔다. 울지 않으려고 입을 틀어막았지만 별 소용이 없었다. 무서웠고 두려웠다. 지우고 싶은 악몽 때문에 소중한 추억마저 잃어버릴까 봐서 재인은 막막했고 겁이 났다. 그래서 결국 참아 내지 못하고 눈물을 쏟아 내 버리고 말았다.

여준은 아무 말 없이 재인을 품에 끌어안고 다독여 주었다. 그 어떤 위로의 말보다 진심과 따뜻함이 느껴졌다.

잠을 이룰 수가 없었다. 몸을 이리저리 뒤척이다가 결국 답답함을 이기지 못하고 자리에서 일어난 재인은 진한 회색빛이 감도는 방 안을 불안해하며 돌아다녔다.

무엇이 어디서부터 어떻게 잘못된 것일까? 죄가 있다면 원용과 함께했던 순간 그를 좋아했고 좋아하는 그가 원하는 것을 해 줬던 것이 전부였다.

톡, 톡. 그런 자신을 배신하고 그것을 볼모로 삼아서 협박하는 원용이 재인은 죽이고 싶을 만큼 원망스러웠다. 적막한 방 안에서 재인의 손톱 튕기는 소리가 울렸다. 지금 이 상황을 어떻게 받아들이고 감당해야 하는지 엄두가 나질 않았다.

톡톡, 톡. 톡.

"아."

결국, 길고 얇은 검지 손톱 끝 부분이 엄지손톱으로 인해, 살짝 파이며 조각났다. 재인은 화장대에 놓여 있는 아기 신발을 쳐다보며 배를 다정하게 어루만졌다.

"많이 놀랐지? 엄마가 미안해."

강해져야 하고 견뎌 내야 한다. 재인은 자기 스스로를 타이르고 마음을 추슬렀다. 자신의 걱정 때문에 배 속에서 잠도 못 자고 같이 힘들어하고 있을 행운이를 생각하니, 재인은 얼른 잠자리에 들고 싶어졌다.

"자자. 이제 자자, 행운아."

침대에 누워 푹신한 이불을 목까지 끌어 올리고 시린 눈을 감았다. 그때였다. 굳게 닫혀 있던 방문이 살포시 열렸다.

누구인가를 확인도 하기 전에 코끝으로 익숙한 여준의 향기가 느껴졌다. 자신이 잠을 이루지 못하는 것을 여준이 걱정하는 것이 싫어서 재인은 인기척을 내지 않고 자는 척했다.

그가 침대 옆 바닥에 앉아 자는 척하고 있는 자신을 바라보고 있는 것이 느껴졌다. 들릴 듯 말 듯 하지만 깊은 한숨 소리가, 새벽 3시까지 잠을 이루지 못하다 재인의 방에 온 이유를 알려 주고 있었다. 재인은 굳이 확인하지 않아도 여준이 무슨 표정으로 자신을 바라보고 있을지 알 것 같았다.

그는 아무런 말도 하지 않았다. 그저 묵묵하게 재인의 곁에 있어 주기만 할 뿐.

그가 재인을 바라만 보고 있던 시간이 얼마나 흘렀을까. 살며시 부드럽게 볼을 쓰다듬어 주더니 곧 그 손이 재인의 손을 꽉 잡았다. 그리고 차갑게 식어 있던 손에 닿은 그의 따뜻한 온기에 재인은 거짓말처럼 지금까지 이루지 못했던 잠에 빠져 들었다.

밖에서 뛰어노는 아이들의 웃음소리가 들려왔다. 잠에서 깨어 눈을 떠 보니, 어느새 해는 중천에 떠 있었다. 얼마나 푹 잤는지 베개가 흠뻑 젖어 있었다. 허기를 느끼며 거실로 나오니 집이 조용한 게 아무도 없는 것 같았다.

"언제 갔지……."

이제까지 잠들어 있는 바람에 인사도 해 주지 못한 여준에게 미안함을 느끼며 재인이 전화라도 할 생각으로 핸드폰을 집어 들었다. 그런데 문자 하나가 와 있었다. 당연히 여준일 거라 생각하고 반가운 마음에 메시지를 열었는데, 보낸 사람을 확인한 재인의 얼굴이 싸하게 굳어 버렸다.

[재인아, 미안해. 어제는 내가 너무 취해서 제정신이 아니었던 것 같아. 그 애가 내 애라는 그런 소리를 하다니. 정말 미안하다. 나 같은 새끼 신경 쓰지 말고 행복하게 잘 살아.]

어제 겪었던 불안감 때문에 또다시 가슴이 철렁 내려앉았다. 온몸이 부들부들 떨려 왔고 다시는 꾸고 싶지 않은 악몽이었다. 답장을 할 가치도 없다고 느낀 재인이 문자를 지우고 처음 보는 이 번호도 스팸번호로 등록했다.

짐승만도 못한 추잡하고 더러운 이런 인간과는 두 번 다시는 얽히지 않았으면 좋겠다.

재인은 저를 괴롭혔던 악몽 같은 어제의 일을 거두어 내고 머릿속에 외우고 있는 여준의 번호를 꾹 눌렀다. 몇 번의 신호가 가고 그가 전화를 받았다.

– 일어났어?

그리고 수화기 너머로 들려오는 보고 싶은 그의 목소리가 오늘따라 유난히도 다정하게 느껴졌다.

14.

"집에 아무도 없는 거야?"

혜은이 주위를 살피면서 거실로 들어왔다. 여준과의 전화를 끊고 혼자 아침 밥을 먹으려던 재인은 갑자기 떠오르는 생각에 혜은을 불렀다. 혜은이 가끔 만들어서 나눠 주던 호두파이가 먹고 싶어졌던 것이다. 재인은 혜은과 그녀의 손에 들린 작은 상자를 반갑게 맞았다.

"응. 다 나가고 안 계셔."

"아참, 이거."

혜은이가 준비해 온 호두파이를 건넸다.

"미안해. 느닷없이 전화해서 호두파이 해 달라고 해서 당황했지?"

"아니. 어제 저녁에 딱 만들어 놨는데 마침 네가 전화한 거

야. 친한 친구 사이라서 통하는 게 있나 봐. 그러니까 미안해
할 필요 하나도 없다는 소리야."

"그렇게 말해 줘서 고마워."

"고맙기는. 친구끼리 새삼스럽게."

"맛있겠다. 앉아 있어."

재인이 혜은에게서 상자를 건네받고 부엌으로 가서 호두파
이를 먹기 좋게 잘라 접시에 옮겼다.

"루이보스티 마실래?"

포트에 물을 담으며 재인이 묻자, 혜은이 소파에 벌러덩 드
러누우며 대답했다.

"루이보스티?"

"응. 카페인이 없어서 임산부한테 좋다고 행운 아빠가 사다
줬어."

"이제 입에 척척 붙나 보다?"

"뭐가?"

"행운 아빠. 억양이 아주 자연스러워졌어."

"뭐……."

"부럽다, 부러워!"

재인이 수줍은 미소를 짓고 머리를 귀 뒤로 쓸어 넘겼다. 찻
장에서 예쁜 꽃무늬 모양이 박혀 있는 컵을 꺼냈다.

"차 마실 거지?"

"나는 차는 됐고, 너 웨딩드레스 골랐다며. 사진 찍었지? 그
거 보여 줘!"

재인이 핸드폰을 꺼내 갤러리를 열어 혜은에게로 넘겼다. 그리고 깔끔하게 조각낸 호두파이와 자신의 차를 가지고 다시 혜은의 앞에 와 앉았다.

혜은이 핸드폰에서 눈을 떼지 않으면서 소파에서 엉거주춤하게 내려와 재인의 옆자리로 가깝게 다가와 핸드폰을 내밀었다.

"와. 너 이거 너무 예뻐."

"드레스 자체가 너무 예쁘더라."

"어땠어? 난생처음 드레스 입어 본 소감 좀 말해 봐."

"음. 뭐랄까? 공주가 된 것 같기도 하고 괜히 마음이 막 설레고. 하여튼 너무 좋았어. 벗기 싫을 만큼."

"아, 진짜. 너 보니까 나도 빨리 결혼하고 싶다."

부러움에 자지러지는 혜은을 바라보며 재인은 호두파이를 입에 가져갔다. 달콤하고 고소한 호두파이가 입안에서 사르르 녹아내렸다.

"네가 만든 호두파이는 언제 먹어도 안 질리는 거 같아."

눈을 느슨하게 감았다가 뜨며 다시 호두파이로 손을 가져갔다. 사진을 다 보았는지 핸드폰을 재인의 옆에 슬그머니 밀어 놓은 혜은이 느닷없이 손을 뻗어 재인의 이마를 짚었다.

"왜 그래?"

"혹시 어디 아프나 해서."

"안 아픈데."

"그럼 무슨 일 있어?"

"어? 아니. 아무 일도 없어."

"너 기분 안 좋을 때마다 내 호두파이 먹고 싶어 하잖아."

그동안 혜은의 호두파이를 먹었던 때를 생각해 보니, 재인은 부정할 수 없었다.

"우리가 몇 년을 친구 했는데. 사실 네 눈빛만 봐도 척하면 척이야. 너 지금 애써 괜찮은 척하고 있잖아."

신경 쓰지 않으려고 노력했고 나름 티도 내지 않고 있다고 생각했는데 큰 오산이었나 보다. 재인은 손에 쥐고 있던 포크를 만지작거렸다.

"무슨 일 있었던 거야?"

혜은이 근심 가득한 표정으로 조심스럽게 물었다. 믿을 수 있는 친구이고 의지가 되는 친구이다. 가족과 여준에게는 차마 하지 못하는 말을 할 수 있는 유일한 사람이기도 했다.

"어제, 임원용이 날 찾아왔어."

"뭐!"

혜은이 경악했다. 재인은 문득 집에 아무도 없는 것이 다행이란 생각이 들었다.

"지가 여길 어디라고 찾아와? 지가 여기 올 이유가 뭐가 있는데! 세상에 뻔뻔해도 어쩜 그렇게까지 뻔뻔한 놈이 다 있어!"

목에 핏대까지 세운 혜은은 당장이라도 뛰쳐나가 원용을 찾아내 멱살이라도 잡을 것처럼 흥분했다.

"그래서 뭐라고 하디? 뭐라고 했어, 그 자식이!"

"와서 결혼하냐고, 애 생긴 지 얼마나 됐냐고 묻더라."

"지가 그걸 왜 물어보는데."

재인은 잠시 망설였다. 이 상황에서 원용이 협박을 했다는 말까지 하면 혜은은 분노와 충격으로 뒷목을 잡고 쓰러질 것같이 보였다. 좋은 얘기도 아니고 다시 생각하고 싶은 얘기도 아니었기에 말을 꺼낼까 말까 망설이고 있는 사이에 혜은이 꺼림칙한 표정을 지었다.

"설마 해서 묻는 건데, 애 임신한 거 그 새끼가 물어본 이유가…… 지 애라고 생각해서 물어본 건 아니겠지?"

제발 아니라고 말해 주길 간절히 바라는 시선을 회피해 버리는 재인을 보며 혜은은 숨이 넘어갈 것처럼 놀랐다.

"기가 막혀, 정말! 그 새끼가 그렇게 말했어? 지 애 아니냐고!"

"어. 그런 식으로 말하더라. 애가 몇 주 됐냐고."

"와, 미치겠다. 미치겠어! 진짜 그거 완전히 개새끼네! 그런 새끼랑 같은 하늘 아래, 같은 공기를 마시고 있다는 것 자체가 불쾌하고 역겨워! 그래서 그걸 그냥 곱게 보냈어?"

"행운 아빠가 나왔거든."

"엄마야! 설마 임원용 그 새끼가 전부 다 말했어? 네 남편 될 사람한테?"

"아니……. 내가 행운 아빠 무작정 끌고 집으로 들어왔어."

"어휴! 어휴!"

혜은이 분통이 터지는지, 주먹으로 제 가슴을 쾅쾅 내려쳤다. 그러다가 금세 이성을 되찾고 재인의 손을 꽉 잡아 주었다.

"그래도 잘했어. 그게 무슨 좋은 거라고. 그건 그렇고. 그러고 나서 뭐래? 임원용 그 자식은! 오늘도 전화 왔어, 설마?"

"아니. 문자 왔더라고."

"문자? 문자로는 또 뭐라는데!"

"자기가 너무 취해서 실수한 거 같다고."

"아휴! 미친 새끼, 진짜. 어떻게 세상에 그런 새끼가 다 있니?"

"그러게 말이야."

"너 많이 놀랐겠다."

재인이 차마 대답은 하지 못하고 고개만 끄덕였다.

"그 새끼, 내가 길거리에서 마주치기만 해 봐. 정강이를 확 걷어차 버리든지! 거시기를!"

공중에 대고 발을 걷어차는 시늉을 보였다. 그래도 분이 풀리지 않는지 주먹으로 폭신한 소파를 마구 내려쳤다.

"너도 와서 좀 해."

"나, 나도?"

"어. 화가 좀 풀리는 것 같다."

"그럴까, 그럼?"

재인이 혜은의 옆으로 다가가 멈추지 않고 소파를 주먹으로 내려쳤다. 어찌나 힘껏 팔을 휘둘러 내려쳤는지, 머리가 산발이 될 정도로 흐트러졌다. 그래도 속은 시원했다. 혜은과 수다를 떨고 힘을 쓰다 보니, 어느새 없던 입맛이 다시 돌아오는 것 같았다.

"아, 배고파. 호두파이는 아껴 놓고 밥부터 먹어야겠다. 너 배 안 고파?"

허기를 느껴 배를 어루만지며 일어났을 때였다. 바닥에 놓아두었던 핸드폰이 방정맞게 몸을 떨며 울렸다. 액정을 보니, 미영이었다.

"누구 전화야?"

"우리 어머니."

누군지 궁금해하는 혜은에게 말해 주고 전화를 받았다.

"네. 어머니."

— 그래, 새아기. 몸은 좀 괜찮니?

"네. 어머니. 괜찮아요."

— 그럼, 우리 오늘 만나서 같이 피부 관리 받고 저녁이나 먹을까?

재인이 슬쩍 혜은의 눈치를 살폈다. 워낙에 조용한 집이었던 터라, 통화 소리를 다 들은 혜은은 인자한 미소로 자신은 괜찮다는 신호를 보냈다.

"네. 좋아요, 어머니. 제가 어디로 갈까요?"

— 아니야. 내가 김 실장이랑 같이 너희 집 앞으로 갈게. 30분 안으로 도착하니까. 나올 준비하고 있으렴.

"네. 어머니."

재인이 전화를 끊자, 혜은이 깍지를 끼고 늘어지게 기지개를 켰다.

"나 이만 가 봐야겠다."

"미안해. 호두파이도 들고 와 줬는데 이렇게 보내서."

"야! 너 자꾸만 섭섭하게 친구끼리 미안해 고마워 이런 말 할래? 그렇게 정 미안하고 고마우면! 너도 나 시집가서 애 배면 똑같이 해 주면 되잖아."

"그러면 되겠네?"

"시어머니랑 재밌게 놀아. 안 좋았던 기억 싹 잊혀지게."

재인은 혜은의 손을 맞잡으며 현관까지 걸어가 배웅을 하고 나갈 준비를 하기 위해 곧바로 방으로 직행했다.

❖ ❖ ❖

"내가 괜히 할 일 있는데 시간 뺏은 건 아닌가 모르겠어."

"아니에요. 저도 오늘 마침 예약 날이라서 와야 했거든요."

샵으로 향하는 차 안에 나란히 앉은 재인과 미영이 다정하게 말을 주고받았다.

"오늘 저녁은 뭘 먹을까?"

"전 아무거라도 다 좋아요."

"그래도 유난히 당기는 음식이 있다면 말해 보렴."

"음……. 어머니는 뭘 드시고 싶으신데요?"

"글쎄. 뭐가 좋을까? 시간이 된다면 여준이네 가게 가서 먹는 건 어떠니?"

"아! 그렇게 해요, 어머니."

"그래. 그렇게 하자. 몸은 좀 어떠니? 내가 이런다, 이래. 어제도 봤으면서 오랜만에 만난 사람처럼."

"늘 관심 가져 주시는 거 같아서 좋은걸요."

미영은 재인이 조곤조곤하니 말을 참 예쁘게 한다고 생각했다. 그때 재인이 마른기침을 큼, 하고 내뱉었다.

"혹시 감기라도 걸린 거니?"

"아니요. 감기는 안 걸렸어요."

아무래도 히터를 오래 켜고 있어 건조해진 건조한 차 안 때문이라고 생각한 미영은 김 실장에게 히터를 끄게 하고 창문을 살짝 열었다.

도로를 달리는 차의 창문을 비집고 들어오는 시원한 바람에 재인은 차 안에 들어서는 순간부터 느꼈던 답답함이 뻥 뚫리는 기분이었다. 숨을 깊게 들이쉬었다.

"운동은 꾸준히 하고 있니?"

"네. 빼먹지 않고 하고 있어요."

"그래. 귀찮아도 꾸준하게 운동을 해야지만 좋다고 하더라. 아이한테도 산모한테도. 물도 좀 자주 마시고."

"네. 어머니 그렇게 할게요."

이런저런 이야기를 주고받았다. 어느새 차량은 샵 주차장에 진입하고 있었다. 차가 멈추고 재인과 미영이 샵으로 들어갔다. 친절한 직원의 안내에 따라 옷을 벗고 가운으로 갈아입은 후, 둘은 안락하고 온화한 분위기를 연출하고 있는 VIP 룸으로 들어섰다.

"나 화장실 잠깐 다녀올게."

"네. 어머니."

침대에 올라가 눕는 재인을 뒤로하고 룸을 나오던 미영은 샵 안으로 핸드폰을 들고서 허겁지겁 들어서는 김 실장을 발견했다.

"김 실장?"

"회장님. 며느님께서 핸드폰을 차에 두고 가셨습니다."

"이리 줘요. 내가 전해 줄게요."

왜 저렇게 급하게 들어오는가 했더니 재인의 핸드폰이 울리고 있었다. 저장되어 있지 않은 번호로 울리는 핸드폰을 조심스럽게 건네받는 과정에서 미영의 손이 미끄러지며 통화 버튼을 터치하고 말았다.

얼떨결에 전화를 받은 상황이 되어 버려서, 이미 통화 중으로 넘어간 화면을 보고 미영은 당황하지 않을 수가 없었다. 그렇다고 전화를 끊어 버릴 수도 없었던 터라, 조금만 기다려 달라는 양해를 구하기 위해 핸드폰을 귀에 가져다 댔다.

"어. 저……."

- 재인아! 미안해. 어제 일은 정말 미안하다. 어젠 정말 내가 미쳤었나 봐. 네가 나 못 잊는다고 잡을 땐 언제고 다른 남자 만나서 결혼한다고 하니까, 순간 화가 나서 돌았던 거 같아. 아이 얘기 꺼냈던 것도 정말 미안해. 그 애가 내 애일 리가 없다는 거 나도 알아. 근데 내가 왜 그랬는지……. 아, 아무튼 너무 미안해. 내가 문자 보냈는데, 네가 답장을 안 해서……. 정말 미안하다.

대화를 끊을 틈도 없이 다급하게 내뱉는 원용의 말들을 미영은 고스란히 들을 수밖에 없었다. 그리고 그 내용은 미영으로 하여금 어떤 행동도 취하지 못하게 할 정도로 아연하게 만들기 충분했다.

– 재인아! 재인아!

핸드폰 너머에서 들려오는 원용의 고함 소리가 점점 미영의 귀에서 멀어져 갔다.

"회장님. 무슨 일이십니까?"

김 실장의 걱정을 담은 물음에도 미영은 점점 차오르는 화를 가까스로 참아 넘기며 침착하게 전화를 끊었다.

"김 실장님 차 대기시키세요."

무서울 정도로 흔들림 없는 미영의 차분함에 김 실장은 왜라는 의문도 갖지 않고 허리를 굽혔다.

"네. 알겠습니다, 회장님."

김 실장이 나가고 미영은 손에 핸드폰을 꽉 쥐고 재인이 있는 룸으로 향했다. 막 마사지를 받으려는 재인이 보였다.

"아가야. 이거 어떡하지? 내가 선약이 있는 걸 깜빡했어."

"선약이요? 그럼 가 보셔야죠, 어머니."

일어나려는 재인을 미영이 제지시켰다.

"일어날 필요 없어. 근데 미안해서 어쩌지? 저녁도 같이 못 먹을 거 같은데."

"전 괜찮으니까 신경 쓰지 마시고 볼일 잘 보세요."

"응. 그래. 그럼, 마사지 잘 받고 집에 조심히 들어가고."

"네. 알겠습니다, 어머니."

"아참. 차에 핸드폰을 두고 갔다고 김 실장님이 가져다주시더라. 여기다가 두고 갈게."

재인이 누워 있는 침대에 핸드폰을 내려놓고 룸을 빠져나왔다.

❖   ❖   ❖

휴가를 줬던 주제에 오늘 하루만 나와 달라고 성호가 부탁하는 바람에 여준은 피곤한 몸으로 레스토랑에서 일을 해야 했다. 브레이크 타임이 되자마자 여준은 어젯밤에 못 잔 잠을 청하기 위해 휴게실로 들어왔다.

뜨끈뜨끈한 온돌 바닥에 드러누우며 자신도 모르게 아고고…… 앓는 소리를 냈다. 팔베개를 하고 새하얀 형광등이 켜져 있는 천장을 바라보았다. 이렇게 아무 생각 없이 누워 있다 보니 재인이 생각났고 생각하니 보고 싶어졌다.

보고 싶어지니 온몸을 축 늘어지게 했던 잠도 달아나는 것 같았다. 전화를 해 볼까도 생각했지만 방금 전에 미영에게서 오늘 재인과 함께 데이트를 한다는 소리를 들었기에 행여나 방해가 될까 싶어서 그만두기로 했다.

대신, 여준은 핸드폰을 꺼내 재인의 사진을 찾았다. 보고 또 보고, 보면 볼수록 더 보고 싶어지는 재인의 얼굴을 그렇게 시간 가는 줄도 모르고, 피곤한지도 모른 채 보고 있을 때 휴게실 문이 열리고 성호가 들어왔다.

"한참 찾았네. 아이고, 따뜻하다. 내 돈 나가네. 내 돈."

성호가 따뜻한 바닥을 손으로 짚으며 말했다.

"웬일로 휴게실에서 다 쉬어?"

"어제 잠을 못 잤거든."

"왜. 무슨 일 있어?"

성호의 말에 여준은 어젯밤 저에게 화를 내고 눈물까지 보였던 재인을 떠올렸다. 언제나 재인의 옆에서 도움이 되고 힘이 되어 주고 싶었던 자신이 초라해지는 순간이었다.

하지만 그 초라함이 결코 재인이 야속하거나 재인에게 서운하다는 자질한 감정으로 느껴지지는 않는다. 오로지 그녀가 겪고 있는 버거운 짐을 덜어 주지 못하고 있는 것과 그녀가 완전히 자신을 의지하지 않고 있다는 것에 마음이 아플 뿐이었다.

"아니. 별일 없어."

여준이 개운하게 쭉 기지개를 켰다.

"오늘 제수씨하고 저녁 같이 먹을까?"

"오늘 저녁?"

"응. 내가 그전에 식사 한 번 대접하고 싶다고 했거든. 오늘이 딱 괜찮을 거 같은데."

"오늘 저녁은 안 돼."

"왜?"

"행운 엄마가 우리 어머니랑 함께 있거든. 저녁까지 같이 할거라고 하셨어."

"아. 그래? 그럼 내일은?"

"내일? 오늘 저녁에 가서 행운 엄마한테 한번 물어볼게. 형이 쏘는 거니까 비싼 걸 먹어야 할 텐데."

"그래. 그래라. 형 등골 휠 정도로 비싼 거 먹어."

"정말?"

"그래."

"각서라도 써야 하는 거 아니야?"

"뭘, 각서까지."

"나중에 가서 뒷말하시면 안 됩니다, 김 사장님."

"안 해, 임마. 나 한 입으로 두 말 하는 그런 모자란 놈 아니다. 메뉴나 골라. 비싸든 뭐든 상관없이. 무조건 제수씨가 먹고 싶은 거로."

"일단 각서 먼저 쓰고."

장난스러운 대화를 주고받고 있을 때, 똑똑 노크 소리가 들리더니 곧 문이 열렸다. 빠끔히 고개를 내민 홀 캡틴은 누워서 엉기적거리고 있는 여준에게 시선을 고정시켰다.

"강 셰프님. 손님 오셨습니다."

"손님이요?"

"네."

누가 찾아왔는지 의아하게 느껴지기보다는 더 쉬고 싶은 마음이 컸던 여준은 아쉬움에 떨어지지 않는 발걸음을 옮겨 홀로 나왔다. 브레이크 타임이라 텅 비어 있는 조용한 홀 가운데에 앉아 있는 낯익은 뒷모습이 보였다.

"어머니."

미영이었다. 지금 시간이면 어머니는 재인과 함께 있어야 했다. 그런데 웃음기 하나도 없이 굳은 표정으로 저를 바라보며 이곳에 있는 이유가 무엇일까? 여준은 알 수 없는 불안감에 휘말리며 미영의 맞은편에 앉았다.

"저희 녹차 두 잔만 부탁드려요."

홀 캡틴에게 부탁하는 여준을 미영이 제지시켰다.

"차 마실 여유, 없을 거 같구나."

미영의 무미건조한 말에 여준이 괜찮다며 홀 캡틴에게 가 보라는 눈짓을 했다. 이유를 알 수 없는 무거운 침묵에 창밖을 바라보고 있는 미영을 따라 여준 또한 시선을 돌렸다.

해는 어느새 뉘엿뉘엿 제 모습을 감추느라 바빠 보였다. 무슨 일이 있었던 걸까. 여준은 무슨 일이라도 제발 재인과 연관이 없는 일이기를 간절히 바랐다.

깊은 사념과 수심으로 가득 차 보이는 미영이 한참 동안을 응시하던 창밖에서 눈을 떼어 냈다.

여준은 미영과 눈동자가 마주치자마자 모든 신경이 곤두설 만큼 긴장했다.

"배 속에 있는 아이. DNA 검사해 보자."

여준은 자신의 귀를 의심했다. 분명히 잘못 들었다고 생각했다. 아니, 그렇게 절실하게 믿고 싶었다.

"어머니. 지금 무슨 말씀 하시는 거예요?"

"말 그대로야. 재인이 배 속에 있는 아이. 네 아이가 맞는지, DNA 검사해 보자."

재인이 자신을 찾아온 순간부터 단 한 번도 의심해 본 적 없는 일이었다. 자신이 끌어안았던 그녀를 믿는다. 그녀의 눈물과 그녀의 불안함, 그녀의 웃음은 단 한 순간도 거짓이 아니었음을 확신하고 믿는다.

그랬기에 여준은 어떤 이유를 불문하고 지금 미영의 행동이 납득되지 않았고 이해도 되지 않았다.

"그걸 왜 해야 하는 건데요. 행운이가 제 아이인 게 분명한데, 그걸 왜 해 봐야 하는 건데요."

"그 애가 네 애가 아닐 수도 있어."

"대체, 어머니 지금 무슨 말씀 하시는 거예요!"

"너를 만나기 전에 재인이에게 남자가 있었던 거 같은데, 알고는 있었니?"

"겨우 그거 때문에 그러시는 거예요?"

여준은 점점 차분함을 잃어 가고 있었다. 진정이 되지 않았고 담담해질 수 없었다. 어둠 속에 있던 한 줄기의 빛이 산산조각 난 것 같은 느낌이었다.

좌절했고 화가 났다. 더 이상 앉아 있을 수가 없었다. 그랬다가는 어머니인 미영에게 아들로서 지켜야 할 예의를 지킬 수 없을 것 같은 두려움이 들었던 것이다.

"들어가세요, 어머니."

"여준아."

테이블에서 벗어나 돌아서는 여준을 미영이 불러 세웠다.

"그럼, 어젯밤에 그 남자가 재인을 찾아왔었다는데, 그것도 알고 있었니?"

불행하게도 어젯밤 찾아온 그 남자의 얼굴이 주마등처럼 여준의 머리를 스치고 지나쳤다. 부정하지 못할 어제의 일에 여준의 단단한 믿음이 잠시 휘청거렸다. 하지만. 하지만……

"어머니가 뭘 잘못 알고 계시는 거예요. 그 남자는 재인의 남자친구가 아니라……"

그녀를 믿는다. 무슨 일이 있어도. 만약, 그녀가 무언가 숨기는 것이 있다고 하더라도.

"친한 친구라고 했어요."

여준은 재인을 믿는다. 숨겨야 했던 이유가 있을 거라고 생각했다. 그래야, 그녀와 함께할 수 있고 자신이 살 수 있다는 것을 알고 있기 때문에.

❖   ❖   ❖

혼자서 마사지를 받고 집으로 돌아온 재인은 씻고 한 삼십 분 정도 눈을 붙였다가 일어났다. 허기를 느낀 재인은 늦은 식사를 하기 위해 주방으로 향했다.

"밥 먹을 거야?"

거실에서 동봉과 TV를 보고 있던 숙자가 물어 왔다.

"응."

"계란 프라이라도 하나 해 줄까?"

"아니, 괜찮아. 내가 해 먹을게."

괜찮다고 만류하는 재인의 말에도 한사코 일어난 숙자가 주방으로 향하던 때였다. 거실 가득 초인종 소리가 울렸다.

"재현이 왔나? 오늘 야자라서 늦는다고 했는데."

주방으로 오던 숙자가 걸음을 옮겨 현관문을 열었다.

"사돈?"

막 밥을 푸던 재인이 숙자의 목소리를 듣고 그릇을 황급히 내려놓고 나왔다. 현관문 앞에 서 있던 미영과 눈이 마주쳤다.

"어머니."

살갑게 부르는 재인의 말을 곱씹은 미영은 신발을 벗고 들어왔다. 심상치 않은 표정을 감지했는지, 숙자가 재인을 향해 의아한 눈빛을 보냈다. 하지만 영문을 알 수 없는 재인이 어깨를 으쓱이며 고개를 내저었다. 미영이 거실로 들어서자 동봉도 자리에서 일어났다.

"늦은 시간에 불쑥 죄송합니다. 예의가 아니라는 것을 알면서도 확인해 볼 게 있어서 이렇게 무례를 무릅쓰고 오게 되었습니다."

미영은 건성으로 고개를 수그렸다. 말과는 다르게 진심이 없어 보이는 행동이었다. 이번엔 동봉이 무슨 일이냐는 눈짓을 보냈다.

재인은 순간, 두 번 다시는 떠올리고 싶지 않은 원용이 저지른 악행을 떠올렸다. 미영이 그 일을 알았을 리가 없었지만 떠올라 버리고 말았다. 필사적으로 그 불안감을 떨어트리려고 했지만 악착같이 달라붙은 악몽은 쉽게 사라지지 않았다.

"무슨 일인지 몰라도 일단 앉으시죠, 사돈. 당신은 차라도 한 잔……."

"아닙니다. 안사돈도 앉으시고, 재인이 너도 앉도록 해."

차를 내오기 위해 주방으로 잠시 몸을 돌렸던 재인과 숙자가 서로의 눈치를 살피며 자리에 앉았다.

미영은 그 뒤로 꽤 오랜 시간을 묵언으로 일관했다. 예사롭지 않은 분위기가 재인의 숨을 막히게 했고 입이 타들어 갈 것 같은 고통을 선사하고 있었다.

미영은 자신의 손끝에 두었던 시선을 들어 동봉과 그의 아내를 지나쳐 마지막으로 재인을 바라보았다.

"돌려 말하지 않고 단도직입적으로 말하도록 하겠습니다."

여전히 자신을 매섭게 응시하고 있는 미영이 모질게 느껴졌다. 서서히 내려간 미영의 시선이 재인의 배에 닿았다.

"재인이 배 속에 있는 아이의 DNA 검사를 해 봤으면 싶습니다."

가히, 충격적이었다.

"아. 아."

숙자는 미영의 말이 끝나기가 무섭게 신음 소리를 냈다. 몸이 힘을 잃고 뒤로 휘청 넘어가려는 걸 재인이 가까스로 잡았다.

"엄마!"

동봉은 휘둥그레진 눈으로 고개를 거세게 내저었다.

"사돈. 갑자기 그게 무슨 말씀이십니까!"

"재인이 배 속에 있는 아이, 어쩌면 우리 여준이의 아이가 아닐 수도 있다는 강한 의구심이 들었습니다."

"사돈! 하실 말씀이 있고 못 하실 말씀이 있지, 대체 무슨 근거로 그런 말씀을 하시는 겁니까!"

"어제, 재인이 전 남자친구가 찾아온 걸로 알고 있습니다."

그럴 리 없다는 표정으로 연신 부정하며 동봉이 재인을 채근했다.

"재인아. 사돈 말씀이 사실이냐? 어? 말해 봐!"

재인은 아무 말도 할 수가 없었다. 너무 놀라 확연히 드러나는 감정을 고스란히 내보이고 있었다. 재인의 눈동자가 심하게 일렁였다. 그리고 결국 미세하게 몸을 떨며 고개를 힘없이 떨어트리고 말았다.

"하."

숙자는 실색했고 동봉 역시 미간을 와락 찌푸렸다.

"어머니 말씀이 맞아요. 어제 원용이가 찾아왔어요. 하지만, 제 배 속에 있는 아이는 그 누구의 아이도 아닌 여준 씨의 아이가 맞아요."

"그 아이가 여준의 아이가 맞는다면 검사를 하지 않으려는 이유가 없다고 생각하는데."

서글펐다. 숨길 이유도, 검사를 하지 못할 이유도 없었지만. 재인은 배 속에 있는 아이에게 너무 미안하기만 했다. 어젯밤 일에 올바르게 처신하지 못해서 아이의 존재를 의심하게 만든 것만 같아서 가슴이 찢어지게 아팠다.

"정말이에요, 어머니. 이 아이, 여준 씨 아이 맞아요."

몰려오는 애석함에 버티지 못하고 재인이 터져 나오려는 눈물을 참기 위해 입을 틀어막았다. 미영이 다시 생각해 주기를 원했고 의심의 불씨를 꺼뜨려 주기를 바랐다. 하지만 단호한 그녀의 표정은 변할 생각이 없이 더 굳건해지고 있었다.

"검사를…… 한다고 칩시다. 그 검사 결과, 저 배 속의 아이가 여준의 아이가 맞는다면 우리 애가 받은 상처는 어떻게 보상해 주실 겁니까."

동봉이 눈물을 그렁그렁 매단 채 떨고 있는 재인을 보며 억장이 무너지는 심정으로 어렵게 입을 열었다.

"보상이라고 할 게 뭐 있나요? 저는 단지, 확실하게 하는 것이 좋다고 생각되기 때문에 검사를 해 보자는 뜻입니다."

동봉은 우는 자신의 딸을 보며 가슴속 깊이에서 솟아오르는 분노를 느낄 수 있었다. 소중하고 무엇과도 바꿀 수 없는 하나밖에 없는 딸의 마음속에 남겨졌을 깊은 상처가 가슴으로 느껴졌다.

아버지로서 지켜 줘야 할 자식의 자존심을 이렇게 무너트릴 수는 없었다. 동봉은 주먹을 꽉 쥐었다.

"그래요. 검사 받도록 합시다."

동봉의 말에 재인과 아내가 절망했다.

"제 말에 동의해 주셔서 감사드립니다."

"대신, 우리 딸의 배 속에 있는 아이가 여준의 아이든, 아니든······."

눈물로 촉촉하게 젖은 눈으로 자신을 바라보는 재인을 안쓰럽게 마주하며 동봉이 끊었던 말을, 이를 악물고 이었다.

"이 결혼은 무르는 걸로 하죠."

예기치 못한 동봉의 발언에 미영이 다소 당황해했다. 그러나 동봉은 흔들리는 내색 하나 없었다.

"맞습니다. 찝찝하다면 검사를 받고 확실하게 하는 것이 맞는 겁니다. 하지만 DNA가 일치한다는 결과가 나온다고 해도 마치 아무 일도 없었다는 듯 웃을 자신이 없네요. 우리 재인이, 내 딸이라서가 아니라! 내 자식이라서가 아니라!"

동봉은 문드러지는 심정에 가슴을 퍽퍽 내리쳤다.

"사소한 거짓말도 못 하는 애입니다. 그건 부모인 내가 보장합니다! 그런 아이를 이런 일로 불신하고 한순간에 무너트린 당신, 내가 용서할 수 없습니다!"

동봉의 절규에 재인이 또다시 눈물을 쏟아부었다.

"결혼을 하고 나서도 무슨 일이 생겼을 때, 우리 애를 믿지 못하고 의심 먼저 할 걸 생각하면 가슴이 메고 세상이 무너지는 것 같습니다. 그런 대접을 받을 바에는 우리 애, 시집보내지 않는 것이 낫습니다."

동봉이 자리에서 벌떡 일어났다. 눈물을 참고 화를 참았다.

"그만 나가 주시죠!"

미영이 꼼짝을 하지 않고 앉아 있자, 동봉이 현관문으로 가 거칠게 문을 열어젖혔다. 바깥에는 오늘따라 유난히 날카롭고 차가운 바람이 불고 있었다.

"당장! 내 집에서! 나가라고!"

동봉의 울부짖는 고함에 미영이 가방을 들고 일어나 집을 빠져나갔다. 꼼짝없이 앉아서 눈물을 쏟아붓고 있는 재인을 마지막으로 바라본 미영의 시선은 여전히 냉랭하기만 했다. 동봉은 미영이 나가자마자 문을 걸어 잠갔다.

"그러게 너는 왜 그놈을 만나 가지고 이런 사달을 내! 이런 사달을!"

숙자가 비통함에 재인의 등을 찰싹찰싹 때렸다. 거센 손찌검도 아프게 느껴지지 않는 건 이루 말할 수 없을 정도로 아려오는 가슴 때문일 것이다.

"미안해. 미안해, 정말……."

"아휴! 이제는 어쩌면 좋아! 어쩌면!"

"초상났어? 조용히 못 해!"

"어떻게 조용히 해요! 이제 애가 클 대로 커서 지울 수도 없고! 우리 재인이 아빠 없는 애 키우는 미혼모 되는데!"

"아빠가 왜 없어. 아빠 없이 안 키우면 되잖아!"

"어떻게 그래요! 결혼 안 시킨다면서!"

숙자는 눈물로 범벅이 된 얼굴로 호소했다. 그러자 동봉이 단호하게 말했다.

"애 낳으면 내 호적으로 올릴 거야. 그리고 재인인 새롭게 인생 다시 시작하면 돼!"

애써 담담하게 말하고 있었지만 동봉의 목소리는 한없이 절망감에 잠겨 있었다. 동봉은 얼굴을 가리고 있는 손가락 사이로 눈물이 비집고 나오는 재인을 보니, 억장이 무너져 내리고 심장이 갈기갈기 찢어지는 고통이 느껴졌다.

"DNA 검사하고, 파혼하자. 그리고 너도 마음 약해지지 말고, 흔들리지도 말고! 그 집 사람들 두 번 다시는 볼 생각하지 마! 알겠어?"

차마 대답을 하지 못한 재인은 숨도 제대로 쉬지 못하고 소리도 내지 못하고 울며 결국 바닥에 주저앉아 버리고 말았다. 한 순간 한 순간이 고통스럽기만 했다.

눈을 감으면 생각나는 단 한 사람, 여준의 얼굴이 이겨 내지도 버텨 내지도 못할 슬픔의 무게가 되어 너무 무겁고 가혹하게 재인을 옥죄고 있었다.

15.

미영이 왔다 간 이후로 일이 손에 잡히지 않았다. 집중이 분산되었고 머릿속 가득, 오로지 불안감만 가득 찼다. 여준은 결국 문을 닫으려면 한참 남은 시간에 일을 정리해 버렸다.

"미안해요. 오늘 저녁 잘 부탁해요."

부주방장에게 서둘러 부탁을 하고서는 정신없이 탈의실로 올라와 옷을 갈아입었다. 미영에게 전화를 했지만 받지 않았고, 김 실장 또한 전화를 받지 않았다. 재인에게 전화를 해 보았다.

– 고객님의 전화기가 꺼져 있어. 음성 사서함으로⋯⋯.

일어나서는 안 될 일이 일어난 것 같은 극도의 불안감이 여준의 마음을 무섭게 삼켜 버린 것만 같았다. 더 이상 주체할 시간 없이 다급하게 탈의실을 뛰어나오는 여준을, 부주방장에게 소식을 전해 듣고 나오던 성호가 잡아 세웠다.

"너 어디 가. 무슨 일 있는 거야?"

"나 지금 가 봐야 돼."

무언가에 홀린 사람처럼 조급해하는 여준을 보며 성호는 걱정이 앞섰다. 몇 년을 함께 지냈지만 이런 모습을 보여 준 것은 처음이었다.

"너 괜찮아?"

"미안해, 형."

여준이 거칠게 성호의 팔을 뿌리치고 가게를 빠져나갔다. 차에 시동을 걸고 출발하며 핸드폰으로 재인의 가족에게 번갈아 가며 전화를 했지만 모두 전화를 받지 않았다.

무언가가 잘못되었어도 단단히 잘못되었다. 하얗게 질려 버린 머릿속은 까맣게 타들어 가는 속만큼이나 그를 불안에 떨게 만들었다.

너무 늦어 버린 건 아닐까, 돌이킬 수 없을 정도로 너무 멀어져 버린 것은 아닐까, 여준은 저를 더욱 괴롭히는 질문들만 속으로 되새기며 재인에게로 향했다.

재인의 집에 도착하여 차를 주차할 여유도 없이 튀어나온 여준이 혹시나 하는 마음에 벨을 누르고 기다려 보았지만 안에선 아무 대답도 들리지 않았다. 여준이 다시 한 번 벨을 눌러 보았다. 고요한 골목에 초인종 소리가 퍼졌다 금세 사라졌다.

여준이 문고리를 잡고 흔들었다. 그러나 여전히 굳게 닫혀 있는 문은 열릴 기미를 보이지 않았다.

"재인아! 아버님!"

문을 두드리며 부르짖는 처절한 여준의 고함 소리만 차갑게 부는 바람에 흐트러질 뿐, 안에서는 어떤 기척도 나지다.

"어머니! 재인아! 재인아!"

문을 부여잡고 재인을 목 놓아 부르는 여준의 목소리가 서글프게 울려 퍼졌다.

"재인아……. 재인아."

처절한 몸부림에도 아픔은 가시지 않았다. 아물지 않은 상처에 독한 소독약을 들이부은 것처럼 참을 수 없는 괴로움은 재인의 이름을 부르면 부를수록 더 뚜렷하게 느껴졌다. 그때였다. 언제까지고 굳게 닫혀 있을 것만 같던 딱딱하고 차가운 문이 열리고 동봉이 나왔다.

"아버님."

동봉이 여준을 바라보는 눈빛은 살이 아릴 정도로 무정해 보였다. 한 번도 본 적 없는 그 눈빛이 여준의 가슴을 싸늘하게 만들었다.

"자네, 어머니한테 말 못 들었나?"

"아버님……."

"이제 더 이상 나한테 아버님이라고 부를 필요 없어. 나, 이제 더 이상 자네 아버님 아니니까. 자세한 건 자네 어머니한테 직접 듣도록 해."

"아버님!"

매몰차게 내치고 돌아서려는 동봉을 여준이 잡아 세웠다. 동봉의 손목에 닿은 떨리는 여준의 손이 안타까워 보였다. 하지만 마음을 바꿀 생각이 없는 동봉이 엄하게 여준의 손을 뿌리쳤다.

"우리 애를 의심해서 파렴치한 여자로 만들고 DNA를 검사하자고 한 자네 어머니를 나는 용서할 수도, 사돈으로 받아들일 수도 없어. 그러니까! 자네도 그만하고 돌아가! 다시는 우리 재인이 볼 생각하지 말고!"

"죄송합니다. 제가 죄송합니다."

여준이 무릎을 꿇고 들어가려는 동봉의 다리를 부여잡았다.

"저, 재인이랑 행운이 없으면 못 삽니다. 제가 용서를 빌겠습니다, 아버님. 제발, 제가 이렇게 간절히 부탁드립니다. 아버님. 제발……."

뜨거운 눈물이 여준의 차가운 볼을 타고 내려왔다. 애처롭게 목 놓아 우는 여준을 동봉은 있는 힘을 다해 야속하게 뿌리쳤다. 그리고 여준이 다시 잡을 틈도 허락하지 않고 잔인하게 문을 닫고 들어가 버렸다.

"아버님! 재인아! 재인아!"

여준이 절실하게 다시 문을 두들겨 보았지만, 침묵만이 주위에 무섭게 내려앉을 뿐이었다.

"들어가."

여준을 버리고 집으로 들어온 동봉은 자신의 방에서 나오는 재인을 나무랐다. 얼마나 울었는지 통통 부은 눈이 동봉의 눈시울마저 적시게 했다.

"아빠."

무슨 말을 하려는지 머뭇거리고 있는 재인을 동봉이 외면했다.

"얼른 안 들어가! 내가 말했지. 저 집 식구들 누구라도 다시 볼 생각하지 말라고!"

"아빠……."

울먹이는 재인을 동봉은 한사코 방 안으로 밀어 가두어 버렸다.

"아빠! 아빠!"

안에서 주먹으로 문을 두들기며 울부짖는 재인을 동봉은 모른 척했다. 이렇게까지 하고 싶지는 않았지만 어렵게 먹은 마음이 한순간에 쉽게 녹아 버릴 것 같았다.

야속하고 잔인하다고 해도 어쩔 수 없다. 아무리 실수를 하고 잘못을 했다고 하더라도 재인은 동봉에게 있어서 자신의 목숨과 바꿀 수 있을 정도로 소중한 딸이었고 그런 딸이 무시와 경멸을 받는 것은 원하지 않았다.

"절대로 나올 생각하지 마! 그 방에서 나오는 순간, 넌 내 딸 아니다."

동봉은 마음에도 없는 말을 하고 돌아섰다.

"누구도 문 열어 주지 마. 특히 재현이 너!"

그사이 집에 돌아와 냉랭한 분위기를 감지한 채 안절부절못하고 있던 재현에게 동봉은 단단히 주입시켰다. 숙자는 얼른 재현에게 방 안으로 들어가라 눈짓했다.

"당신도 절대로 마음 약해져서 재인이 방문 열어 주지 마. 여준이 와도 문 열어 주지 말고. 알겠어?"

"알겠어요, 알겠어."

동봉의 강압으로 방에 홀로 남겨진 재인은 밖에서부터 들려오는 대화에 바닥에 주저앉아 무릎을 접어 꽉 끌어안고 얼굴을 파묻었다. 그 사이를 비집고 톡톡, 눈물이 떨어져 손과 무릎을 적셨다.

아무리 가슴을 치고 때려도 꽉 막힌 답답함이 내려갈 기미를 보이지 않았다. 고통이 마치 슬픔을 회피하려는 재인을 비웃기라도 하듯 더 크게 엄습해 왔다. 눈물 때문에 목을 억누르는 고통과 부서질 것 같은 가슴의 시큰거림이 감당할 수 없을 만큼 커져 가고 있었다.

얼마나 울었을까, 눈을 뜨는 것조차 괴롭다고 느낄 때, 재인은 한기가 느껴지는 바닥에서 일어났다. 제멋대로 뒤엉킨 머리를 손으로 쓸어 넘기며 침대 위에 힘없이 앉았다.

밖은 어느새 깊은 밤에 물들어 있었다. 동봉이 핸드폰도 가져가 버려 전화도 하지 못하고 있는 자신의 현실이 서글프기만 했다.

뛰쳐나가고 싶고 그에게 가고 싶다. 그와 함께 있고 싶고 그와 도망이라도 가고 싶다. 하지만 자신으로 인해 생겨 버린 일에 가족이 상처를 받고 자신에게 실망을 하는 것이 두려웠다.

재인의 시선이 천천히, 화장대 위에 있는 아기 신발 한 짝에 머물렀다. 여준과 하나씩 나누어 가졌던 그것이었다.

"행운 아……빠."

주마등처럼 그와 함께했던 시간들이 스쳐 지나갔다.

처음 태아 사진을 들고 여준이 있던 그곳을 찾아간 것. 그의 따뜻한 배려로 샤워를 하고 맛있는 밥을 함께 먹었던 것. 머뭇거리고 무조건 도망만 가려던 재인과 함께 집으로 처음 인사를 드리러 온 것. 설레는 첫 데이트를 했던 것. 아침 일찍 도시락을 챙겨 들고 가서 식사를 했던 것. 요가 학원에서 함께 요가를 한 것. 함께 바다에 간 것.

함께 같은 공간에서 시선을 마주하며 같은 이유로 웃고 떠들던 모든 기억들이 재인의 머릿속에 각인되어 가슴을 억누르며 괴롭혔다.

그가 환하게 웃던 모습이 점점 희미해지기 시작했다. 그가 잡아 주던 따뜻한 손길이, 자신의 옆에서 쉬던 숨소리가, 자신을 따뜻하게 바라봐 주던 눈빛이 눈앞에서 점점 헝클어지고 있었다. 그가 완전히 사라질 것 같아 두려웠고 두 번 다시는 보지 못할까 봐 무서웠다.

"보고 싶어……. 보고 싶어요."

어느 순간부터 자신의 전부가 되어 버린 여준을 하염없이 그리워했다. 끝날 것 같지 않은 길고 긴 밤이 깊어 가고 있었다.

❖   ❖   ❖

새벽 6시 50분. 학교에 가기 위해 집에서 제일 먼저 나온 재현은 여전히 집 앞에서 축 처져 있다가 문소리에 반사적으로 벌떡 일어나는 여준과 눈이 마주쳤다. 초췌한 여준의 모습이 재현을 속상하게 만들었다.

"매형……."

"재인이는? 재인이는 어때, ……괜찮아?"

"매형 위해서라면 괜찮다고 말해 줘야 하는 것이 좋겠지만, 사실 누나도 괜찮지는 않아요. 어제 밤새도록 우는 거 같더라고요."

여준은 또다시 차오르려는 눈물을 겨우 참아 냈다.

"매형."

여준은 차마 대답을 하지 못하고 재현을 바라보기만 했다.

"저희 아버지가 좀 많이 화나신 거 같아요. 그래도 저희 누나 포기하지 말아 주세요."

손을 꽉 잡고 다독여 주었다. 여준은 나지막이 고개를 끄덕였다. 단 한 순간도 그랬던 적 없었듯이 지금도 앞으로도 절대 그런 일은 없을 것이라고. 재인과 헤어지는 일은, 재인을 잊어야 하는 일은 절대로 없을 것이라고.

재현이 가고 나서도 여준은 다시 그 자리에 주저앉았다. 무의미한 시간이 얼마나 흘렀을까, 여준의 눈앞에 낯익은 차가 한 대 멈춰 섰다. 뒷문에서 미영이 내렸다. 여준은 꿈쩍도 하지 않고 계단에 걸터앉아 있었다.

"여준아."

미영이 안타깝게 저를 부르는데도, 여준은 눈길 한 번 주지 않았다.

"너를 데리고 가라고 전화가 왔더라. 그래서 왔어."

여준의 시선이 허허롭게 허공에 맴돌았다.

"여준아."

"안 가요, 저. 재인이 보고 갈 겁니다."

"괜한 고집 피우지 말고 얼른 일어나."

"이러고 있으면, 이렇게 계속 있다 보면, 있다가 있다가 버티지 못하고 쓰러지기라도 해 버리면, 그때 한 번쯤은 재인이 볼 수 있겠죠."

"강여준!"

"어머니가 바라신 게 이런 거였어요?"

여준이 차갑게 식어 버린 눈으로 미영을 올려다보았다.

"너, 나한테 그렇게 말하면 안 돼."

"저 지금, 어머니 보고 싶지 않아요."

"강여준."

"아무것도 할 수 없는 제가 너무 싫어요. 지금 할 수 있는 거라고는! 내가 할 수 있는 거라고는 이런 거밖에 없어서! 안에서 숨죽여 울고 아파하고 있을 재인이 위해서 해 줄 수 있는 게! 이런 거밖에 없어서……."

붉게 충혈된 여준이의 눈에서 눈물이 차오르기 시작했다. 여기서 기다리는 내내 쉴 새 없이 쏟아져 바닥이 났을 거라 생각했던 그 눈물이 또다시 여준의 뺨을 타고 내려왔다.

"왜 그러셨어요, 왜. 어떻게 재인이 말은 들어 보지도 않고 그런 말을 하실 수 있어요?"

"그럴 수밖에 없었어. 넌 나한테 있어서 가장 소중한……."

"내가 아니라잖아요. 어머니 아들이 아니라잖아. 어머니가 세상에서 제일 아낀다는 아들이 제일 사랑하는 여자가 아니라 잖아! 그럼, 한 번만이라도 믿어 주셨어야죠. 만나 보지도, 함께 대화를 나눠 본 적도 없는 사람이 아니라! 자기 아들을, 몇 십 년을 알아 오고 얘기하고 함께한 나를 믿었어야죠. 그런 내가 사랑하는 여자를 믿었어야죠!"

쫙, 살과 살이 맞닿은 날카로운 소리가 울렸다. 맥없이 돌아가 버린 얼굴을 여준은 다시 들 생각을 하지 않았다.

"나는 너를 위해서 그랬어! 만약에 정말 저 애의 배에 있는 아이가 네 애가 아니라면 네 인생은 그대로 망하는 거야. 네 자식도 아닌 자식! 키워 주는 어처구니없는 희생을 해야 하는 거라고!"

"어처구니없는 희생도, 망하는 길도 아니에요."

빨갛게 달아오른 얼굴이 천천히 미영에게로 향했다.

"사랑하는 사람과 함께 있다는 건 희생도, 망하는 길도 아니에요. 어머니."

여준은 단호하게 말했다. 재인을 다시 품에 안고 같이 마주 보고 함께할 수만 있다면 남은 인생을 모두 바쳐도 상관없을 정도로 간절했다.

"저 살고 싶어요. 저, 재인이랑 같이 살고 싶어요, 어머니. 저 재인이 없으면 못 살아요."

눈물에 잠긴 여준의 같은 말이 몇 번이고 미영의 귓가를 맴돌았다.

"그래. 그럼 네 마음대로 해. 대신, 나는 네 결혼식 보지 않고 떠날 거야."

미영이 돌아섰지만 여준은 더 이상 잡지 않았다. 몇 시간 동안 지키고 있던 그 자리에 다시 앉은 여준은 벽에 살며시 고개를 기대고선 뻑뻑하고 시린 눈을 감았다. 그리고 깜깜해진 어둠 속에서 재인의 얼굴을 하염없이 그려보았다.

이튿째, 재인은 아무것도 입에 대지 않았다. 입맛이 없는 것도 사실이었지만 재현의 말에 의하면 그날 저녁부터 꼼짝도 하지 않고 집 밖에서 자신을 기다리고 있다는 여준을 생각하니 밥이 넘어갈 것 같지가 않았다. 여준은 춥고 어두운 곳에서 고생하고 있는데, 혼자 따뜻한 집에서 밥을 먹을 수 있을 리가 없었다.

그리고 또 하나 모자라고 못된 딸이라 걱정을 끼친 것은 죄송스러운 일이지만 이틀 동안 저렇게 밖에서 고생을 하고 있는 여준을 외면하고 차갑게 대하는 동봉에 대한 오기도 없지 않아 있었다.

"재인아. 너 뭐라도 좀 먹어야지. 그러다가 정말 큰일 난다."

문 밖에선 기운이 쏙 빠진 숙자의 걱정 어린 목소리가 들려왔다. 재인은 대꾸할 기력도 없이 그나마 깜빡이고 있던 눈마저 감아 버렸다.

"재인아."

숙자가 문을 열고 들어와 한마디 하려다가, 눈을 감고 있는 재인을 보고 잠들었다고 생각했는지 깊은 한숨을 몰아쉬고 다시 문을 닫고 나갔다.

"꼭 이렇게까지 해야겠어요? 이러다가 재인이까지 병나겠어요! 홑몸도 아닌데, 저러다가 무슨 일이라도 생기면……!"

"입방정 떨지 말라고 했지!"

"저렇게 서로 보고 싶어 하는데, 한 번만이라도 좀 만나게 해 줘요."

"안 돼. 그러다가 괜히 마음만 약해져. 시간이 약이라고, 시간 지나면 다 괜찮아질 거야. 저 둘 다."

"다시 생각해 봐요. 재인 아빠. 솔직한 얘기로 애들이 무슨 잘못이에요!"

재인의 귀에는 문 너머에서 들려오는 대화가 이명처럼 들렸다. 엄밀히 따지면 아무 잘못도 없는 그가 이렇게 가혹한 벌을 받고 있는 것에 너무 미안해졌다.

"나 때문이야……. 이게, 전부 다."

이젠 눈만 감으면 떠오르는 여준의 모습에 재인은 또다시 베개를 눈물로 적셨다. 그가 사무치게 그리웠다. 이제 너무 깊게 박혀 버려서 쉽게 뺄 수도 없는 존재가 되었고, 뺀다 하더라도 크게 구멍이 나 버린 가슴을 무엇으로도 채울 수 없게 되어 버렸다. 재인은 이불을 손이 으스러질 정도로 꽉 잡았다.

그가 없는 삶은 모든 것이 무의미하다. 밥을 먹는 것도, 잠을 자는 것도, 영화를 보고 여행을 가는 것도, 그와 함께하지 않는 거라면 모두 필요 없고 부질없는 짓일 뿐이었다. 그래서 더욱이, 그래서 간절하게, 재인은 여준이 보고 싶었다. 재인이 자리에서 일어나 방문 밖으로 나왔다.

"나, 여준 씨 보고 올게요."

재인이 거실에 앉아 있는 동봉에게 애원했다.

"안 돼."

"나, 정말 여준 씨 보고 싶어요! 한 번만 만나게 해 주세요. 딱 한 번만요."

"어서 들어가."

"아빠. 제발요……. 아빠한테 실망 주고, 힘들게 한 거, 내가 여준 씨랑 잘 살면서 다 갚을게요. 나는 내 아이, 동생으로 키우기 싫어요. 여준 씨랑 같이 키우면서 살고 싶어요. 제가 저지른 잘못 때문에 아이가 평생 엄마를 누나라고 부르고, 아빠가 버젓이 살아 있는데도 함께하지 못하는 거. 너무 가혹하잖아요."

"최재인!"

"제 잘못이 없는 것도 아니니까 어머니가 그렇게 하신 거,

제발 한 번만 이해해 주세요. 저, 정말 여준 씨 너무 보고 싶고, 여준 씨 없으면 안 돼요. 아빠도 많이 아끼고 좋아한 사람이잖아요. 저 사람은 아무 잘못 없는 거 아빠도 아시잖아요. 그런데, 왜 이렇게 매몰차게 대하시는 거예요. 왜 이렇게 잔인하게 저 사람을 몰아붙이시는 거예요."

애걸복걸하며 사정하는 재인을 동봉은 힘들게 애써 외면했다.

"어서 들어가라는 아빠 말 안 들려?"

"아빠! 제발요!"

사태가 더 심각해질 것을 감지한 숙자가 얼른 재인을 달래서 다시 방으로 들어왔다. 재인은 여전히 멈추지 않는 눈물 젖은 얼굴을 이불에 파묻어 버렸다.

"네 아빠도 지금 순간적으로 너무 화가 나셔서 그러는 거야. 그런데 네가 이렇게 밥도 안 먹고 여준이도 저렇게 버티고 있으니, 더 오기가 생기는 거야. 그걸 왜 몰라."

"엄마. 나 여준 씨 없으면 안 돼. 아빠 말씀대로 할 순 없잖아. 엄마, 엄마가 좀 도와줘."

"내가 무슨 힘이 있어. 엄마가 무슨 힘이 있니……."

"엄마, 바깥에 그 사람 있다면서…… 한 번만 보게 해 줘. 제발. 나 여준 씨 한 번만 보게 해 줘."

재인의 우는 것이 너무 마음이 아팠는지, 숙자는 자리에서 일어나 쉬라는 말만 남기고 방을 빠져나갔다.

"보고 싶어……. 보고 싶어. 보고 싶다고. 보고 싶다고!"

재인이 엄습해 오는 그리움에 이불자락을 꽉 쥐었다. 마지막 발악과도 같은 비명이었다. 그를 볼 수만 있다면, 그를 다시 만날 수만 있다면, 그와 다시 손을 잡고 그와 마주 보고 밥을 먹고 그의 품에 다시 안길 수만 있다면, 재인은 모든 것이 끝나 버려도 상관없다는 생각이 들었다.

그 순간, 시야가 흐릿해지고 머리가 핑 도는 느낌이 들었다. 정신이 희미해졌다. 의지와는 다르게 감기는 눈을 제 의지로 다시 뜰 수가 없었다. 재인이 꽉 잡고 있는 손 때문에 구깃구깃했던 이불자락이 서서히 펴졌다.

"서둘러!"

이틀을 꼬박 밤을 샜더니 기력이 쭉 빠져 깜빡 잠이 들었던 여준이 가까운 곳에서 들리는 소란스러움에 화들짝 놀라 깨어났다. 집 앞에 멈춰 서 있는 구급차 안에서 들것을 든 구급대원들이 다급하게 뛰어내려 재인의 집으로 달려오고 있었다.

안에서 심상치 않은 일이 벌어졌다는 것을 쉽게 간파할 수 있었다. 자리에서 벌떡 일어난 여준은 동봉이 열어 준 문으로 들어가는 구급대원들의 뒤를 따라 정신없이 집 안으로 들어갔다.

"재인아! 우리 재인이 어떡해!"

숙자가 방 안에서 비명에 가까운 소리를 지르고 있었고 대원들이 서둘러 그곳으로 향했다. 곧 들것에 실려서 나오는 정신을 잃은 재인의 모습을 보였다. 피가 마르는 느낌이 들었다.

놀란 가슴은 쉽게 진정되지 않았다.

"재인아!"

대답 없는 이름을 애타게 부르며 여준이 빠르게 그녀에게 다가갔다. 그녀의 부모님들보다 재빠르게 움직인 그가 결국 구급차에까지 따라 올라탔다.

"보호자 되십니까?"

구급대원의 말에 대답할 겨를도 없이 여준은 끓어오르는 울음을 흐느끼며 땀으로 범벅이 된 재인의 이마를 애처롭게 쓰다듬었다.

"저, 보호자분 어디 계십니까!"

구급대원이 대답을 하지 못하는 여준을 보다가 밖으로 고개를 내밀며 외쳤다. 그제야 여준이 떨리는 목소리로 대답을 했다.

"저 보호자 맞습니다. 제가, 제가 이 사람, 남편 될 사람입니다."

잠시 구급대원이 의심의 눈빛을 보였지만 뒤이어 따라온 동봉이 옅게 고개를 끄덕이자 문을 닫고 차를 출발시켰다.

여준은 재인의 손을 꼭 붙들었다. 모든 것이 자신의 잘못처럼 느껴졌다. 아무것도 하지 못한 무능력한 자신 때문에 재인이 이렇게 된 것만 같아 자책했다.

"미안해. 미안해."

꼭 잡은 재인의 손등 위로 눈물이 떨어졌다. 제발 아무 일도 일어나지 않기를 여준은 가슴 깊숙이 간원했다.

"탈진 상태입니다. 하마터면 배 속에 있는 아이까지 큰일 날 뻔했습니다. 임신부이니만큼, 가족분들께서 편안한 심신을 유지하고 안정을 취할 수 있게 각별히 주의해 주시기 바랍니다."

딱딱한 어투의 의사가 말을 끝내고 가자 숙자가 쓰러지듯 의자에 앉아 재인의 손을 붙잡았다. 앙상하게 말라 버린 재인의 팔에 꽂혀 있는 바늘이 안쓰러워 보였다. 숙자는 뒤에 서 있는 동봉을 매섭게 바라보았다.

"이 모양 이 꼴이 되니까 좋아요? 이제야 속이 시원하냐구요! 나한테는 그때 그렇게 어른답지 못하다고 말하더니, 당신이야말로 어른답지 못하게!"

울분이 터지는 숙자의 목소리가 거친 동봉의 한숨 소리에 파묻혀 버리고 말았다. 동봉은 응급실을 빠져나왔다. 원무과에 들렀던 여준이 응급실에서 막 나오는 동봉을 뒤따랐다.

"아버님."

동봉은 돌아보지 않고 가던 걸음만 멈추었다.

"제가, 재인이한테 잘하겠습니다. 재인이가 이번에 받은 상처, 그리고 아버님의 상한 자존심, 어머니께서 끼쳐 드렸던 심려, 제가 곁에서 보상할 수 있게 제발 허락 부탁드립니다, 아버님."

동봉은 자신의 바지 자락을 부여잡고 애원하던 재인의 모습을 떠올렸다. 울고 부르짖으며 여준을 애타게 원하던 재인의 모습이 꽉 박혀 버려 쉽게 사라지지 않았다.

이렇게 위험한 상황이 닥치니, 동봉은 더 이상 재인을 위한 다면서 피우는 모든 고집들이 헛된 것임을 알았다. 계속 뜻을 고집한다는 건 후회만 남을 일을 자처하는 것 같았다.

동봉은 돌아서서 여준을 마주했다. 재인의 상태와 별다를 게 없어 보이는 여준의 모습은 오래도록 굶고 잠을 자지 못해 초췌했고 마음이 아플 정도로 안타까워 보였다. 그렇게 친절하고 예의 바르고, 착하기만 한 여준에게 자신이 무슨 짓을 한 건지, 회의감이 들었다.

"들어가 봐. 나머지 얘기는 나중에 하도록 하지."

축 처진 동봉의 모습이 멀어져 갔다. 동봉이 시야에서 사라질 때까지 바라보던 여준이 돌아서 응급실로 들어왔다. 어느새 의식을 찾은 재인이 눈을 감고 뜨는 것조차 버거워하며 천천히 그녀에게로 다가가고 있는 여준을 마주했다.

"둘이 얘기 좀 나눠."

숙자가 자리를 비켜 주었고 여준은 재인의 앞에 섰다. 그토록 보고 싶었던 재인이다. 보면 할 말도 많았고, 안아 주고 싶었는데, 자꾸만 눈물이 터져 나오려 했다. 눈물을 보이기 싫었던 여준이 재인이 덮고 있는 이불에 얼굴을 파묻었다.

속으로 삭이며 소리도 내지 못하고 우는 여준을 쳐다보며 재인이 손을 살며시 들어 그의 머리를 쓰다듬어 주었다.

"미안해요."

재인이 눈물에 젖은 목소리로 간신히 말을 읊었다.

"오해할 일을 만들어서 당신 아프게 만든 거 너무 미안해요."

여준이 고개를 천천히 들었다. 눈시울이 붉어진 여준의 얼굴에 재인이 천천히 손을 올려 눈물을 닦아 주었다.

잠깐 잠들었던 꿈속에서 여준은 만지려고 하면 사라지고 다가가려 하면 할수록 멀어졌다. 하지만 이제 손끝에서 느껴지는 여준의 살결과 온몸에서 감지하는 여준의 존재를 느끼고 있자니, 벅찬 마음에 눈시울이 뿌예졌다.

"너무 보고 싶었어요. 정말 많이 보고 싶었어요."

눈물에 완전히 젖어 버린 목소리로 간신히 말을 내뱉는 재인의 손을 여준이 꽉 잡았다.

"아무것도 못 해 줘서 미안해. 이렇게까지 너 힘들게 만들어서 미안해."

"여준 씨가 뭐가 미안해요. 나 때문에 이렇게 된 건데."

"아니야. 너 때문이 아니야. 그 남자 때문이지 너 때문이 아니야."

"너무 많이 야위었다……."

"이제 너 절대로 안 놓칠게. 절대로 너한테서 떨어지지 않을게."

재인은 두 손으로 애처롭게 여준의 볼을 쓰다듬어 주었다. 붉어진 여준의 눈망울이 재인의 눈과 한참을 마주했다.

"나, 안아 줄래요?"

건조하지만 다정한 재인의 말에 여준이 미세하게 고개를 끄덕이며 재인을 끌어안았다. 재인은 여준을 다시 만날 때 꼭 하고 싶었던 말을 아끼지 않고 말했다.

"사랑해요."

재인의 볼에 뜨거운 눈물이 흘러 여준의 어깨를 적셨다. 그녀가 처음 해 주는 고백. 여준은 아픈 가슴을 커다랗게 감싸는 행복을 느꼈다.

"나도. 나도 사랑해."

애잔함이 잔뜩 담긴 목소리로 간신히 대답을 한 여준이 재인을 다시 한 번 꽉 끌어안았다. 아프도록 그리웠던 그의 품에 온전히 안긴 재인이 그제야 안도의 한숨을 내 쉬었다.

영양제를 다 맞고 재인과 함께 집으로 오는 내내, 숙자는 택시 안에서 잡은 재인의 손을 놓지 않았다. 그때 옆에서 훌쩍거리는 소리가 들려왔다.

"엄마 울어?"

넌지시 묻는 재인에게 돌아오는 대답은 없었다.

집에 도착하자 여준이 재빨리 재인을 부축하여 집으로 들어왔다.

"아빠 안 계시네."

재인을 방 침대에 눕힌 여준이 옆에 걸터앉아 다정하게 머리를 어루만져 주었다.

"편안하게 쉬어."

"어디 가려구요?"

"응. 아버님 뵈러."

"다시 올 거죠?"

"응. 이제 어디에도 안 가. 너 없는 곳이면."

고개를 끄덕이고 잠을 청하기 위해 눈을 감는 재인을 확인하고, 숙자에게 간단하게 인사를 하고 집 밖으로 나온 여준은 동봉에게 전화를 걸었다. 신호는 얼마 가지 않아 달칵, 하고 끊겼다.

"아버님. 지금 재인이랑 어머님 집에 모셔다 드리고 나오는 길입니다."

– 그래그래.

"어디 계세요?"

– 사거리로 나와서 편의점 옆에 있는 작은 포장마차에 있어.

"제가 그쪽으로 가겠습니다."

전화를 끊고 여준은 동봉이 설명해 준 포장마차에 도착했다. 오는 내내 복잡하게 얽혀 괴롭히던 생각들이 막상 혼자 술을 기울이고 있는 동봉을 보니 까마득하게 지워져 버렸다. 여준이 동봉의 맞은편에 앉아 잔을 달라고 하기 위해 손을 들었다.

"앉아. 술은 마실 생각하지 말고. 며칠 굶었는데, 술 들어가면 속 뒤집어져."

"괜찮습니다."

"내 말 들어."

제지하는 동봉에게 토를 달 수 없는 터라, 여준은 두 손으로 술병을 들어 동봉의 빈 잔을 채우는 걸로 대신했다.

"아니라고, 믿어 달라고 애원하는 내 딸을 너무 냉담하게 외면하는 자네 모친을 보면서 부모로서 너무 화가 나고 자네 모친이 밉기도 했어. 아무리 내 새끼라지만 우리 재인이가 거짓말을 하고 그렇게 엄청난 일을 뻔뻔하게 꾸밀 만큼 못되고 파렴치한 아이가 아니거든. 그건 내가 보장할 수 있거든. 그래서 그 분노가 아무 죄 없는 자네한테도 돌아간 것 같아."

목까지 차오르는 울분을 막기 위해서 동봉은 앞에 놓인 술을 들이마셨다. 탁, 빈 잔을 테이블 위에 거칠게 내려놓은 동봉이 앞에서 죄지은 죄인처럼 고개를 푹 수그리고 있는 여준을 충혈된 눈으로 바라보았다.

"고개 들어. 자네가 잘못한 건 없잖아. 내가 많이 원망스럽지?"

여준은 아무 대답도 못 하고 아랫입술을 지그시 깨물며 이틀 동안 자신이 겪은 서러움과 걱정을 꾹꾹 참고 있었다.

"많이 원망스럽지?"

다시 한 번 묻는 동봉의 말에 여준이 고개를 내저었다.

"충분히, 이해합니다. 이렇게 좋은 아버님을 원망하게 될까 봐 걱정됩니다. 부탁드릴게요. 재인이랑 결혼 허락해 주세요."

"결혼하면, 자네랑 우리 재인이 결혼하면! 우리 재인이 행복하게 해 줄 수 있고, 자네도 행복할 수 있는 거 맞지?"

"네. 아버님."

결국 동봉의 눈에서 가까스로 참고 있던 눈물이 맺혀 떨어져 버렸다. 동봉은 투박한 손으로 여준의 손을 꽉 잡고 쓰다듬었다.

"그래그래. 그럼 됐지."

유난히도 차가웠지만 다정한 손길이었다.

취해서 인사불성이 된 동봉을 부축해 집으로 온 여준은 재인의 방문을 열고 들어갔다. 깊고 어두운 밤을 유일하게 비추는 영롱한 달빛이 방 안 가득 퍼져 있었다. 여준은 잠들어 있는 재인을 지그시 바라보다가 그녀의 옆에 몸을 뉘었다.

이렇게 가까이 다시 함께할 수 있는 것이 믿기지가 않았다. 여준은 재인이 잠들어 있다는 것도 깜빡하고 제 품에 재인을 꽉 끌어안았다.

"어……? 언제 왔어요?"

여준의 품에 안긴 재인이 잠에 취한 목소리로 물었다. 여준은 또다시 터지려는 눈물을 참고 있느라, 대답도 하지 못했다. 재인 또한 더 이상 아무런 말도 하지 않았다. 그저, 해가 뜨고 해가 지고, 달이 뜨고 달이 질 때까지 그토록 그리워하던 익숙한 그의 품에서 다시 편안한 잠을 청하고 싶었다.

❖　　　❖　　　❖

해가 중천에 뜰 때쯤 일어나 보니, 모두 어딜 갔는지 집은 고요하기만 했다. 샤워를 하고 나와 아침밥을 챙겨 먹으려고 했지만 입맛이 없어 건너뛰기로 했다. 재인은 핸드폰을 들어 여준에게 먼저 문자를 보냈다.

[저 지금에서야 일어났어요. 이거 보거든 문자 줘요.]

문자를 다 찍어 놓고 잠시 빤히 글자들을 바라보았다. 애교, 오랜만에 그 단어가 떠올라 뒤에 하트를 붙여 보냈다.

[일어났구나! 뭐 먹고 싶은 거 없어? 오늘 저녁에 사 갈게.]

그와 다시 이렇게 연락을 하고 보고 싶을 때 볼 수 있다는 것이 너무 꿈만 같고 행복했다. 재인은 뭉클해지는 마음에 눈물이 찔끔 나오려는 걸 애써 추슬렀다.

[아무것도 안 사 와도 돼요. 그냥 빨리만 오세요. 보고 싶으니까.]

[알았어. 끝나자마자 바로 달려갈게♡]

자신과 마찬가지로 문자 끝에 하트를 붙인 여준 때문에 픕 하고 소리 내어 웃었다. 이제, 다 괜찮아진 걸까 싶다가 불현듯 떠오른 미영의 얼굴에 재인이 자리에서 벌떡 일어났다.

사랑이란 이름으로 자신을 위해서 언제나 두려움과 맞서 싸우며 힘써 주고 보호해 주었던 여준을 위해서 이번엔 자신이 나서야겠다고 생각했다. 사랑이란, 이름으로.

더불어 모두를 위한 일이라고 생각했다. 오해로 상처를 받은 자신과 여준, 오해로 화가 나 있는 미영, 오해로 아파했을 부모님들, 오해로 미안해져 버린 행운이까지. 오해를 풀고 화해를 한다면 모든 것이 행복했던 원점으로 돌아갈 수 있을 거라고 생각했다.

거기까지 마음을 먹자, 더 이상 피하고 싶지 않았다. 핸드폰에서 미영의 번호를 찾아 눌렀다. 신호가 가는 동안 심장이 떨려 왔지만 막상 핸드폰 너머에서 미영의 목소리가 들려오자 마음이 차분해졌다.

– 여보세요.

"어머니, 저 재인이에요."

– 그래.

"오늘 잠시 뵙고 싶은 마음에 전화 드렸습니다. 어머니께서 편하신 시간대를 말씀해 주시면 맞춰서 찾아뵙겠습니다."

미영의 침묵에 재인은 초조한 마음을 감출 수가 없었다. 핸드폰을 쥔 손이 미세하게 떨려 오고 바짝 마르는 입술을 꾹 다물다가 다시 한 번 정중하게 말을 꺼내 볼 생각에 막 입을 벌렸을 때였다.

– 알겠다. 2시쯤 너희 집 앞 사거리에 있는 카페에서 만나자꾸나.

"네. 알겠습니다, 어머니."

전화를 끊고 시계를 보니 1시가 다 되어 가고 있었다. 생각보다 시간이 촉박하다는 것을 알아챈 재인이 나갈 차비를 서둘렀다. 샤워를 하고 나와 방으로 들어가 옷을 서둘러 갈아입고 있는데, 현관문이 열리고 숙자가 들어왔다.

"어디 가? 너 전복죽 끓여 주려고 전복 사 왔는데."

"어? 어머니 잠깐 뵈러."

"뭐? 왜? 왜 만나자는 건데?"

눈에 심란함이 가득 찬 숙자가 나가려는 재인을 붙잡고 걱정스럽게 물었다.

"엄마랑 같이 가자. 같이 가."

"아니야. 어머니께서 만나자고 한 거 아니고, 내가 먼저 어머니께 뵙자고 한 거야. 오해는 풀어야 할 것 같아서. 그래야 내 마음도 어머니 마음도 편해질 거잖아. 그러니까 너무 걱정하지 마, 엄마."

재인이 운동화를 신으며 숙자를 다독이고 나왔다. 밖으로 나오니, 다사로운 햇살이 재인을 위로해 주는 것 같았고 걸음을 가볍게 만들어 주었다.

약속 장소인 카페는 재인의 집에서 3분 거리도 안 되는 상가에 위치해 있었다. 2시가 되기 10분 전에 도착한 재인은 유리창 너머로 벌써 도착해 앉아 있는 미영을 발견하고 서둘러 걸음을 옮겼다.

"어머니."

재인의 부름에 미영이 찬찬히 고개를 올렸다. 미영도 속병을 앓았는지 얼굴이 많이 수척해져 있었다. 재인이 살며시 목례를 하고 자리에 앉았다. 여전히 아무 색도 띄지 않는 미영의 표정이 재인의 용기를 메마르게 만들었다.

곧 직원을 불러 주문을 했다. 재인은 카페인을 피하려 생과일주스를, 미영은 에스프레소를 주문했고 직원이 차를 가지고 오는 순간까지도 둘 사이에 오고 가는 대화는 없었다.

미영이 하고 있는 오해를 풀기 위해서 나온 자리지만, 막상 무슨 말을 어떻게 꺼내야 할지 잠시 고민되고 망설여졌다. 재인은 습관처럼 손톱을 톡톡, 치며 불안한 침묵을 위태하게 버텨 내다가 결국 입술을 떼었다.

"어머니."

미영의 시선이 재인에게 머물렀다.

"일단, 상황이 충분히 오해하실 만했다는 거 압니다. 심려 끼쳐 드린 거 같아서 죄송한 마음이지만 이번 일은 정말 어머니께서 오해를 하신 일이라고 말씀드리고 싶습니다."

재인은 툭툭 치던 손톱을 멈추고 미영과 눈을 마주쳤다. 굳어 있는 미영의 표정은 좀처럼 풀리지 않았지만 계속 말을 이어 나갔다.

"제 배 속에 있는 이 아이는 저의 모든 것을 다 걸고 다른 남자의 아이가 아니라 여준 씨의 아이가 확실하다고 말씀드릴 수 있습니다. 저를 믿어 주세요, 제발. 어머니, 그래도 믿기 어려우셔서 저와 여준 씨의 결혼을 승낙할 수 없다고 하신다면……."

DNA 검사를 하겠다는 말이 차마 입 밖으로 쉽게 나오지 않고 입가에 맴돌았다. 재인이 목울대까지 올라온 뭉클한 무언가를 가까스로 참아 내며 떨어지지 않는 말을 하려던 참이었다.

"여준이가 너희 집 앞에서 버티고 있을 때 그 아이한테 갔었다. 그때는 홧김에 그 아이에게 손찌검까지 했지만. 만나 보지도, 함께 대화를 나눠 본 적도 없는 사람이 아니라 아들을, 몇 십 년을 함께한 자신을 먼저 믿어 줬어야 했다고 말하는 그 애의 모습을 보고 그제야 천천히 생각을 다시 되짚어 봤어."

잠시 말을 멈춘 미영의 눈빛이 아주 연하게 일렁이고 있었다. 미영은 눈썹을 살짝 치켜들고 옅은 숨을 내뱉었다.

"마음을 다독이고 다시 생각해 보니, 내가 어리석었다는 것을 알았다. 그 남자가 자신의 애가 아니라고 말하는 전화를 받았는데도, 네 말은 들어 볼 생각은커녕, 의심을 먼저 하고 이성적이지 못하게 대처해서 모두에게 상처만 남겨 준 거 같구나."

"어머니……."

"단 한 번만이라도, 남이 아닌 내 자식과 내 자식이 사랑하는 너의 말을 먼저 들어 볼 생각을 했어야 했는데……. 그랬어야 했는데."

미영은 다감한 목소리와 따뜻한 눈빛으로 재인을 마주했다.

"미안하구나. 새아가. 내가, 미안해."

미영의 말에 결국 재인의 눈물이 와락 터져 버리고 말았다. 여태 속으로 가지고 있던 불안감이 안도로 바뀌면서 눈물이 목을 짓눌렀다. 눈물은 마를 생각을 하지 않고 계속 재인의 볼을 적셨다. 그런 재인의 눈물을 닦아 주는 미영의 손길은 그 어느 때보다 다정했다.

사람들이 바글바글한 웨딩홀 앞에는 재인과 여준이 찍은 웨딩 사진이 브라운 계열의 대문짝만 한 액자에 담겨져 있었다. 오른쪽엔 동봉과 숙자가, 왼쪽엔 미영과 여준이 서서 손님들을

맞이했다.

"오늘 셰프님 짱이세요!"

"우리 여준 씨 잘생겼다!"

"전 저 멀리서 셰프님 보고 모델인 줄 알았어요! 전화번호 딸 뻔했다니까요?"

"우리 셰프님이랑 사진 찍자!"

어린 여자 직원들이 여준의 옆으로 찰싹 달라붙어서 사진을 찍고 안으로 들어갔다. 그러자 앞에 서 있던 장모가 새치름한 눈빛으로 여준을 바라보았다.

"자네, 그러긴가? 지금 장모랑 장인어른 앞에서 다른 여자들이랑 팔짱을 끼고 사진을 찍어?"

"어, 어머니 저 팔짱은 안 꼈는데……."

여준은 머쓱해하며 쩔쩔맸다.

"내가 방금 똑똑히 본 거 같은데."

"그러게. 나도 본 거 같다?"

옆에서 미영이 장난스럽게 거들자, 여준은 더 당황한 얼굴로 어쩔 줄 몰라 했다.

"어머니가 잘못 보신……. 어! 성호 형!"

때마침 막 엘리베이터에서 내리는 성호를 보고 한달음에 도망가는 여준을 귀엽다는 듯이 보다 숙자와 동봉, 미영이 서로를 향해 웃었다. 본의 아니게 성호를 마중하러 온 여준은 진땀을 닦아 냈다.

"너 내가 그렇게 반갑냐?"

"어? 어! 반갑지. 당연하지. 축의금 제일 많이 내 줄 사람인데."

"뭐? 임마!"

"보니까 홀이랑 주방 직원들 다 왔던데, 매장은 어쩌고."

"특별히 하루 문 닫았지. 우리 셰프님이 워낙에 직원분들한테 인기가 많아서 말이지. 서로 가겠다고 해서 싸움까지 날뻔했다."

여준이 행여나 그 말을 뒤에 있는 숙자가 들었을까 봐 노심초사해서는 슬쩍 눈치를 살폈다.

"그런 말 어디 가서 하지 마."

"제수씨한테 혼나?"

"제수씨한테만 혼나는 게 아니거든."

성호가 멀찌감치 떨어진 곳에 있던 숙자와 눈이 마주치자 아…… 하며 탄식했다.

"오늘 사회 잘 부탁해. 연습 좀 많이 해 왔어?"

"아니. 바빠서 별로 못 했어."

"그럼 들어가서 얼른 연습해."

"그래도 신부 얼굴은 한 번 봐야 하지 않겠냐?"

"나랑 손잡고 있을 때 봐."

"우리 제수씨 결혼하기 전에 밥 사 드린다고 했는데. 결혼하고 꼭 날짜 잡아라. 나 괜히 신소리나 하는 놈처럼 만들지 말고."

"알겠어. 오늘 사회 진짜 잘 봐줘야 돼."

"걱정 마!"

여준이 성호를 떠밀고 자신의 자리로 돌아가려던 찰나에 신부 대기실을 힐끔 쳐다보았다. 저절로 미소가 입가에 맴돌았다.

신부 대기실에선 '스마일~'과 찰칵, 하는 핸드폰 카메라의 셔터 소리가 쉴 틈 없이 난무했다. 눈부신 티아라와 반짝이는 화려한 귀걸이와 목걸이를 하고 하얀 웨딩드레스를 입고 앉아 있는 찬연한 재인의 모습은 아름다웠다.

"야! 너 너무 예쁘다. 내가 본 신부 중에 제일이야, 제일!"

"그러게. 진짜 예쁘다, 재인이."

혜은과 친구들이 신나게 재인의 사진을 찍으며 말했다. 재인은 태어나서 난생처음 받아 보는 사진 세례와 칭찬에 부끄러워서 혜은이 해다 준 화려한 부케로 계속 얼굴을 가렸다.

친구들, 지인들, 친척들과 시간 가는 줄 모르고 사진을 찍던 재인은 곧 직원의 안내에 따라 신부 대기실을 빠져나가는 사람들을 보며 온몸을 휘어 감는 긴장감에 마른침을 꼴깍 삼켰다.

"신부님. 나가실게요."

벽을 사이에 둔 옆 예식장에서는 이명처럼 '신랑 입장'이라고 말하는 성호의 말이 들려왔다. 재인이 부케를 꽉 쥐고 신부 대기실에서 나왔다. 작게 들리던 연주곡이 더 크게 들리자 말로 다 할 수 없는 긴장감이 폭발하여 다리가 다 후들거렸다.

"긴장되세요?"

뒤에서 드레스를 붙잡아 주던 직원의 살가운 말에 재인이 푹 잠긴 목소리로 네, 하고 대답했다. 동봉이 재인을 마중하러 나왔다.

"떨려?"

"떨려. 그것도 아주 많이요."

대학 면접 때보다, 밤새도록 공부를 하고 시험지를 받는 순간보다 더 긴장되고 떨렸다. 호흡을 여러 번 가다듬고 마침내 사회자의 '신부 입장!' 이라는 말이 홀을 울렸다. 동봉이 손을 내밀었다. 그 위로 재인의 손이 살포시 얹혀졌다.

"자, 갈까?"

"네."

동봉과 재인이 손을 마주 잡고 버진로드 끝에 서 있는 여준에게로 천천히 걸음을 떼어 냈다. 은은한 연주곡과 하객들의 박수가 홀을 채우고 있었다. 연습하던 대로 느리지도 빠르지도 않은 걸음으로 여준에게 도착한 동봉은 재인을 보내 주었다.

"감사합니다, 아버님."

여준이 동봉을 향해 꾸벅 인사를 하고 자신의 손을 잡고 있는 재인과 함께 주례자 앞에 섰다.

"어제도 비가 오고 내일도 비가 온다는데 오늘 오후만 화창한 것을 보니 신랑 신부가 무척 축복받은 사람들인 것 같습니다. 날씨도 이렇게 두 사람이 잘 살라고 축복을 해 주니 제가 특별히 축복의 얘기를 하지 않아도 잘 살 것이라 믿습니다. 다만 주례나 지도 교수라는 입장보다는 두 사람보다 몇 년 더 먼저 결혼하고 살아가고 있는 선배로서……."

주례는 짧지만 아주 기분 좋은 이야기들로 이어졌다. 주옥같은 말이 끝나고 재인의 친구들이 준비한 축가를 듣고, 양가 부모님께 인사를 하는 차례가 되었다.

"아버님, 어머님. 재인이 낳아 주셔서 감사합니다!"

눈물이 나려는 걸 재인과 숙자는 간신히 참아 넘겼고 동봉은 뿌듯하게 둘을 바라보았다. 재인과 여준이 이번엔 미영에게로 향했다.

"어머니. 와 주셔서 감사드립니다."

재인이 상냥하게 말하며 여준과 함께 정중하게 허리를 수그려 인사했다. 다시 자리로 돌아오자, 주례는 여준에게 시선을 고정시켰다.

"먼저 신랑 강여준 군에게 묻겠습니다. 강여준 군은 최재인 양을 아내로 맞이하여 어떠한 경우에도 항상 사랑하고 존중하며 어른을 공경하고 진실한 남편으로서의 도리를 다하여 행복한 가정을 이룰 것을 맹세합니까?"

"네! 맹세합니다!"

여준이 복식호흡으로 우렁차게 대답하자 하객들 사이에서 크게 웃음이 터져 나왔다.

"예, 신랑 강여준 군이 큰 소리로 맹세를 하였습니다. 그러면 신부 최재인 양에게 묻겠습니다. 최재인 양은 강여준 군을 남편으로 맞이하여 어떠한 경우에도 항상 사랑하고 존중하며 어른을 공경하고 진실한 아내로서의 도리를 다하여 행복한 가정을 이룰 것을 맹세합니까?"

재인은 미세하게 입술에 웃음을 띠고 저를 뜨겁게 바라보는 여준의 시선을 느끼며 대답했다.

"네. 맹세하겠습니다."

"네, 신부 최재인 양도 맹세하였습니다. 이로써 두 사람이 부부가 되었음을 선언합니다."

혼인서약이 끝나자마자 퇴장하려는 재인과 여준을 보며 성호가 빛 같은 속도로 마이크를 잡았다.

"이거! 그냥 가면 섭섭하죠! 신랑과 신부가 서로 사랑하는 크기가 얼마큼이나 되는지, 키스 타임으로 알아보도록 하겠습니다."

재인이 난감한 표정을 지었지만 성호는 하객들까지 부추기며 홀 가득 '키스! 키스!'를 외치게 만들었다. 재인이 여준에게로 시선을 돌렸다. 이미 자신을 쳐다보고 있던 여준의 눈동자 안에는 잔뜩 부끄러워하는 자신의 모습이 담겨져 있었다.

여준이 서서히 다가왔다.

"재인아."

"네."

"사랑해."

"저도. 저도 사랑해요."

익숙하고 좋은 향긋한 향을 풍기며 그가 다가왔다.

촉촉하고 부드러운 자신의 입술에 닿은 여준의 입술이 달콤했다.

—*Fin*

에필로그

　여준은 정말 오랜만에 만끽하는 여유에 가슴이 탁 트이는 느낌이었다.

　18살에 미국으로 유학을 가서 3년가량을 레스토랑 막내로 일하다가 군대를 가기 위해 한국으로 넘어왔다. 군대를 제대한 후에는 선임이 추천해 준 조리과 대학교에 진학하여 졸업했다. 지도교수님의 추천으로 막 오픈을 한 레스토랑에 들어가고 지금까지 쉬지 않고 달려왔다.

　거의 4년 만에 얻은 황금 같은 휴가를 집에서만 보내는 것이 따분했던 여준은 무작정 짐을 싸서 차에 실어 넣고 시동을 걸었다. 어디를 갈지 딱히 정한 것은 없지만 내키는 그곳에 멈춰 서서 맛있는 것도 실컷 먹고 쉴 예정이었다.

　들뜬 마음에 운전대를 잡고 마음이 가는 대로 출발시켰다.

창문을 열었다. 시원한 바람이 비집고 들어오자, 밀폐된 공간에서 답답했던 마음이 뻥 뚫리는 기분이었다.

자유로움을 만끽하며 몇 시간을 달려 멈춘 곳은 해운대였다. 산산하게 불어오는 바람에 따라 일정하게 치는 겹겹의 물결들이 아름다운 바다였다. 다사로운 햇빛을 쐬고 있는 모래알들이 보석처럼 반짝거렸다.

여준이 바다를 보고 순식간에 솟아오르는 흥분된 설렘을 이기지 못하고 해변에 발을 디뎌 출렁이는 파도 앞까지 달려왔다. 운동화를 벗고 바지를 야무지게 걷으며 시원한 바다에 발을 담갔다.

기분이 좋았다. 여태 일을 하면서 받아 왔던 온갖 스트레스와 피곤함이 싹 가시는 기분이었다.

"엄마야!"

그때였다. 옆에서 들려오는 여자의 작은 비명 소리가 들려온 것은. 여준이 반사적으로 소리가 난 쪽을 바라보니 몰아치는 파도에 운동화를 쫄딱 적셨는지 발을 동동 구르며 어쩔 줄 몰라 하는 여자가 서 있었다.

하얀 피부, 풍성한 속눈썹과 선이 예쁜 코, 붉고 도톰한 입술이 굉장히 예쁜 얼굴이었다. 어깨선을 살짝 넘는 머릿결을 신경질적으로 쓸어 넘기는 여자의 앳되고 예쁜 얼굴에도 신경질이 묻어나 있었다. 금방이라도 눈물을 터트릴 것같이 눈썹도 찌푸려져 있었다.

"아휴. 어떡해, 정말."

여자는 파도에서 멀찍이 달아나서는 해변에 주저앉아 젖은 운동화와 양말을 벗었다. 그리고 운동화를 뒤집어 보았다. 주르륵 물이 새어 나오고 있었다. 그걸 보자 한층 더 얼굴이 구겨졌다. 차오르는 분노를 참는 것처럼 보였다.

메고 있던 가방을 풀고 안에 들어 있는 휴대용 휴지 두어 장을 꺼내 젖은 운동화를 꾹꾹 눌렀다.

"정말, 오자마자 이게 뭐람?"

여자가 입을 삐죽거리고 중얼거렸다.

여자는 자리에서 일어나 젖은 양말을 꾹 짜서는 아까의 휴지와 함께 비닐에 담아 가방에 넣고 있던 참이었다. 허리가 휜 한 할머니가 머리에 무언가를 이고서 다가와 여자의 옆에 앉았다.

"아가씨. 떡 하나만 사 주세요."

이런, 여준은 저도 모르게 말을 내뱉었다. 여자는 짜증이 나 있었기에 결코 할머니가 달갑지 않을 것이다. 그래서 저 여자가 건방지고 오만한 표정으로 할머니에게 모진 말을 할까 싶어서 지레 걱정이 되었다.

그러나 걱정과 다르게 여자는 여태 두르고 있던 짜증 섞인 얼굴을 거두어 내고 환하게 웃었다.

"떡 얼만데요, 할머니?"

그리고 망설이지 않고 가방에서 서둘러 오천 원짜리 지폐를 꺼냈다.

"한 팩에 천 원이에요."

"그럼 다섯 팩 주세요."

"다섯 팩이나요?"

"네. 제가 떡을 엄청 좋아하거든요. 그래서 아까부터 떡이 먹고 싶었는데, 그렇게 찾아도 없더라고요. 미리 사 두고 여행 다니면서 먹으려고요."

"그럼 상할 텐데……."

"걱정 마세요. 워낙 떡을 좋아해서 순식간에 먹을 거 같으니까요."

할머니는 미안해하고 고마워하며 떡을 그녀에게 건네주고 일어났다. 여자는 꽉 차 있는 가방에 떡을 억척스럽게 쑤셔 넣고서는 억지로 입가에 웃음을 띠었다.

"그래도 바지까지 안 젖은 걸 다행이라 생각해야지."

스스로를 긍정적으로 위로하는 여자의 모습이 귀엽게 느껴졌다.

그때, 여자가 느닷없이 여준 쪽으로 시선을 돌렸다. 아무래도 자신을 뚫어져라 바라보고 있던 여준의 시선을 느낀 듯싶었다.

옆모습보다 정면이 훨씬 예쁜 얼굴이었다. 햇빛에 비춰진 동그랗고 반짝이는 여자의 눈동자가 잠시 여준에게 머물렀다. 여준은 마주친 여자의 눈에 당황해하며 얼른 시선을 피했다.

자신을 뚫어져라 응시한 것도 부족해서 마주치자마자 황급하게 눈을 피해 버려서 이상한 사람으로 생각하면 어떡하지?

걱정스러운 마음에 다시 여자에게로 슬쩍 고개를 돌렸지만 이미 여자의 시선은 여준에게서 거두어진 후였다.

살짝 안도한 그가 이번엔 고개를 돌려 떡을 팔던 할머니를 찾았다. 느린 걸음으로 백사장을 걷고 있는 할머니에게로 냉큼 달려갔다.

"저, 할머니."

여준의 부름에 할머니가 걸음을 멈추고 머리에 이고 있던 떡을 내려놓았다.

"떡 좀 사 주세요."

"떡 얼마나 남았어요?"

"한 10팩 정도."

"그럼, 그거 다 주세요."

놀라는 할머니에게 여유롭게 웃어 준 여준은 새 양말을 신고 발을 탁탁 털며 멀어져 가는 여자의 뒷모습에서 시선을 고정시켰다.

알 수 없을 정도로 뜨거워진 가슴을 부정하지 못한 채로.

부산에 가면 꼭 '씨앗 호떡'을 먹어 보라고 했던 지인의 말이 떠오른 여준은 일단 감당 안 될 정도로 사 버린 떡 10팩을 차에 넣어 두고 시장으로 향했다.

시장은 여기저기에서 흥정을 하는 상인들과 시장을 찾은 사람들의 목소리로 왁자지껄해 북새통을 이루고 있었다.

"와."

도시에서만 살던 여준에게는 생소한 공간이었다.

"하나만 더 주세요."

구경에 정신이 팔려 씨앗 호떡을 깜빡하고 무작정 걷던 여준이 왠지 모르게 익숙한 목소리에 걸음을 멈추었다.

"아이구, 벌써 3개째야. 아가씨 잘 먹네."

"맛있어요."

해변에서 봤던 여자였다. 아까 운동화와 양말이 젖어 짜증을 내던 얼굴은 떠올리기 어려울 정도로 여자는 해맑게 웃고 있었다.

여준은 무언가에 끌리듯 여자가 서 있는 포장마차 앞으로 다가갔다.

"어서 오세요, 총각. 씨앗 호떡 하나에 700원이에요."

"하나 주세요."

돈을 건네고 아줌마가 호떡을 챙겨 주는 사이, 여준이 옆에 있는 여자를 쳐다보았다.

여자는 앙증맞고 작은 입술로 뜨겁고 달달한 호떡을 맛있게 베어 먹으며 입술에 묻은 기름을 닦기 위해 냅킨을 뽑아 들었다.

"총각, 여기."

아줌마가 건네는 호떡을 여준이 받고서 다시 시선을 여자가 있는 곳으로 돌렸다.

"어?"

하지만 이미 그 자리에는 그녀가 사라진 후였고 다급한 마음에 주위를 살펴보니 많은 사람들 사이에서 사라져 가고 있는 그녀의 뒷모습이 보였다.

여준은 또 한 번 아쉬움 속에서 사라져 가는 그녀를 눈에 가득 담아내며 마음속으로 은근한 바람을 가졌다. 어디에서라도 좋으니 그녀를 다시 한 번만 마주치게 해 달라고.

정말 다시 볼 수 있다면 그땐 꼭 붙잡고 싶은 마음이 들었다. 이렇게 아쉽게 헤어지지 않도록.

작가 후기

　언제나 저의 소설을 사랑해 주시고, 응원해 주시는 독자분들께 감사하다는 말씀 드리고 싶습니다. 제가 여러분들 덕에 이렇게 글도 쓰고 책도 내고 있습니다. 글을 연재하는 데에 있어서 가장 큰 힘이 되는 건 바로 여러분들이에요. 다시 한 번 감사드립니다.

　첫 소설 〈강 팀장과 윤 팀장〉의 주인공들이었던 준호와 난희를 보내고 난 후에, 저는 꽤 성숙해졌다고 자만을 했던 것 같습니다. 하지만 저는 이번 작품에서 여준이와 재인이를 통해, 또 글을 수정하는 내내 스스로에게 화가 날 정도로 여전히 부족하고 많은 것을 배워야 하며 '작가님'이라는 호칭에 당도하려면 멀었다는 것을 느꼈습니다.

저는 지금 글을 쓰는 사람으로서, 막 걸음마를 떼기 시작한 아이와도 같습니다. 누군가의 손이 없다면 넘어지고 마는……. 하지만 계속 걸음마를 하며 넘어지고 또 넘어지다 보면 어느새 스스로 넘어지지 않게 걷는 법을 알게 되고, 받쳐 주는 손이 없어도 혼자 걷게 될 날이 올 거라 생각하고 있습니다. 그때까지, 많은 노력하겠습니다.

그리고 마지막으로, 나이 먹은 장녀로서, 제대로 된 효도 한 번 해 드린 적도 없는데 언제나 '내 딸이 최고!'라고 말씀해 주시는 엄마에게 감사드립니다.

모두, 예쁜 사랑하시길 바라 보면서 저 이은교는 여준&재인 커플을 보내고, 다음 작품으로 찾아뵙도록 하겠습니다!

P.S 내 틴구들! 박경화! 강진이! 고맙고 사랑해!

보여도
　　보이지
　　　않아도

1판 1쇄 찍음 2014년 3월 25일
1판 1쇄 펴냄 2014년 3월 31일

지은이 | 이은교
펴낸이 | 정 필
펴낸곳 | 도서출판 **뿔미디어**

편집장 | 이재권
기획 · 편집 | 이은정
편집디자인 | 이진선

출판등록 | 2002년 9월 11일 (제1081-1-132호)
주소 | 경기도 부천시 원미구 상동로 117번길 49(상동) 503호
전화 | (032)651-6513 / 팩스 032)651-6094
E-mail | scarlets2012@hanmail.net
블로그 | http://blog.naver.com/dahyangs
홈페이지 | http://bbulmedia.com

값 9,000원

ISBN 979-11-7003-294-6 03810

도서출판 뿔미디어 홈페이지 OPEN *!!*

안녕하세요.
지금껏 저희 뿔미디어를 응원해 주신
독자님들의 성원에 힘입어
이번에 새롭게 홈페이지를 오픈하였습니다.

저희 뿔미디어는 홈페이지에서 독자님들께서
보다 빠른 출간 소식과 미리보기 등
알찬 내용을 제공하기 위해 많은 노력을 기울였습니다.
또한 독자님들에게 도서 할인, 이벤트 등
다양한 혜택을 제공하고자 합니다.

저희 뿔미디어 홈페이지 오픈을 계기로
한층 더 독자님들과 가까워질 수 있는 기회가 되었으면 합니

보다 많은 관심과 사랑 부탁드리며,
앞으로도 더 좋은 컨텐츠 제공에 힘쓰도록 하겠습니다.

감사합니다.

-도서출판 **뿔미디어** 올림-

www.bbulmedia.com

Scarlet

스칼렛

Scarlet

스칼렛